Stars
© 2018 Anna Todd
Tous droits réservés

Ce livre est une fiction. Toute référence à des événements historiques, des personnes ou des lieux réels serait utilisée de façon fictive. Les autres noms, personnages, lieux et événements sont issus de l'imagination de l'auteur, et toute ressemblance avec des personnages vivants ou ayant existé serait totalement fortuite.

Ce livre, ou quelque partie que ce soit, ne peut être reproduit de quelque manière que ce soit sans la permission écrite de l'éditeur.
Titre original : *The Brightest Stars*

Collection Hugo New Romance créée par Hugues de Saint Vincent
Ouvrage dirigé par Isabelle Antoni
Photographies de couverture : © GM visuals/Getty Images /
© suns07butterfly/Shutterstock
Graphisme de couverture : Marion Rosière

© 2018, Hugo Roman, département de Hugo Publishing
34-36, rue La Pérouse
75116 - Paris
www.hugoetcie.fr

ISBN : 9782755637472
Dépôt légal : octobre 2018
Imprimé en France par Corlet
Nº 195571

ANNA TODD

NEW ROMANCE®

1. NOS ÉTOILES PERDUES

Stars

Traduit de l'américain par Alexia Barat

Hugo ❖ Roman

PLAYLIST

One last time – Ariana Grande

Psycho – Post Malone (feat. Ty Dolla $ign)

Let me down slowly – Alec Benjamin

Waves – Mr. Probz

Fake love – BTS

To build a home – The Cinematic Orchestra

You ougtha know – Alanis Morissette

Ironic – Alanis Morissette

Bitter sweet symphony – The Verve

3AM – Matchbox Twenty

Call out my name – The Weeknd

Try me – The Weeknd

Beautiful – Bazzi

Leave a light on – Tom Walker

In the dark – Camila Cabello

Legends – Kelsea Ballerini

Youngblood – 5 Seconds of Summer

Want you back – 5 Seconds of Summer

À Hugues de Saint Vincent,
j'espère que tu sentiras la passion de ce livre
et que je continuerai à être ta fierté.
Tu me manques terriblement,
je ne boirai plus que du bordeaux, juste pour toi.
❤ *RIP*

UN

KARINA – 2018

Chaque fois que la vieille porte en bois s'ouvre et se referme en claquant, le vent s'engouffre dans le coffee-shop. Il fait un froid inhabituel pour un mois de septembre, je suis presque sûre qu'il s'agit là d'une sorte de vengeance orchestrée par l'Univers pour me punir d'avoir accepté de le retrouver, aujourd'hui précisément. Où avais-je la tête ?

C'est à peine si j'ai eu le temps de maquiller les cernes sous mes yeux gonflés. Et la tenue que je porte, quand l'ai-je lavée pour la dernière fois ? Franchement, à quoi je pensais ?

À cet instant, je pense que j'ai mal au crâne et que je ne suis pas sûre d'avoir de l'Ibuprofène dans mon sac. Je me dis aussi que j'ai bien fait de choisir la table la plus proche de la porte pour pouvoir m'enfuir rapidement en cas de besoin. Et cet endroit en plein centre d'Edgewood ? Neutre et pas romantique pour deux sous. Encore un bon choix ! Je ne suis venue ici que rarement, mais c'est le coffee-shop d'Atlanta que je préfère. Il y a peu de place pour s'asseoir –dix tables seulement –, j'imagine donc qu'ils cherchent à favoriser une clientèle qui ne s'attarde pas. Hormis quelques éléments dignes d'être postés sur Instagram, comme ce joli mur composé de petits carreaux noirs et blancs brillants derrière les baristas, l'ensemble est plutôt austère. Du gris froid, du béton partout et de bruyants blenders en train de mixer du chou avec je ne sais quel fruit tendance.

Il n'y a qu'une seule porte, grinçante qui plus est : une entrée, une issue. Je jette un œil à mon portable et essuie mes mains moites sur ma robe noire.

Va-t-il me prendre dans ses bras ? Me serrer la main ?

Je n'arrive pas à imaginer un geste aussi formel. Pas de sa part. Merde, je suis déjà en train de me triturer le cerveau et il n'est même pas encore arrivé. Pour la quatrième fois de la journée, je sens une vague de panique monter dans ma poitrine. Et je me rends compte que lorsque j'imagine nos retrouvailles, je le regarde avec la même intensité que la toute première fois où j'ai posé les yeux sur lui. Mais je ne sais pas à quelle version de lui je vais me retrouver confrontée. Je ne l'ai pas revu depuis l'hiver dernier et ne sais pas du tout qui il est désormais. Et franchement, l'ai-je jamais vraiment su ?

Peut-être n'ai-je connu qu'une seule version de lui – une carapace brillante et vide de l'homme que je suis en train d'attendre.

J'aurais certainement pu l'éviter jusqu'à la fin de ma vie, mais l'idée de ne plus jamais le revoir me semblait bien pire que d'être assise ici et maintenant. Au moins je suis capable de l'admettre. Alors me voilà, les mains lovées autour de ma tasse de café pour les réchauffer, à attendre qu'il pousse cette porte grinçante, après lui avoir juré, à lui, à moi-même, à quiconque aura bien voulu l'entendre ces derniers mois, que jamais je ne...

Il n'est pas censé être là avant cinq minutes, mais s'il est fidèle à mes souvenirs, il arrivera en retard, la démarche fière et l'air renfrogné.

STARS

La porte s'ouvre sur une femme. Ses cheveux blonds ressemblent à un nid figé sur le haut de sa petite tête, et son portable est plaqué contre sa joue rouge.

– J'en ai rien à foutre, Howie. Débrouille-toi pour le faire ! crache-t-elle, avant d'éloigner son portable dans un flot d'injures.

Je déteste Atlanta. Ici les gens sont tous comme elle, irritables et constamment dans le rush. Mais ça n'a pas toujours été le cas. Bon, peut-être que si ; en tout cas, moi je n'étais pas comme ça. Mais les choses changent. J'aimais beaucoup Atlanta avant, surtout le centre-ville. Le nombre de restaurants y est juste incroyable, et pour une gourmande comme moi, ayant toujours vécu dans une petite ville, eh bien, il ne m'en fallait pas plus pour venir m'installer ici. Il y a toujours un truc à faire et tout reste ouvert beaucoup plus tard qu'à Fort Benning. Mais, à cette époque, son attrait principal tenait à ce que rien ne me rappelait constamment la vie militaire. Pas de tenue de camouflage à chaque coin de rue. Pas d'hommes ni de femmes en vêtements de combat réglementaires dans les files d'attente du cinéma, à la station-service ou au *Dunkin Donuts*. Des gens s'exprimant normalement en utilisant de vrais mots, pas juste des acronymes. Et plein de coiffures à admirer, autres que des boules à zéro.

J'adorais Atlanta, mais ce n'est plus le cas aujourd'hui, à cause de lui.

À cause de nous.

Nous.

C'est ce qui se rapproche le plus de la part de responsabilité que je veux bien endosser dans ce qui vient de se passer.

DEUX

– Tu es en train de la fixer.

À peine quelques mots, et pourtant ils m'inondent et me submergent, bouleversant mes sens et toute ma raison. Et pourtant il y a aussi cette sérénité, celle qui semble s'être profondément ancrée en moi dès qu'il se trouve à mes côtés. Je lève les yeux pour m'assurer que c'est bien lui, même si je reconnaîtrais sa voix entre mille. Comme prévu, il se tient debout devant moi, ses yeux noisette scrutent mon visage comme s'il cherchait à... se souvenir ? Je préférerais qu'il ne me regarde pas de cette façon. Le coffee-shop est plutôt rempli, et pourtant j'ai l'impression qu'il est vide. J'avais imaginé le scénario de ces retrouvailles dans les moindres détails, mais il vient de tout chambouler et je suis complètement désorientée.

– Comment fais-tu ? je lui demande. Je ne t'ai pas vu entrer.

Je prie pour que l'intonation de ma voix ne sonne pas comme si j'étais en train de l'accuser de quoi que ce soit, ou ne trahisse ma nervosité. C'est bien la dernière chose dont j'ai envie. Mais encore une fois : comment fait-il ça ? Il a toujours été tellement doué pour ne pas faire de bruit, pour se faufiler n'importe où en passant inaperçu. Un autre de ses talents développés à l'armée, je suppose.

Je lui fais signe de s'asseoir. Il se glisse sur la chaise et, là, je remarque sa barbe fournie. Des lignes nettes et précises encadrent ses joues, et son menton est recouvert de poils sombres. Ça, c'est nouveau. Bien sûr que ça l'est: il fallait toujours qu'il respecte le règlement avant. À l'armée, les cheveux doivent être courts et bien peignés. La moustache est autorisée, à condition qu'elle soit soigneusement entretenue et qu'elle ne déborde pas sur la lèvre supérieure. Une fois, il m'avait confié qu'il envisageait de se laisser pousser la moustache, mais j'avais réussi à l'en dissuader. Même avec un beau visage comme le sien, une moustache lui aurait donné un air flippant.

Il s'empare de la carte sur la table. Cappuccino. Macciato. Latte. Latte Macciato. Café noir allongé. Depuis quand tout est devenu aussi compliqué?

Sans essayer de cacher mon étonnement, je lui demande:

– Tu bois du café maintenant?

Il secoue la tête.

– Non.

Un petit sourire se dessine sur son visage impassible, me rappelant la raison précise pour laquelle je suis tombée amoureuse de lui. Quelques instants plus tôt, il m'était encore facile de détourner le regard. Maintenant, c'est juste impossible.

– Pas de café, m'assure-t-il. Du thé.

Il ne porte pas de veste, évidemment, et les manches de sa chemise en jean retroussées jusqu'aux coudes laissent apparaître le tatouage sur son avant-bras. Je sais que si je touche sa peau maintenant, elle sera brûlante. Comme je n'ai vraiment pas l'intention de le faire, je regarde au loin, par-dessus son épaule. Loin du tatouage. Loin de l'idée. C'est plus sûr ainsi. Pour chacun de nous.

STARS

J'essaie de me concentrer sur les bruits du coffee-shop afin de m'habituer à son silence. J'avais oublié combien sa présence pouvait être déstabilisante.

C'est un mensonge. Je n'avais pas oublié. J'ai essayé, sans y parvenir.

J'entends la serveuse approcher, ses baskets couinent sur le sol en béton. Elle a une voix de petite souris et lorsqu'elle lui dit qu'il devrait « carrément » tester le nouveau mocha à la menthe poivrée, ça me fait rire car je sais qu'il déteste tous les trucs mentholés, même le dentifrice. Je repense à cette manie qu'il avait de laisser des traces rouges et visqueuses de son dentifrice à la cannelle dans le lavabo chez moi, et au nombre de fois où nous nous sommes chamaillés à ce sujet. Si seulement j'avais ignoré ces petits détails insignifiants! Si seulement j'avais porté plus d'attention à ce qui était réellement en train de se passer, tout aurait été différent.

Peut-être. Ou peut-être pas. Je suis le genre de personne à endosser toutes les responsabilités – sauf dans ce cas. Enfin, je n'en suis pas sûre.

Je préfère ne pas savoir.

Encore un mensonge.

Kael répond à la fille qu'il aimerait du thé noir. Il est tellement prévisible que je dois me retenir de rire.

– Qu'y a-t-il de si drôle? me demande-t-il dès que la serveuse a le dos tourné.

– Rien. (Je change de sujet.) Alors, comment tu vas?

Je ne sais pas quels sujets de discussion à la con nous allons pouvoir trouver pour alimenter ces retrouvailles autour d'un café. Ce que je sais en revanche, c'est que nous nous verrons demain. Comme je devais de toute façon être en ville aujourd'hui, eh bien, il m'a paru judicieux de nous débarrasser de ce premier rendez-vous gênant sans témoins. Un enterrement n'est pas le moment idéal.

– Bien. Compte tenu des circonstances, dit-il en se raclant la gorge.

– Ouais, je soupire en essayant de ne pas trop penser à demain.

J'ai toujours été douée pour prétendre que tout va pour le mieux, même quand le monde s'effondre autour de moi. Ok, j'avais peut-être un peu baissé la garde ces derniers mois, mais pendant des années, c'était comme une seconde nature chez moi. Une attitude que j'avais développée entre le divorce de mes parents et la remise des diplômes au lycée. Parfois, j'avais l'impression que ma famille était en train de se désintégrer. Qu'elle ne cessait de diminuer, petit à petit.

– Est-ce que ça va ? me demande-t-il presque en chuchotant.

Je connais cette voix. Je pourrais continuer à l'écouter longtemps, comme je le faisais les nuits de pluie où nous nous endormions la fenêtre ouverte et où, le lendemain matin, nos corps étaient moites et humides dans la pièce couverte de rosée. J'adorais la sensation de sa peau brûlante sous mes doigts lorsque je caressais l'ovale de son doux menton. Même ses lèvres étaient bouillantes, fiévreuses parfois. L'air du sud de la Géorgie était si dense qu'on pouvait presque le goûter et la température de Kael atteignait toujours des sommets.

– Hum.

Il se racle la gorge et je retrouve mes esprits.

Je sais à quoi il pense. Je peux lire sur son visage aussi clairement que sur l'enseigne lumineuse *But First, Coffee*[1] accrochée au mur derrière lui. Je déteste que ces souvenirs soient ceux que mon cerveau a choisi de lui associer. Ça ne facilite pas les choses.

---

1. Expression américaine qui signifie qu'une journée devrait toujours commencer par un bon café. (NdT ainsi que pour les notes suivantes)

STARS

– Kare.

Sa voix est douce et il se penche par-dessus la table pour toucher ma main. Je la dégage si brusquement qu'on pourrait croire qu'elle est en feu. C'est étrange de se rappeler comment nous étions avant, à quel point nous ne formions qu'un. Nous étions tellement en phase. Tellement... tellement différents de ce que nous sommes devenus maintenant. Il fut un temps où il prononçait mon prénom, juste comme ça, et où je faisais tout pour lui. J'analyse cette pensée l'espace d'un instant. À quel point j'aurais tout fait pour cet homme.

Je pensais avoir davantage évolué sur le chemin de la guérison, dans tout ce *processus de deuil* pour l'oublier. Ou du moins je pensais avoir suffisamment progressé pour ne plus penser au son de sa voix quand je devais le réveiller tôt pour qu'il aille s'entraîner, ou à la façon dont il hurlait pendant la nuit. Ma tête commence à tourner et si je ne verrouille pas tout de suite mon esprit, les souvenirs vont me fendre en deux, là, sur cette chaise, dans ce petit coffee-shop, juste sous ses yeux.

Je secoue la tête et prends mon latte entre mes mains, histoire de me recentrer un instant, juste le temps de retrouver ma voix.

– Ouais. Je veux dire, les enterrements ce n'est pas mon truc.

Je n'ose pas le regarder en face.

– Tu n'aurais rien pu faire de toute manière. Ne me dis pas que tu penses que tu aurais pu...

Il s'interrompt, et je fixe intensément la petite fissure sur ma tasse en caressant du bout du doigt la céramique craquelée.

– Karina. Regarde-moi.

Je secoue la tête, je ne suis pas prête à m'aventurer avec lui sur ce terrain miné. Je n'en ai pas la force.

– Ça va. Vraiment. (Je m'interromps et remarque l'expression sur son visage.) Ne me regarde pas comme ça. Je vais bien.

– Tu vas toujours bien.

Il passe la main dans sa barbe et soupire avant de se laisser retomber contre le dossier de sa chaise en plastique.

Ce n'était pas vraiment une question ni une affirmation, juste un constat. Il a raison. J'irai toujours bien. L'adage « *Fais semblant et le reste suivra* » n'a plus aucun secret pour moi.

Ai-je vraiment le choix ?

TROIS

KARINA, 2015

J'ai touché le jackpot en décrochant ce job. Je ne dois ouvrir le salon qu'à dix heures et peux donc faire la grasse matinée assez souvent. En plus, je peux m'y rendre à pied puisque ma maison se trouve juste au bout de la rue — un vrai bonus ! J'aime tout dans cette rue : le magasin de literie, le glacier, le salon de manucure et la vieille confiserie à l'ancienne. J'ai réussi à mettre quelques sous de côté et voilà, j'y suis ! À vingt ans, dans MA rue, dans MA petite maison. Ma maison à moi. Pas celle de mon père. La mienne.

Le trajet jusqu'au travail ne me prend que cinq minutes, pas assez long pour être intéressant. La majeure partie du temps, j'essaie simplement de rester en dehors du passage des voitures. La voie est juste assez large pour un piéton et un véhicule à la fois. En fait, une Prius ou n'importe quelle autre petite voiture n'aurait aucun mal à circuler ; malheureusement, les gens d'ici semblent préférer les gros pick-up, je me retrouve donc souvent plaquée à l'un des arbres qui bordent l'allée, le temps de les laisser passer.

Parfois, il m'arrive d'inventer des histoires dans ma tête pour rendre ma journée plus excitante avant de commencer le travail. L'histoire du jour met en scène Bradley, le propriétaire barbu du magasin de matelas situé à l'angle de la rue. Bradley est un chouette type qui porte ce que j'ai fini par identifier comme la tenue du mec sympa : une chemise à carreaux et un short kaki. Il conduit une Ford blanche, ou un truc dans le genre, et travaille encore plus que moi. Je le croise tous les matins, déjà affairé dans son magasin, alors que ma journée ne démarre qu'à dix heures. Même lorsque je fais des heures supplémentaires ou quand je travaille de nuit, son vieux pick-up blanc est toujours stationné au bout de la rue.

Bradley est sûrement célibataire. Non pas qu'il manque de charme ou de gentillesse, mais il est tout le temps seul. S'il avait une femme ou des enfants, je les aurais forcément déjà croisés au moins une fois en six mois, depuis que j'ai emménagé dans ce coin de la ville. Mais non. Que ce soit de jour, de nuit ou durant les week-ends, Bradley est toujours seul.

Le soleil est resplendissant, mais pas un oiseau ne gazouille. Pas un camion poubelle ne vrombit, personne ne démarre sa voiture. L'atmosphère est étrangement silencieuse. C'est sans doute pour cette raison que Bradley a l'air un peu plus inquiétant ce matin. Je l'observe de nouveau et me demande pourquoi il peigne ses cheveux cendrés ainsi de chaque côté de sa tête, pourquoi arborer une raie si nette en plein milieu du crâne lui semble être une bonne idée. Mais ce que je veux savoir surtout, c'est où il se rend avec ce tapis enroulé à l'arrière de son camion. J'ai sans doute regardé trop d'épisodes de *CSI*, mais tout le monde sait, n'est-ce pas, que c'est comme ça qu'on se débarrasse d'un corps, en l'enroulant dans un vieux tapis et en le larguant aux abords de la ville ?

STARS

Alors que mon imagination est en train de transformer Bradley en serial killer, il m'adresse le signe de main le plus amical du monde et un sourire, un sourire sincère. Ou peut-être est-il simplement très fort pour se montrer sympathique et a-t-il justement l'intention de...

J'en fais presque pipi sur moi lorsqu'il crie mon nom :

– Hé, Karina ! L'eau est coupée dans toute la rue !

Une grimace déforme ses lèvres fines et, en même temps, il agite les bras dans tous les sens en signe de contrariété. J'interromps ma marche et mets la main devant mes yeux pour les protéger du soleil qui, malgré une légère brise, est mordant et brille de mille feux. Il fait tellement chaud en Géorgie. Je pensais pouvoir m'y habituer en un an, mais non. Je me languis de la fraîcheur des nuits du nord de la Californie.

– J'essaie de joindre la compagnie des eaux, mais sans succès pour le moment.

Il hausse les épaules et brandit son portable comme pour prouver sa bonne foi.

– Oh non !

Je feins d'adopter le même ton de frustration à cette nouvelle. Mais pour être honnête, j'espère que cela obligera Mali à fermer le salon pour la journée. J'ai à peine dormi la nuit dernière, du coup je ne serais pas contre l'idée d'une ou de vingt heures de sommeil en plus.

– Je vais continuer de les appeler, me propose-t-il.

Ses mains descendent sur la boucle de sa ceinture en cuir de vachette. On dirait qu'il transpire déjà et j'ai presque envie de lui proposer mon aide lorsqu'il s'empare de l'imposant tapis à l'arrière de son pick-up.

– Merci, je vais prévenir Mali, je lui réponds avant de poursuivre mon chemin.

QUATRE

La porte est fermée à clé, les lumières éteintes – même celle de l'entrée que nous laissons habituellement allumée – et il fait un froid de canard à l'intérieur. J'active les chauffe-huile et allume les bougies dans le vestibule et dans deux cabines.

Mon premier client n'arrive pas avant dix heures et demie. Celui d'Élodie est programmé à onze heures et demie. Elle ronflait encore lorsque j'ai quitté la maison ce matin, ce qui veut dire qu'elle va débouler à onze heures dix, lancer un adorable sourire et une rapide excuse à son client avec son irrésistible petit accent français. Puis elle attaquera sa journée comme si de rien n'était.

Élodie fait partie des rares personnes au monde pour lesquelles je suis prête à faire à peu près n'importe quoi. C'est particulièrement vrai depuis qu'elle est enceinte. Elle a appris sa grossesse deux jours seulement après que son mari a atterri en Afghanistan. Ce genre d'histoire est plutôt banale ici. Je m'en suis rendu compte avec mes parents, et avec Élodie... Pratiquement toutes les personnes qui vivent dans une base savent que c'est une possibilité. D'ailleurs, ce n'est pas juste une possibilité, mais plutôt la triste réalité lorsque l'on est marié à un militaire.

Ça manque de musique ici. Je déteste le silence. J'ai récemment convaincu Mali de me laisser mettre une musique plus appropriée pendant que nous travaillons. Je ne pourrais pas supporter un morceau de plus de sa « playlist relaxante spéciale spa » qui passe en boucle pendant des heures. Les sons soporifiques des cascades et des vagues me tapent particulièrement sur le système. Ils m'endorment aussi. J'allume l'iPad et en l'espace de quelques secondes, la voix de Banks efface tout souvenir de la douce et mielleuse musique de spa. Je me dirige vers l'accueil pour allumer l'ordinateur. Moins de deux minutes plus tard, Mali fait son entrée avec deux gros *tote bags* suspendus à ses petits bras.

– Qu'est-ce qui ne va pas ? me demande-t-elle tandis que je lui ôte les sacs des mains.

– Hum, rien. Pas de *Bonjour* ? Ni de *Comment tu vas, Karina* ?

Je rigole, avant de me diriger vers la réserve.

La nourriture contenue dans les sacs sent tellement bon. Mali prépare la meilleure cuisine traditionnelle thaïe au monde et en prévoit toujours un peu plus pour Élodie et moi. Elle nous gratifie de ses plats au moins cinq fois par semaine. Le petit avocat – c'est comme ça qu'Élodie appelle son ventre rond – ne veut que des nouilles épicées aux feuilles de basilic. Les feuilles de basilic. Élodie en fait une véritable obsession depuis qu'elle est enceinte, au point de les piocher dans ses nouilles pour les mâchouiller. Les bébés vous font faire des trucs bizarres.

– Karina, me dit Mali en souriant, comment vas-tu ? Tu as l'air triste.

C'est du Mali tout craché. *Qu'est-ce qui ne va pas ? Tu as l'air triste.* Si elle a quelque chose en tête, elle finit forcément par le dire.

STARS

– Euh, je vais bien. C'est juste que je ne suis pas maquillée.

Je lève les yeux au ciel et elle me pince la joue.

– Rien à voir avec ça, dit-elle.

Non, cela n'a rien à voir avec ça en effet. Mais je ne suis pas triste. Et ça ne me plaît pas d'avoir suffisamment baissé ma garde pour que Mali s'en rende compte. Ça ne me plaît pas du tout.

CINQ

Mon client arrive pile quand dix heures et demie sonnent. Je suis habituée à sa ponctualité, sans parler de la douceur de sa peau. Je suis sûre qu'il s'applique de l'huile après chaque douche, et masser une peau déjà douce me facilite la tâche. Ses muscles sont toujours si tendus, surtout au niveau des épaules, que j'en ai conclu qu'il doit rester assis toute la journée derrière un bureau. Il n'est pas militaire. Je le sais à ses cheveux longs aux pointes bouclées.

Aujourd'hui, ses épaules sont si contractées que j'en ai presque mal aux doigts de frotter le tissu qui les recouvre. Il fait partie des expressifs, comme le sont beaucoup de mes clients, il pousse des râles profonds et rauques lorsque je démêle les nœuds qu'il a sur tout le corps. L'heure passe à la vitesse de l'éclair, et il me faut lui tapoter l'épaule pour le réveiller doucement, une fois la séance terminée.

Mon client de 10h30 – son prénom est Toby, mais j'aime l'appeler « 10h30 » – me donne de bons pourboires et entretient des rapports simples avec moi. Sauf le jour où il m'a proposé un rencard. Élodie a flippé quand je lui en ai parlé. Elle voulait que j'en informe Mali, mais

25

ça ne me plaît pas de créer des histoires pour si peu. Il a bien réagi à mon refus, chose plutôt rare chez un homme, je sais. Quoi qu'il en soit, il n'a plus jamais fait allusion à une éventuelle attirance à mon égard, j'en conclus que les choses sont claires entre nous.

Onze heures quarante-cinq et toujours pas d'Élodie. Elle n'est jamais à l'heure, mais d'habitude elle m'envoie un texto quand elle pense arriver avec plus de quinze minutes de retard. L'homme dans la salle d'attente doit être un nouveau client, car il ne me dit rien et je n'oublie jamais un visage. Il a l'air d'être plutôt patient. Pas Mali. Elle est à deux doigts d'appeler Élodie.

– Si elle n'est pas là dans cinq minutes, je peux m'occuper de lui. Ma prochaine cliente peut être décalée d'une heure, c'est Tina, je propose à Mali.

Elle connaît la plupart des clients qui fréquentent son salon ; elle se souvient de leur prénom, comme moi de leur visage.

– D'accord, d'accord. Mais ton amie est toujours en retard, reproche-t-elle.

Mali est la femme la plus gentille du monde, mais elle a un tempérament de feu.

– Elle est enceinte, je lui réponds pour défendre mon amie.

Mali lève les yeux au ciel.

– J'ai cinq enfants et je me suis toujours très bien débrouillée.

– Touché.

J'étouffe un petit rire et envoie un message à Tina pour savoir si elle pense pouvoir être là à une heure. Elle me répond dans la seconde par un *oui*, comme je m'y attendais.

– Monsieur, j'interpelle l'homme dans la salle d'attente. Votre massothérapeute a du retard. Je peux m'occuper de vous si vous le souhaitez ou préférez-vous attendre l'arrivée d'Élodie ?

STARS

Je ne sais pas s'il tient à passer avec elle pour une raison ou une autre, ou s'il souhaite simplement se faire masser. Depuis que nous sommes sur Yelp pour prendre les rendez-vous en ligne, je ne sais jamais si les clients viennent pour une masseuse en particulier.

Il se lève et se dirige vers l'accueil sans prononcer un mot.

– Cela vous convient-il ?

Il hésite une seconde, puis finit par hocher la tête. Ok...

– Très bien. (Je jette un œil à l'agenda. *Kael.* Quel prénom étrange !) Suivez-moi, s'il vous plaît.

Nous n'avons pas de cabines attribuées, pas officiellement du moins, mais j'ai arrangé la deuxième sur la gauche selon mes goûts pour qu'elle me corresponde parfaitement. C'est donc celle que j'utilise le plus souvent. D'ailleurs, personne d'autre n'y va à moins d'y être obligé.

J'y ai installé mon armoire, ma déco, et je suis en train de négocier avec Mali pour qu'elle me laisse repeindre les murs. Rien de pire que ce violet foncé. Non seulement cette couleur est loin d'être relaxante mais, en plus, elle est terne et démodée depuis plus de vingt ans.

– Vous pouvez suspendre vos vêtements sur le cintre ou les déposer sur la chaise, je lui dis. Ensuite, déshabillez-vous pour être confortable et allongez-vous sur le ventre. Je reviens dans deux minutes.

Le client ne prononce pas un mot. Il se contente de se tenir près de la chaise et de soulever son T-shirt gris par-dessus sa tête. C'est un soldat, ça ne fait aucun doute. Entre sa carrure solide et son crâne presque rasé à blanc, tout indique le soldat en lui. J'ai grandi dans des bases militaires toute ma vie, alors j'en sais quelque chose. Il plie son T-shirt et le dépose sur la chaise. Lorsque ses doigts commencent à tirer sur son pantalon de sport, je m'éclipse pour le laisser seul.

SIX

Je sors mon portable de la poche de ma blouse et lis la première phrase du texto de mon père: CE SOIR C'EST SPAGHETTIS! À TOUT À L'HEURE. Je pourrais citer près d'un milliard de choses que je préférerais faire, mais pour nous trois – parfois quatre –, c'est notre rendez-vous, chaque mardi sans exception. Depuis mon déménagement un an plus tôt, je n'ai loupé qu'un seul de nos dîners de famille, le jour où mes parents sont partis en camping-car assister à la remise du diplôme d'un camp d'entraînement d'un vague parent éloigné. Je n'étais donc techniquement pas fautive.

Pas besoin de répondre à mon père, il sait que je serai là à sept heures. Ma «nouvelle» mère sera dans la salle de bains en train de boucler ses cheveux et le dîner n'aura pas encore commencé, mais je serai là à l'heure. Comme toujours.

Le soin du client d'Élodie aurait déjà dû démarrer depuis trois bonnes minutes, alors je tire le rideau et entre dans la cabine. Les lumières tamisées dessinent des ombres violettes à cause de cet ignoble mur et les bougies brûlent depuis assez longtemps pour que l'air soit imprégné du parfum frais de la citronnelle. Même après la nuit éprouvante que j'ai passée, cette cabine a le pouvoir de m'apaiser.

Il est allongé sur la table au centre de la pièce, une serviette blanche remontée jusqu'à la taille. Je frotte mes mains l'une contre l'autre. Mes doigts sont trop froids pour toucher la peau de qui que ce soit, alors je me dirige vers le lavabo pour les réchauffer. J'ouvre le robinet. Rien. J'ai déjà oublié l'avertissement de Bradley et je n'ai pas eu besoin d'eau pendant l'heure précédente.

Je continue de frictionner mes mains et les enroule autour du chauffe-huile placé sur le rebord du lavabo. Un poil trop chaud, mais ça devrait le faire. L'huile sera tiède sur sa peau et il ne remarquera sûrement pas que nous sommes à court d'eau. Ce n'est pas très pratique, mais gérable. J'espère seulement que la personne qui a fermé le salon hier a placé des serviettes propres dans le chauffe-serviette avant de partir.

– Avez-vous des contractures particulières ou des points de tension sur lesquels vous souhaiteriez que je me concentre ? je lui demande.

Pas de réponse. S'est-il déjà endormi ?

J'attends quelques instants avant de lui reposer la question.

Il secoue la tête dans le socle et me répond :

– Ne touchez pas à ma jambe droite.

J'ai régulièrement des requêtes spéciales de personnes qui me demandent de ne pas toucher certaines zones de leurs corps, pour toutes sortes de raisons, de la prescription médicale au sentiment d'insécurité. Je n'ai pas à poser de questions, cela ne me regarde pas. Mon job est de faire en sorte que le client se sente mieux et de lui procurer un soin curatif.

– Entendu. Que préférez-vous ? Une pression légère, moyenne ou plus intense ?

STARS

La bouteille d'huile est encore très chaude, mais je sais que la température sera parfaite au moment de lui en appliquer sur la peau.

Une fois de plus, pas de réponse. Peut-être qu'il a des problèmes d'audition. J'ai aussi l'habitude de ce genre de cas, c'est l'une des conséquences les plus difficiles de la vie militaire.

– Kael ?

J'ai prononcé son prénom, sans vraiment savoir pourquoi.

Il relève la tête si brusquement que je crois un instant lui avoir fait peur. J'ai moi-même un petit sursaut.

– Pardon, je voulais juste savoir quelle intensité de pression vous souhaitez ?

– N'importe laquelle.

Il ne semble pas savoir ce qu'il veut. C'est sûrement sa première fois. Il repositionne son visage dans la têtière.

– Ok. Dites-moi simplement si vous trouvez la pression trop légère ou trop intense, et je m'adapterai.

Je peux avoir tendance à y aller un peu trop fort parfois. Mes clients apprécient, mais je n'ai encore jamais massé cet homme.

Qui sait s'il reviendra un jour ? Je dirai qu'environ quatre personnes sur dix reviennent après leur premier rendez-vous, et seulement une sur deux devient une habituée. Nous ne sommes pas un grand salon, mais nous avons une clientèle fidèle.

– C'est de l'huile essentielle de menthe poivrée. (J'incline la petite bouteille contre mon index.) Je vais en appliquer un peu sur vos tempes. Cela contribue à...

Il relève la tête et la secoue légèrement.

– Non merci.

Son ton n'est pas sévère, mais il me fait comprendre qu'il ne veut absolument pas que j'utilise de l'huile essentielle de menthe poivrée. Ok...

– Très bien.

Je revisse le capuchon du flacon et ouvre le robinet. Merde. L'eau. Je m'agenouille et ouvre le chauffe-serviette. Vide. Évidemment.

– Hum, je reviens dans un instant.

Il pose de nouveau sa tête dans la têtière tandis que je referme la porte du chauffe-serviette un peu trop brusquement. J'espère qu'avec la musique il n'a rien entendu. Cette séance ne s'annonce pas des plus simples...

SEPT

Je repousse le fin rideau à la recherche de serviettes et tombe sur Mali dans le couloir.

– J'ai besoin d'eau. Ou de serviettes chaudes.

Elle porte son doigt à ses lèvres pour me faire signe de parler moins fort.

– L'eau ne fonctionne pas, mais j'ai des serviettes. Qui n'a pas approvisionné les stocks ?

Je hausse les épaules. Je n'en sais rien et, à vrai dire, je m'en fiche un peu ; je veux juste une serviette.

– Ça fait déjà cinq minutes qu'il est dans la cabine et je n'ai toujours pas commencé.

À ces mots, elle se précipite dans la pièce à l'autre bout du couloir et réapparaît, munie de deux serviettes chaudes. Je m'en empare, puis jongle avec les paquets fumants d'une main à l'autre pour les refroidir.

De retour dans la cabine, j'agite la serviette en l'air une dernière fois, puis la frotte contre la plante de ses pieds nus. Sa peau est brûlante au point que je retire instantanément la serviette et touche son mollet du dos de ma main pour m'assurer qu'il n'a pas de fièvre ou quelque chose dans le genre. Je ne peux pas me permettre de tomber malade.

Littéralement.

Les droits dont je bénéficiais grâce à Tricare, la sécurité sociale de mon père, arrivent bientôt à expiration et je n'ai pas les moyens de souscrire une assurance maladie.

Sa peau est si chaude. Je soulève légèrement la serviette et me rends compte qu'il n'a pas retiré son pantalon. C'est juste... bizarre. Je ne sais pas comment je vais m'y prendre pour m'occuper de son autre jambe, celle que j'étais censée masser.

– Vous préférez que j'évite de toucher vos deux jambes ? je lui demande doucement.

Il hoche la tête dans le socle. Je passe la serviette sur la plante de ses pieds afin de nettoyer toute trace de transpiration ou de saleté. L'hygiène des clients... eh bien, disons simplement que cela varie. Certaines personnes arrivent ici en sandales après avoir marché dehors toute une journée. Pas cet homme, en tout cas, il a dû prendre une douche avant de venir. J'apprécie la démarche. Le genre de choses auxquelles est sensible une masseuse. Je commence par ses orteils, puis tout en exerçant de légères pressions, me déplace sous son pied gauche. À cet endroit je sens la présence d'une ligne moelleuse et surélevée, mais je ne parviens pas à voir la cicatrice dans l'obscurité. Je fais doucement glisser mon pouce le long de sa voûte plantaire, ce qui le fait légèrement tressaillir.

J'ai l'habitude d'organiser mes séances à la minute près, environ cinq minutes par jambe, alors je décide d'utiliser le temps restant pour me consacrer à ses épaules.

Beaucoup de gens concentrent toutes leurs tensions à cet endroit, mais cet homme... Si ce ne sont pas les épaules les plus raides sur lesquelles j'ai eu l'occasion de travailler, elles n'en sont pas loin. Je dois me faire violence pour ne pas inventer d'histoire sur sa vie.

Je continue ainsi, gardant ses jambes recouvertes par la serviette et massant son cou, ses épaules et son dos.

STARS

Ses muscles sont bien dessinés, ni trop gonflés ni trop durs sous mes doigts en mouvement. J'imagine que son jeune corps a dû porter le poids de quelque chose pendant longtemps – un sac à dos sans doute. Ou le poids de la vie elle-même. Il ne s'est pas assez livré pour que je puisse lui inventer une vie tout comme je le fais avec Bradley et la plupart des étrangers autour de moi. Quelque chose chez cet homme m'empêche de laisser libre cours à mon imagination.

Son cuir chevelu est la dernière zone sur laquelle je m'attarde. Habituellement, la douce pression que j'exerce fait gémir, ou du moins soupirer les clients, mais aucun son ne sort de sa bouche. Il n'émet pas le moindre bruit. Je suppose qu'il s'est endormi. C'est le genre de chose qui arrive souvent, et qui me plaît beaucoup. Cela signifie que j'ai fait du bon travail. Quand la fin de la séance arrive, j'ai l'impression qu'elle vient à peine de commencer. D'habitude, toutes sortes de réflexions vagabondent dans mon cerveau – sur mon père, mon frère, le boulot, ma maison. Mais une chose étrange s'est produite en travaillant sur cet homme. Je n'ai pensé à rien.

– Merci. Tout s'est bien passé ?

Il m'arrive de poser la question parfois, parfois non. Cet homme est tellement silencieux que je n'arrive pas à savoir s'il a apprécié ou pas.

Son visage est toujours enfoncé dans la têtière quand je l'entends vaguement me répondre : « Ouais ».

Ok...

– Très bien. Je vous laisse vous rhabiller tranquillement et vous retrouve dans le lobby dès que vous êtes prêt. Prenez votre temps.

Il hoche la tête et je quitte la pièce, quasiment sûre de n'obtenir aucun pourboire.

HUIT

J'entends la voix d'Élodie dans le lobby. Elle discute avec Mali qui lui remonte les bretelles pour son retard.

– Je me suis occupée de ton client, il est en train de se rhabiller, je dis à mon amie.

Ça ne coûte rien de faire savoir à Mali que la situation est restée sous contrôle, sans aucun dommage. Élodie m'adresse un sourire et penche la tête de côté. Elle a ce petit truc qui fait qu'elle arrive toujours à se sortir de toutes les situations.

– Je suis désolée, Karina. Merci.

Elle m'embrasse sur les deux joues. C'est un geste auquel je me suis habituée au bout d'une semaine de vie commune avec elle. Je ne suis pas une personne très tactile, mais je peux difficilement réagir avec elle comme je le ferais d'habitude.

– J'ai eu du mal à m'endormir la nuit dernière. Le petit avocat a commencé à me donner des coups de pied.

Son sourire s'élargit, mais je vois à ses yeux qu'elle manque de sommeil. Je compatis.

Mali pose sa main sur le ventre d'Élodie et commence à s'adresser au bébé. Je m'attendais à moitié à ce qu'elle demande au ventre rond : *que se passe-t-il, pourquoi tu ne souris pas ?* mais Mali est douce et bienveillante envers les enfants, même ceux qui ne sont pas encore nés. Le fait qu'elle touche Élodie comme ça me met un peu mal à l'aise, mais savoir que le bébé donne de petits coups me réjouit, ce que je partage d'un grand sourire. Je suis vraiment très heureuse pour mon amie. Je suis préoccupée de la savoir seule ici, sachant que sa famille et la plupart de ses amis se trouvent de l'autre côté de l'océan Atlantique. Elle est jeune. Si jeune. Je me demande si elle a pu raconter à Philippe qu'elle pense avoir senti le bébé bouger hier, ou s'il a eu l'occasion ne serait-ce que de consulter ses mails aujourd'hui. Le décalage horaire empêche Élodie de parler avec son mari autant qu'elle le souhaite, comme n'importe quelle autre personne mariée avec un militaire. Mais elle tient le coup, avec cette grâce qu'elle met dans tout ce qu'elle entreprend. Malgré tout, savoir qu'elle sera maman dans quelques mois me fait vraiment flipper.

Les yeux d'Élodie se posent sur le rideau derrière moi et son visage s'illumine comme un sapin de Noël. Elle passe tout près de moi, presque en me bousculant, et se précipite vers le client. Elle prononce un nom que j'ai du mal à saisir, mais qui ne ressemble pas du tout à Kael, et lui fait la bise en le serrant dans ses bras.

– Tu es là ? Quand es-tu arrivé ? Je n'arrive pas à croire que tu sois ici !

Sa voix monte dans les aigus et elle tombe de nouveau dans ses bras.

D'un signe de tête, Mali m'indique ma prochaine cliente en train de pousser la porte du salon.

– Au boulot, dit-elle.

NEUF

Tina est une de mes clientes préférées. Elle travaille à domicile comme conseillère familiale et me laisse souvent profiter de ses séances de massage pour faire *ma* propre thérapie. Ce n'est pas que je me livre facilement, mais Tina n'a personne à qui répéter mes secrets. D'ailleurs, ça me fait de la peine d'imaginer à quel point elle doit se sentir seule, dans sa grande maison vide, à dîner en solitaire devant la télé. Mais bon, ma vie se passe aussi comme ça, alors je ne devrais pas trop la plaindre. Je me sens un peu honteuse, car une bouffée d'angoisse me traverse à cette idée : est-ce que mon avenir va ressembler à la vie de Tina ?

Aujourd'hui, la séance avec elle semble ne jamais vouloir s'arrêter. Je consulte de nouveau l'horloge : encore dix minutes.

– Alors, comment ça se passe avec ton frère ? me demande-t-elle.

Afin de pouvoir me concentrer sur les muscles tendus de son cou, je repousse ses cheveux sur le côté. Tina vient récemment de se les faire couper, une coupe à la Demi[2], comme elle l'appelle. Mais comme elle déteste le résultat,

---

2. Coupe courte de Demi Moore.

elle a tout de suite commencé à porter des chapeaux pour camoufler ses mèches brunes. Ils n'ont pas encore suffisamment repoussé pour pouvoir les attacher en queue-de-cheval.

Je n'ai vraiment pas envie de parler de mon frère. En fait, je redoute les émotions que déclencherait cette discussion.

– Rien de neuf. Je n'ai pratiquement plus de nouvelles depuis qu'il vit chez mon oncle. Qui sait quand il reviendra ?

Je lâche un soupir, tout en faisant glisser mes doigts sur les clavicules de Tina.

– Est-il scolarisé là-bas ? demande-t-elle.

– Non. Ils n'arrêtent pas de dire qu'ils vont l'inscrire, mais ils ne l'ont toujours pas fait.

J'essaie de ne pas trop y penser, mais mon cerveau ne fonctionne pas ainsi. Une fois que les portes en sont entrouvertes, c'est comme si elles sortaient de leurs gonds et que tout se précipitait à l'intérieur.

– À mon avis, ils n'ont pas l'intention de le faire, me répond Tina.

– Ouais. Je me dis la même chose. Il refuse d'aborder le sujet avec moi et la bourse d'études qui lui aurait permis d'intégrer un *community college*[3] n'est plus valable depuis le mois dernier.

Des petits pics de stress envahissent mes épaules et se propagent tout le long de ma colonne vertébrale. Je déteste qu'Austin ne supporte plus de vivre chez mon père, mais je suis partagée ; c'est mon jumeau, il a vingt ans et ne fait rien de sa vie. Il ne devrait pas vivre dans un autre État, chez notre oncle de trente ans qui sent le *Cheetos*[4] et regarde des pornos toute la journée, mais

---

3. Établissement post-bac permettant d'obtenir un diplôme en deux ans ou d'accéder à l'université.

4. Chips soufflées au fromage d'une couleur orange pétante.

je ne suis pas prête non plus à ce qu'il vienne vivre chez moi. C'est compliqué. En fait, je n'arrive toujours pas à croire que mes parents l'aient laissé partir de la maison. Mais je ne peux vraiment pas en vouloir à mon frère. Encore une fois, c'est compliqué.

– Franchement, Karina, tu ne peux pas endosser l'entière responsabilité de cette histoire. Ce n'est pas bon pour toi. En fin de compte, ton frère et toi avez le même âge. Si je me souviens bien, il n'a que cinq minutes de moins que toi, non ?

– Six.

Je souris et fais glisser mes mains sur ses omoplates.

Je sais qu'elle a raison, mais ça ne facilite pas les choses pour autant.

Mes mains se déplacent sur sa peau en exerçant des petits points de pression.

– C'est à toi de décider ce qui est le mieux pour toi, dit-elle. Tu es en train de démarrer un nouveau chapitre de ta vie et rien ne devrait venir te perturber.

Plus facile à dire qu'à faire.

– Je demanderai à mon père s'il a eu des nouvelles de lui.

Après ça, Tina n'insiste plus. Elle doit se douter que ça serait trop dur à encaisser de parler du dîner avec mes « parents », surtout de si bon matin. Alors, elle profite simplement de la fin de son massage tandis que les pensées bouillonnent dans ma tête.

DIX

Il est presque six heures quand je termine ma journée. Trois autres clients se sont succédé après Tina, et chacun d'eux a réussi à m'occuper l'esprit d'une manière différente. Stewart – je l'appelle par le nom de famille cousu sur son uniforme – est médecin militaire et a les plus beaux yeux que j'ai jamais vus. Elle m'aide à rester concentrée en me parlant de la destination de sa prochaine affectation, des opportunités d'être envoyée presque partout dans le monde grâce à son travail, et qu'être mutée à Hawaï est carrément le jackpot. La voir si heureuse me fait plaisir.

À l'armée, certaines personnes adorent voyager et Stewart en fait clairement partie. Elle n'a qu'un an de plus que moi, mais a déjà été missionnée en Irak à deux reprises. Et elle en a des histoires à raconter ! À vingt et un ans, elle a vécu des expériences que la plupart des gens ne peuvent même pas imaginer. Mais une fois que ces expériences deviennent des souvenirs... eh bien, ils se mettent à passer en boucle dans la tête. Sans jamais s'arrêter, sans jamais se taire, ces souvenirs se transforment en un bruit de fond sonore logé dans un coin de la tête, tolérables mais toujours présents. Je suis bien placée pour le savoir. Le cerveau de mon père est envahi de ce même brouhaha. Avec ses six affectations en Irak et en Afghanistan, son bruit de fond résonne à travers toute la maison. Enfin, sa maison.

Tandis que Stewart est allongée sur la table, je ressasse toutes ces pensées. Je suis heureuse qu'elle puisse ainsi se livrer à moi, qu'elle arrive à se libérer en discutant et en évacuant un peu de ce bruit de fond. Mieux que n'importe qui, je sais que ce n'est pas l'aspect purement physique d'un massage qui suffit à réduire le stress, qui aide le corps à se sentir vivant.

Il y a presque quelque chose de poétique dans la manière dont Stewart parle de sa vie. Je ressens chacun des mots qu'elle prononce. Il me vient des pensées que je m'efforce pourtant de garder enfouies. Elle me connecte à quelque chose de plus profond, et lorsqu'elle me raconte tout ce par quoi elle est passée et tout ce qu'elle sait, c'est comme si elle m'ouvrait de nouvelles perspectives.

Par exemple, Stewart me parle beaucoup du fait qu'aux États-Unis, moins de huit pour cent des citoyens américains ont déjà servi dans l'armée. Cela inclut toutes les corps – y compris chaque vétéran qui a servi, ne serait-ce qu'une seule fois. Moins de huit pour cent seulement, sur plus de trois cents millions de personnes. J'ai du mal à me rendre compte que la manière dont j'ai grandi, à déménager de base en base, à devoir sans cesse me faire de nouveaux amis, à tenter de me familiariser avec de nouveaux étrangers presque chaque année, n'est pas le quotidien de la plupart des gens. Du moins, pas celui de la plupart des Américains.

Moins de huit pour cent ? Un si petit chiffre me semble juste impossible. De mon arrière-grand-père à mon père, en passant par mes oncles et mes cousins dispersés aux quatre coins du pays (sauf cet oncle minable chez

STARS

qui vit mon frère), tout le monde autour de moi portait un uniforme ou vivait avec quelqu'un qui le porte. J'avais l'impression que le monde était tellement grand, jusqu'à Stewart et ses statistiques.

Comme Tina, elle parle beaucoup pendant nos séances. Mais contrairement à elle, Stewart n'attend pas de moi que je me livre à mon tour. Je peux me cacher derrière ses expériences, dont la plupart m'obligent à me faire violence pour ne pas laisser mes larmes couler. Sans doute est-ce la raison pour laquelle ses séances défilent aussi vite.

ONZE

L'eau est revenue juste après le départ de Stewart. En attendant l'arrivée de mon prochain client ou de toute autre personne qui arriverait sans rendez-vous, j'en profite pour mettre les draps et les serviettes à laver, et me concocter une nouvelle playlist. Élodie se débrouille toujours pour être avec un nouveau client quand l'un des miens s'en va. Je crève d'envie de lui poser des questions sur ce soldat au prénom étrange, mais nous n'arrêtons pas de nous croiser. D'habitude, je ne me mêle pas des histoires des autres – j'en ai bien assez de mon côté –, mais Élodie ne connaît pas grand monde ici. Les seules autres femmes de soldats avec qui elle discute sont sur Facebook.

Le client suivant est un dormeur. En général, il ne lui faut pas plus de cinq minutes pour piquer du nez, ce qui me laisse l'heure entière pour penser à mon frère. Oh! Et aussi à combien j'appréhende le dîner de ce soir. J'en arrive presque à envier Austin de vivre aussi loin, en Caroline du Sud, de pouvoir faire la grasse matinée et de travailler à mi-temps chez *Kmart*.

Je pense aussi à l'ami d'Élodie et à sa décision de garder son pantalon pendant toute la durée du soin.

Je crois qu'autant de tension accumulée dans un seul corps, ce n'est pas sain pour un jeune homme de son âge. Il ne doit pas avoir plus de vingt-deux ans. Et encore.

Ma dernière cliente de la journée n'avait pas pris rendez-vous et m'a laissé un très bon pourboire pour un massage prénatal de trente minutes. Son ventre était si gros et elle avait l'air tellement épuisée. J'ai presque failli lui demander si tout allait bien, mais je n'ai pas voulu paraître impolie.

Je passe de nouveau devant la cabine d'Élodie. La porte est fermée et, l'espace d'une seconde, j'imagine son ami soldat dans la pièce avec elle. J'ai vraiment une imagination débordante.

Avant de rentrer à la maison, j'aide Mali à réapprovisionner la réserve, les chauffe-serviettes, et à plier le linge. Je ne suis pas pressée de rentrer, surtout pour ce soi-disant dîner de famille.

Ma journée s'achève enfin et je n'oublie pas d'emporter avec moi les restes des délicieux plats de Mali. Quand bien même ces histoires de femmes enceintes qui mangent pour deux ne seraient que de vieilles légendes de grands-mères, il est important qu'Élodie puisse avoir des plats nutritifs. Je tiens la nourriture dans une main et tente d'appeler mon frère de l'autre. Messagerie.

– Hé, c'est moi. J'appelais juste pour savoir comment tu allais. Je n'ai pas de nouvelles de toi depuis plusieurs jours. Rappelle-moi. Je vais chez papa ce soir pour le dîner du mardi. Ça craint que tu ne sois pas là.

Je raccroche et range mon portable dans ma poche avant. Dehors, on dirait que le soleil hésite à se coucher et le rouge orangé du ciel réchauffe l'atmosphère de ses jolies couleurs. Les places de stationnement dans la ruelle sont toutes occupées. La camionnette blanche de Bradley est là – garée de travers, occupant la place de deux voitures –, sa plate-forme surchargée de matelas me rappelle le conte de *La princesse aux petits pois*. Il sort par la porte de derrière et balance un oreiller sur la pile.

– L'eau est de retour ! crie-t-il en agitant la main.

– Je sais... je réponds en souriant. Merci de faire partie de la compagnie des eaux ! j'ajoute.

Ok, j'avoue, c'est bizarre. J'en ai conscience et je sais déjà que je finirai par me repasser cette conversation plus tard dans la soirée. Mon cerveau fonctionne de cette manière. Bradley ne semble rien avoir remarqué ou du moins n'essaie pas d'interpréter mes paroles de la façon dont moi je les entends. Il me souhaite simplement une bonne soirée, ferme la porte de son magasin à clé et grimpe au volant de sa camionnette.

Le claquement des portières, le bruit des voix et des pneus roulant sur les branches accompagnent la fin de mon court trajet jusqu'à la maison. Je pense au dîner de ce soir et aux conversations forcées que nous allons devoir tenir durant au moins trois plats.

Je dois être chez mon père à sept heures, il faut donc que je sois prête à partir de la maison vers sept heures moins vingt. Avant, il faut que je prenne une douche et que j'enfile de vrais vêtements, même si j'ai l'intention d'en faire le strict minimum. La femme de mon père a cessé de faire des remarques sur mes tenues après que j'ai perdu suffisamment de « kilos en trop » à son goût. Bien maigre récompense, je trouve.

J'aurais mille fois préféré rester à la maison et manger les restes avec Élodie. À quelques variantes près, j'ai eu cette même pensée chaque semaine depuis que j'ai emménagé ici. Je croyais qu'elle finirait par s'en aller et que je me ferais à cette routine. Mais non. Je n'ai pas réussi et ne pense pas y parvenir un jour. Évidemment, un dîner par semaine vaut mieux que devoir vivre chez eux, et de loin. Mais je déteste cette contrainte. Je déteste que ma semaine tout entière ne s'articule qu'autour de ce foutu mardi-sept heures. Lorsque je fais mes lessives, que je me lave les cheveux ou que je travaille, tout me ramène toujours à ce dîner. Je ne suis peut-être pas aussi mature que je l'imagine, après tout.

DOUZE

Facebook commence à me taper sur le système. Chaque fois que j'ouvre l'application, c'est pour apprendre une naissance, une demande en mariage ou la mort de quelqu'un. Sinon, ça parle politique et tout le monde se hurle dessus sans écouter l'autre. Tout ceci devient vraiment saoulant et cela fait des mois que je n'ai rien posté. Personnellement, je n'ai jamais ressenti le besoin de partager ma vie avec des gens que je connais à peine. Et contrairement à Sarah Chessman, qui est partie pendant mon année de terminale, je ne juge pas nécessaire de partager le moindre de mes selfies ou de mes petits plats mijotés sur les réseaux sociaux.

Mais titillée par la curiosité, et aussi parce qu'il me reste encore quelques minutes avant d'arriver chez moi, je décide de consulter le profil de Sarah Chessman et de faire défiler sa vie inintéressante. Je ne sais pas si c'est le fait de marcher dans cette rue bruyante alors que mes pieds me font un mal de chien, ou parce que dans une heure je serai en train de toquer à la porte de mon père, mais la vie de Sarah ne m'a pas l'air si mal que ça, finalement. Elle a un mari – un militaire fraîchement débarqué au Texas – et un bébé en route. Je regarde une vidéo d'elle de dix secondes en train d'ouvrir une boîte remplie de ballons roses pour révéler le sexe du futur bébé. Elle ne semble pas terrifiée. Du moins, pas comme moi je le serais à sa place.

Je commence à me sentir un peu hypocrite de la juger de la sorte, alors je retourne sur mon fil d'actualité. Mon père a posté une photo de lui, un poisson dans une main et une bière dans l'autre. Il adore la chasse et la pêche ; sauf que ça nous dégoûte, mon frère et moi. Surtout Austin. Jusqu'à ce que nous rentrions au lycée et commencions à sortir avec des copains, il partait faire des virées de chasse avec mon père. Mon frère, à qui je parlais presque tous les jours mais que j'ai du mal aujourd'hui à avoir au téléphone, a déjà liké la publication de mon père. Ainsi qu'une autre personne dont la photo de profil représente un golden retriever et qui a commenté qu'il n'a jamais vu mon père « aussi heureux ».

Ça me fait un pincement au cœur. Vraiment. J'entends ça constamment depuis que mon père s'est remarié voici trois ans. De ses voisins aux caissiers des PX[5], tout le monde semble penser qu'il est tout à fait légitime de féliciter mon père d'avoir l'air vraiment heureux. Personne ne semble se soucier du fait que je puisse être à l'écoute, et que lui dire combien il paraît heureux *maintenant* suppose qu'il ne l'a jamais vraiment été avant. Personne ne semble se préoccuper de moi. C'est comme ça que j'ai commencé à me cramponner aux autres, surtout aux mecs. Des mecs de mon lycée, mais aussi des mecs plus vieux. Je recherchais quelque chose que je ne trouvais pas à la maison, sans savoir exactement de quoi il s'agissait.

Plus précisément, je me suis accrochée à Austin. Peut-être parce que nous étions jumeaux ou parce que nos

5. Magasins réservés aux militaires dans les bases.

parents n'étaient jamais là quand nous avions besoin d'eux et que leurs conseils auraient été vraiment utiles. Pendant un moment, j'ai eu l'impression qu'être proche de mon frère-plus-jeune-de-six-minutes m'aidait. Mais dès que nous sommes entrés au lycée, j'ai réalisé qu'Austin n'était pas la personne que j'avais cru qu'il deviendrait. L'un des phénomènes les plus étranges quand on grandit, c'est la manière dont les souvenirs changent.

Comme lorsqu'Austin m'a emmenée à cette soirée au manoir de Chesapeake, où se rendaient tous les enfants d'officiers pour faire la fête. Il m'a dit que tous les gens de notre âge buvaient, qu'il fallait juste que je me détende un peu. Puis il a fini dans une chambre avec une fille d'un lycée de l'autre bout de la ville, et j'ai dû dormir là-bas, entourée de mecs bruyants et agressifs. L'un d'entre eux, celui qui m'appelait la « sœur d'Austin » et dont la voix était bien trop grave pour être celle d'un lycéen, a juré que j'étais tombée amoureuse de lui avant de m'enfoncer sa langue tout au fond de la gorge, à plusieurs reprises. Jusqu'à ce que je fonde en larmes et qu'il me regarde d'une manière cheloue.

Marrant de voir comme mes incessants *non non non, s'il te plaît* n'ont pas suffi à l'arrêter. Non. Ce sont les larmes chaudes et salées ruisselant sur mon visage qui ont finalement réussi à le repousser. En définitive, je me suis endormie sur un canapé, en écoutant des bruits de jeux vidéo de guerre s'élever de la pièce d'à côté. Austin ne s'est pas excusé le lendemain matin. Il ne m'a jamais demandé comment ni où j'avais dormi. Il s'est contenté d'embrasser cette fille sur la joue et de lancer une blague qui nous a fait éclater de rire toutes les deux, puis nous sommes rentrés à la maison comme si de rien n'était. Notre père m'a hurlé dessus, mais pas sur lui. Et nous avons tous les deux été punis pendant une semaine.

Je clique de nouveau sur le profil d'Austin en songeant à le rappeler mais, à ma grande surprise, Élodie ouvre la porte d'entrée. Je suis arrivée devant mon porche sans même m'en rendre compte.

TREIZE

Ma maison est toute petite, si bien que la porte d'entrée donne directement sur le salon. C'est une des raisons pour lesquelles je l'adore, le fait qu'elle soit cosy et pleine de charme, chaque chose bien à sa place. Quand je rentre ce soir-là, les lumières et la télé sont allumées, la voix d'Olivia Pope[6] résonne dans toute la pièce. Élodie, debout dans l'embrasure de la porte, m'accueille avec un sourire crispé. Il se trame quelque chose.

Je ne connais pas Élodie depuis très longtemps, pourtant je me sens déjà très proche d'elle. Je ne pense pas que nous ayons grand-chose en commun, hormis notre âge. Et même sur ce point, eh bien, d'une certaine façon je me sens plus vieille. Physiquement, aussi. Élodie a un truc bien à elle qui fait qu'elle paraît toujours plus jeune qu'elle ne l'est, surtout quand elle sourit. Et lorsqu'elle est anxieuse ou triste, elle a carrément l'air d'avoir seize ans. Même moins. Ce qui fait ressortir mon côté protecteur.

Élodie fait de son mieux pour incarner la parfaite petite épouse de militaire, mais elle se retrouve déjà au centre de tout un tas de rumeurs mesquines. Les femmes

6. Personnage de la série *Scandal*, joué par Kerry Washington.

du régiment de Phillip se moquent de son accent et la surnomment la «femme par correspondance». Elle est pourtant loin d'être la seule dans ce cas-là. Nombreux sont les soldats qui rencontrent leurs futures épouses en ligne, mais ces femmes ne semblent pas s'en soucier. Elles devraient sans doute en parler avec Stewart. Je parie qu'elle connaît toutes les statistiques concernant le nombre de militaires qui ont rencontré leurs femmes sur des sites comme MilitaryCupid.

Bref, voilà comment se passe la vie dans la plupart des bases militaires: tout le monde se chamaille et se tire dans les pattes pour décrocher le meilleur poste. Les voisines d'Élodie sont de vraies petites connes qui passent leurs journées à organiser des systèmes pyramidaux[7] sur Facebook et à la persécuter parce que sa pelouse est trop haute d'un centimètre. Et je n'exagère pas. J'étais avec elle le jour où le «maire» de sa résidence est arrivé à toute allure en faisant crisser les pneus de sa voiture. Il a réprimandé Élodie pour avoir laissé dépasser la hauteur réglementaire de sa pelouse d'un demi-centimètre.

Oui, le «maire» a mesuré.

Non, elle n'avait rien de mieux à faire.

Voilà pourquoi Élodie préfère passer ses nuits sur mon canapé, ou dans mon lit, cela dépend de l'endroit où elle s'endort. Mais j'ai le sentiment qu'elle préfère le canapé. Elle ne se réveille pas en réclamant Phillip lorsqu'elle y dort.

J'ai l'intention de bombarder Élodie de questions sur le mec de ce matin. C'est évident qu'elle le connaît, mais comment? À ma connaissance, elle n'a pas beaucoup d'amis et ne passe pas beaucoup de temps à sociabiliser

---

7. Un système pyramidal est un modèle d'entreprise qui recrute avec une promesse de paiement pour l'inscription d'autres personnes dans l'entreprise. On l'appelle aussi «escroquerie pyramidale».

non plus. Peut-être que Phillip a des copains en dehors de son peloton. Ce n'est pas commun, mais pas impossible non plus.

Elle est assise dans le canapé, les pieds repliés sous ses fesses. Son petit corps menu est en train de changer, son ventre commence à s'arrondir. Je me demande où dormira le bébé dans cette petite maison.

Scandal est la série américaine préférée d'Élodie en ce moment. C'est la première fois qu'elle enchaîne à ce point des épisodes.

– Tu en es à quelle saison ? je lui demande.

– La deuxième, répond-elle doucement.

Elle est tellement calme. Je retire mes chaussures, et ce n'est que lorsque j'en fais tomber une sur le sol que je vois quelque chose bouger dans mon champ de vision et qu'enfin je me rends compte de la présence d'une autre personne dans la maison.

Un son, comme un petit cri, s'échappe de ma bouche en le voyant. Le client monosyllabique de ce matin est en train de me fixer. Il est assis sur mon fauteuil – le rose foncé qui fut rouge en son temps – celui que ma nourrice m'a donné avant que nous déménagions en Géorgie.

– Euh, eh !

C'est tout ce que j'arrive à articuler quand mon cœur s'arrête de bondir dans ma poitrine, une fois l'effet de surprise passé. Comment ai-je pu ne pas me rendre compte de la présence d'un être humain dans mon propre salon ? Je me sens complètement déconnectée ces dernières semaines, mais aujourd'hui je suis passée à un autre niveau.

– C'était comment, le boulot ? me demande Élodie, le regard fixé sur la télé avant de revenir vers moi.

Ses doigts s'agitent nerveusement sur ses genoux.

– Bien...

Je dévisage Kael qui me fixe à son tour.

Lorsque, plus tard, je me remémorerai cette scène, la toute première fois que je l'ai vu dans ma petite maison blanche, ce souvenir provoquera en moi une sensation de vive douleur, puis de bonheur intense, et à nouveau de douleur, et ainsi de suite, encore et encore et encore. Pourtant, dans la vraie vie, tout s'est passé très vite. Avant qu'il ne devienne quelqu'un pour moi – qu'il ne devienne mon univers –, il n'était rien d'autre qu'un étranger silencieux au visage neutre et au regard vide.

Il y a quelque chose en lui d'indomptable, quelque chose de si fermé que je ne pourrais même pas lui inventer ne serait-ce que les prémices d'une vie imaginaire. Il déteste l'huile de menthe poivrée et ne veut pas que je touche sa jambe, ce sont les seuls indices que je possède à son sujet.

Je sens une odeur de pop-corn, avant même d'entendre les petits bruits secs d'éclatement.

– Je fais du pop-corn, m'annonce Élodie.

Elle est nerveuse. Que se passe-t-il ici ?

– Ok... Je vais aller prendre une douche. Je dois être chez mon père à sept heures.

Je me dirige vers le couloir et Élodie m'emboîte le pas en se mordillant la lèvre inférieure.

– Alors ? je lui demande.

– Il est rentré la nuit dernière. Il était avec Phillip.

Elle parle à voix basse et je sais déjà qu'elle s'apprête à me demander quelque chose. Ma mère faisait ça, elle aussi, chaque fois qu'elle avait un service à me demander.

– Tu penses qu'il peut rester ici une journée, le temps qu'il récupère...

Sa voix s'estompe, elle s'interrompt une seconde.

– Le temps qu'il puisse entrer dans son logement. Pardon de te demander ça comme ça, je...

Je l'arrête d'un geste de la main.

– Comment tu connais ce type ?

STARS

Je veux simplement m'assurer que tout est réglo.

– Oh! J'ai fait sa connaissance juste avant qu'ils partent. C'est un mec bien, Karina. Honnête. Il est l'ami le plus proche que Phillip ait eu là-bas.

– Pourquoi est-il rentré ? je lui demande.

Elle secoue la tête. Et jette un œil dans le salon.

– Je ne le lui ai pas demandé. Tu penses que je devrais ?

– Moi, je ne le ferais pas. Il peut rester ici, mais s'il commence à agir bizarrement, il dégage. Et toi aussi! je la charrie.

Elle me sourit et pose la main sur mon bras. Elle est toujours si affectueuse. Moi, pas tellement.

– Merci. Tu es la...

Je lève la main pour l'empêcher de terminer sa phrase.

– Je sais, je sais. Je suis la meilleure. Maintenant, il faut que j'aille prendre ma douche si je ne veux pas arriver en retard chez mon père.

Elle lève les yeux au ciel et ajoute:

– Ouais, tu devrais plutôt me remercier.

Nous pouffons de rire toutes les deux et je lui claque au nez la porte de la salle de bains.

QUATORZE

Ma petite maison aurait bien besoin d'être un peu...
euh, rénovée. Elle est dans le même état depuis que
j'ai emménagé ici il y a quelques mois. Tous les jours, c'est
la même chorégraphie, je sautille d'un pied sur l'autre sur
le carrelage froid, complètement nue, en attendant que
l'eau veuille bien chauffer. Mais ce n'est pas le pire dans
cette histoire. Dès que l'eau chaude arrive enfin, ça ne
dure pas – pas pour longtemps du moins.

L'eau devient brûlante, puis gelée, puis brûlante
à nouveau. C'est assez insupportable. J'adore ma petite
maison légèrement défraîchie, mais tout un tas de choses
ont besoin d'être réparées et cela risque de prendre du
temps. J'ai moi-même tenté quelques petites rénovations.
Comme le carrelage de la douche acheté un samedi
après-midi riche en aventures chez *Home Depot*. J'ai fait
le plein de pots de peinture, de petits tubes d'enduit
pour reboucher les trous des murs dans l'entrée,
de poignées pour remplacer celles des placards
de la cuisine et de carreaux de faïence pour la salle
de bains. Les poignées ont fait leur petit effet sur les
placards. Je dois admettre qu'elles ont nettement amélioré

le look du mobilier, exactement comme me l'avait prédit HGTV[8]. Trop bien !

J'ai repeint les murs de la cuisine. Génial aussi. Ensuite, j'ai commencé à m'atteler au carrelage de la douche. Bon, en pratique, j'en ai enlevé la moitié que j'ai remplacée par environ... six carreaux.

Je les ai comptés.

Ok, donc huit.

Bien que cela soit très pratique de me servir du relooking de ma maison comme prétexte pour décourager les passages improvisés de mon père, il faut vraiment que j'arrête de procrastiner. Cette maison est mon moyen de prouver que je peux me débrouiller seule. Je ne sais pas qui j'essaie le plus de convaincre : moi-même ou mon père. Et est-ce vraiment important ?

L'eau finit par être assez chaude pour que je puisse me laver les cheveux. Le jet ne s'interrompt que deux petites fois. Je ferme les robinets, mais l'eau continue de goutter dans la douche tandis que je me sèche les cheveux. Je repense à l'ami d'Élodie, cet étranger dans ma maison. Il a l'air plutôt sympa, mais tellement calme. J'enroule une petite serviette autour du robinet pour stopper la fuite. Je me demande si Phillip est le genre d'homme à être dérangé par le fait que son ami séjourne en compagnie de sa femme enceinte.

Je sèche les pointes de mes cheveux et commence à me sentir mal à l'aise. Impossible de les sécher complètement en moins de trente minutes et il ne m'en reste plus que dix avant de partir. Ça fera l'affaire.

Il faut que je fasse une lessive, et vite. Pas besoin d'être super-bien sapée pour mon père et sa femme, mais je sais que ma tenue sera le sujet de conversation numéro un à table. En dehors de nos tenues respectives

---

8. Chaîne de télévision américaine spécialisée dans la décoration, l'agencement et la rénovation de la maison et du jardin.

STARS

et de la traditionnelle question : « Quels films as-tu vus récemment ? », ma belle-mère n'a rien d'autre à me dire. Pour sa défense, j'ai encore moins de choses à lui raconter.

Je n'ai pratiquement plus de vêtements dans mon placard, alors je plonge dans le sac *Forever 21* posé près de ma table de nuit. Et moi, aurai-je vingt et un ans pour toujours ? Je suppose que je le découvrirai le mois prochain, à mon anniversaire. Il n'y a pas grand-chose dans ce sac : un jean trop grand d'une taille et un T-shirt marron qui me va mais dont la matière semble gratter.

J'entends la voix d'Élodie tandis que je termine de me préparer. On dirait qu'elle tente d'expliquer la série *Scandal* à son ami et ça me fait rire parce qu'il n'y a pas pire qu'elle pour raconter des films ou des séries à qui que ce soit. Elle s'emmêle toujours les pinceaux avec les prénoms et, sans le faire exprès, elle est parfaitement capable de *spoiler* la fin. Comme je déteste les *spoilers*, je sais qu'il ne faut pas lui poser la moindre question sur un film ou une série qu'elle a déjà vus.

Quand j'arrive enfin dans le salon, il me reste encore cinq minutes avant de devoir partir. Kael est toujours assis au même endroit, ses yeux ont l'air d'être sur le point de se fermer à tout moment, son T-shirt épouse parfaitement la forme de ses larges épaules. C'est drôle comme le fauteuil sur lequel il est assis paraît minuscule !

Élodie sort de la cuisine avec un énorme saladier plein de pop-corn.

– Tu pars ? me demande-t-elle.

Je hoche la tête, tout en plongeant ma main dans le récipient. Je meurs de faim.

– Je vais être en retard, je réponds dans un soupir.

– Que se passerait-il si tu n'y allais pas ?

Élodie et moi plaisantons souvent au sujet de mon rencard du mardi soir. Absolument tous les mardis, pour être exacte.

– Ils seraient capables de me renier.

Je regarde Kael pour voir s'il écoute. Il ne regarde pas dans notre direction, mais d'une certaine façon, je sais qu'il nous entend. C'est un militaire après tout.

– Bon, ça ne serait pas si grave, si ?

Elle essuie ses doigts luisants de beurre sur son short, puis les lèche. Histoire d'être sûre, je suppose.

– Pas grave du tout. Hé !

J'ouvre la porte du frigo pour attraper une boisson. Élodie a eu la main un peu lourde sur le sel dans les pop-corn.

– Tu veux que je rapporte du dessert qu'elle aura fait ?

Elle secoue la tête en souriant, la bouche pleine de pop-corn.

– Je reviens vers neuf heures. Peut-être plus tard, mais j'espère que non, je lance à mes deux compagnons.

Je me surprends à me demander ce qu'ils vont faire quand je serai partie. Les images qui me traversent l'esprit me dérangent un peu, mais je ne suis pas sûre de savoir pourquoi. Avant que je ne puisse me pencher sur cette question, sa voix me surprend au moment où j'atteins la porte d'entrée.

QUINZE

– Je peux me servir de ta salle de bains ?

Sa voix est aussi douce que la pluie. Il me regarde patiemment, comme s'il était dans l'attente de quelque chose. C'est un regard que je vais être amenée à vraiment bien connaître.

Kael m'est familier d'une manière dont seul un étranger peut l'être. Je ne l'avais jamais vu, et pourtant j'ai déjà mémorisé son visage. La ligne épaisse de son sourcil, la petite cicatrice au-dessus de son œil. On pourrait s'être déjà rencontrés, dans un autre lieu ou à un autre moment de ma vie. Peut-être l'ai-je croisé dans une boutique ou dans la rue, en train d'attendre un café ou un donut ? Ou peut-être a-t-il juste un de ces visages qui vous semblent familiers. Il y a des gens comme ça.

– Je peux ? me demande-t-il à nouveau.

Je bafouille un peu.

– Hum, oui. Bien sûr. Bien sûr que tu peux utiliser la salle de bains. Et peut-être que tu veux manger quelque chose ? Il n'y a pas grand-chose dans le frigo, mais fais comme chez toi.

Je vois bien qu'Élodie attend que Kael quitte la pièce pour se remettre à discuter, mais je n'ai vraiment pas le temps, même pour un petit bavardage de cinq minutes.

Je connais mon père, et si j'arrive ne serait-ce que cinq minutes en retard, il passera le double de temps à me faire la morale. Il faut que j'y aille.

– Merci, murmure Kael en se levant.

Il a l'air si grand à côté du petit canapé en cuir. En fait, il semble immense à côté de tout ce qui peut exister dans ma petite maison. Même le vaisselier acheté sur *Craiglist*, avant que je me rende compte du danger de donner rendez-vous à des inconnus au fond du parking *Walmart*. J'ai beaucoup d'objets dans ma maison, la plupart sont vieux ou d'occasion, mais l'espace d'une seconde, je suis inquiète à l'idée de savoir ce mec chez moi. A-t-il remarqué la pile de vêtements sales qui attendent désespérément de passer à la machine, ou le monticule de vaisselle dans l'évier ?

Et pourquoi je m'en préoccupe ?

– Si, il y a de la tarte aux... comment tu dis... (Élodie lutte pour trouver le bon mot en anglais.) Celle avec les petits fruits *rouges*[9]...

Elle maintient son doigt en l'air et je termine la phrase à sa place.

– Cerises ?

Rouge est l'un des rares mots que j'ai retenu de mes cours de français au lycée. Élodie hoche la tête, mais elle n'a même pas besoin de le faire. Je sais bien qu'elle est capable d'engloutir toute une tarte aux cerises en une seule bouchée, je l'ai déjà vue faire. Et qui pourrait lui en vouloir ? Estelle, la femme de mon père, est plutôt bonne cuisinière. Si je l'appréciais un peu plus, j'admettrais qu'en réalité j'adore sa cuisine. Mais ce n'est pas le cas, donc je ne le ferai pas.

– Oui, oui ! Aux cerises !

Élodie passe sa langue sur ses lèvres. Elle entre tellement dans tous les stéréotypes de la femme enceinte que je ne peux me retenir de rire.

---

9. En français dans le texte.

STARS

Je lui dis au revoir pour la seconde fois, et Kael me fait un signe de la tête en regardant à peine dans ma direction avant de se diriger vers le couloir. J'attends que la porte de la salle de bains se referme.

– Il est toujours aussi silencieux ? je demande à Élodie. Puis je hurle assez fort pour qu'il m'entende : Les serviettes sont dans le placard derrière la porte !

Elle hausse les épaules et grimace un peu.

– Je ne sais pas...

Je soupire.

– Ouais, évite de me le rappeler.

Élodie mordille sa lèvre comme elle le fait toujours, et je lui adresse une sorte de sourire réconfortant. Je pars avant qu'une autre minute ne s'écoule.

SEIZE

Je suis en retard. Pas à cause d'un accrochage qui aurait ralenti la circulation ou parce que mon père m'aurait appelée à la dernière minute pour me demander de lui prendre un soda sur la route. Le vrai retard. Le genre de retard qui se terminera par un soupir dramatique de mon père et par une leçon de morale pour avoir contraint Estelle à conserver la nourriture au chaud dans le four, et que, par ma faute, le poulet est tout sec, et est-ce qu'il m'arrive de penser à qui que ce soit d'autre qu'à ma petite personne... Je suis censée arriver chez mon père dans dix minutes et, pourtant, je suis toujours garée dans l'allée. Comme je viens de le dire, *en retard*.

Je ne sais pas trop ce que je suis en train de faire, assise au volant de ma voiture, à fixer le pare-brise en silence. Tout ce que je sais, c'est que je déteste les mardis et que je redoute de démarrer. Par-dessus tout, je déteste toutes les formes d'obligation sur lesquelles je n'ai aucun contrôle. Je n'aime pas que l'on me dicte qui je dois être, ce que je dois faire ni où je dois aller. Et pourtant, je laisse mon père m'infliger cette pression. Toute ma vie, il me l'a imposée et je l'ai laissé faire.

Je regarde de nouveau mon portable : un appel manqué d'un numéro inconnu. Quand j'essaie de rappeler, je tombe sur un appel en PCV. Ces trucs-là existent encore ?

Sans raison particulière, je vais sur Instagram et fais défiler les photos de filles que je connaissais au lycée et qui sont désormais à l'université ou à l'armée. Rares sont les personnes que je fréquentais au lycée qui ont fini par aller à l'université. Pour des raisons financières ou autres, ce n'est simplement pas la norme, comme c'est le cas dans les films. J'arrête de dérouler mon fil d'actualité lorsque je tombe sur une photo d'une eau bleue étincelante et d'une côte bordée de sable blanc.

Dans ce décor trônent deux chaises longues ombragées par des parasols. Dans l'angle de la photo, deux mains font trinquer des verres de ce que je devine être de la piña colada. La légende dit : «*OMG, si tu penses que cette vue est dingue, attends de voir les photos que nous allons poster ce soir!!! Ici le ciel est teeeeellement incroyable!*», le tout accompagné d'une ribambelle d'émojis aux yeux en forme de cœur. La fille qui a posté cette photo, Josie Spooner, est une véritable narcissique qui poste chaque fois qu'elle sort de chez elle. Son café du matin, avec une citation qui annonce à quel point elle se sent «*prête à attaquer le lundi!*» et ses «*Pffft, tellement déçue des gens. Sérieux. Même pas envie d'en parler!*», alimente régulièrement mon fil d'actualité. Je ne sais même pas pourquoi je ne l'ai toujours pas supprimée. Je ne lui ai pas parlé depuis que nous avons quitté la Caroline du Nord. Mais bon, si je supprime toutes les personnes qui m'énervent sur les réseaux sociaux, je vais me retrouver avec zéro ami.

J'allais lever les yeux au ciel quand quelque chose capte mon attention dans les parages. Kael. Il porte sa tenue de camouflage *Army Combat Uniform* et enjambe la pelouse à grands pas vers le trottoir.

Je baisse la vitre et l'appelle.

– Hé!

Il se dirige vers ma voiture, en s'inclinant légèrement pour mieux me voir.

– Où tu vas ? je lui demande, avant de réaliser à quel point ma voix porte.

– À la base.

Toujours cette douce voix.

– Là maintenant ? Tu comptes y aller à pied ?

Comme si cela me regardait ! Il hausse les épaules.

– Ouais. Ma voiture est là-bas. (Il baisse les yeux vers son uniforme.) Et mes vêtements aussi.

– Mais c'est hyper-loin.

Il hausse de nouveau les épaules.

Il va sérieusement faire trois kilomètres à pied ?

Je regarde la petite horloge digitale sur mon tableau de bord : sept heures. Je devrais déjà être en train de toquer à la porte de mon père, là, à cet instant précis. Et pourtant, je suis toujours stationnée dans l'allée, en train de me demander si oui ou non je lui propose de le déposer. Nous allons tous les deux au même endroit, après tout...

Enfin, peut-être. Fort Benning n'est peut-être pas aussi grand que... disons Fort Hood, mais quand même.

Kael se redresse. Le haut de son corps échappe à ma vue tandis qu'il commence à s'éloigner. Je le rappelle, presque instinctivement.

– Tu veux que je te dépose ? Je prends la porte Ouest, où se trouve ta base ?

Il se penche de nouveau.

– Pas loin de Patton, même porte.

– C'est juste à côté de chez moi, enfin de la maison de mon père. Monte.

Je remarque la manière qu'il a de tripoter nerveusement ses doigts. Ça me rappelle Austin qui devenait nerveux dès que nous devions aller chez notre mère. Il s'asseyait avec moi à l'arrière de la voiture et s'arrachait toute la peau autour des ongles jusqu'à se faire saigner.

– Je renouvelle mon offre. Mais ce sera la dernière fois.

Kael hoche la tête et, sans prononcer un mot, se dirige vers le côté passager – en fait, il s'arrête à l'arrière.

– Je ne suis pas un Uber, je lui signale, mais je ne plaisante qu'à moitié.

Il s'assied près de moi. C'est étrange. D'habitude, la seule personne que je transporte est la mini-Élodie, et voilà ce grand gaillard assis près de moi. Ses genoux touchent le tableau de bord et il sent bon mon gel douche à la noix de coco.

– Tu peux ajuster le siège.

Je passe la marche arrière, mais mon levier de vitesse reste coincé une seconde. Ça me fait tout le temps ça, ces derniers temps. Ma fidèle Lumina 1990 ne m'a jamais fait faux bond depuis que je l'ai achetée pour la modique somme de cinq cents dollars, payés presque uniquement en coupures d'un dollar, gagnés en pourboires à *La Rosa's Pizza* où je travaillais après l'école et durant les week-ends.

Au lycée, j'étais la seule de mon entourage à avoir un job. Mon petit groupe d'amis passait son temps à s'en plaindre et essayait de m'en détourner pour me traîner à des soirées, au lac ou sur les parkings de l'école primaire pour fumer de l'herbe. Oui, de l'école primaire. Nous étions un peu des délinquants, mais au moins j'avais les moyens de me payer ma propre délinquance.

– Grrr, je râle en agitant le levier de vitesse.

Sur son siège près de moi, Kael reste silencieux. Pourtant, je jurerais avoir vu sa main se soulever de son genou comme pour essayer d'atteindre quelque chose et tenter de m'aider si je n'y arrivais pas. Mais j'y arrive. Les roues crissent sur le gravier dans l'allée et nous nous mettons en route.

Je n'envoie pas de texto à mon père pour le prévenir de mon retard. Pourquoi le ferais-je, sachant qu'il m'engueulera de toute façon, d'abord par message puis de nouveau de vive voix, juste pour s'assurer que je retienne bien la leçon. Il est comme ça.

Vive les mardis !

DIX-SEPT

La ruelle paraît déserte. Comme si tout le monde avait déguerpi dans l'heure, ce qui est probablement le cas. Kael attache sa ceinture. J'ignore le petit bip sonore que déclenche ma voiture pour me rappeler d'attacher la mienne, ce que j'oublie systématiquement de faire. Heureusement, c'est une vieille voiture et l'avertisseur ne retentit qu'une seule fois, parfois deux.

Je songe à engager la conversation, mais du peu que je sache, ça n'a pas l'air d'être vraiment son truc. Un rapide coup d'œil dans sa direction, et je m'empresse d'allumer la radio. Jamais je ne me suis encore retrouvée avec quelqu'un qui me mette aussi mal à l'aise. Je suis incapable d'expliquer cette sensation, d'ailleurs je ne suis même pas sûre de ne pas l'apprécier, je ressens juste le besoin de parler. D'où me vient cette envie irrépressible de briser la glace, ce besoin de combler le silence par des mots ? Peut-être que Kael a raison d'être ainsi après tout, et que nous autres avons tous tort.

C'est la première fois que j'entends ce morceau passer à la radio, mais je reconnais tout de suite la voix de Shawn Mendes. J'augmente un peu le volume et conduis en silence jusqu'à ce que nous approchions de la base.

J'espère que son régiment ne se trouve pas trop loin. J'évite de me rendre dans cette base à moins d'y être obligée ou d'avoir rendez-vous chez le docteur. Ce qui est souvent une seule et même chose.

Le voyant de l'indicateur de carburant est allumé, petit rappel lumineux de mon irresponsabilité. Quand la chanson de Shawn Mendes se termine, elle laisse place à une page de pub. J'écoute les annonces : un témoignage pour une clinique spécialisée dans la perte de poids, une offre de crédit pour l'achat d'une voiture à faible taux d'intérêt. « Remise exceptionnelle pour les militaires », promet la voix off, limite criarde.

– Tu peux changer de fréquence si tu veux, je lui annonce comme une hôtesse chaleureuse. Quel genre de musique tu écoutes ?

– Ça me va.

– Ok.

Je quitte l'autoroute et suis soulagée de voir qu'il n'y a pas la queue pour entrer dans la base. J'adore vivre du côté de la ville que j'ai choisie, assez près de la base, mais tout de même assez loin de mon père pour pouvoir respirer.

– Nous y sommes, je lui dis, comme s'il ne voyait pas tout seul les lumières vives devant nous.

Il décolle ses hanches du siège et sort un vieux portefeuille tout corné de la poche de son uniforme. Il laisse tomber sa carte d'identification militaire dans ma main ouverte. Le bout de ses doigts chauds effleure ma peau et je retire brusquement ma main. Sa carte glisse entre nos deux sièges.

– Merde.

Je glisse mes doigts dans l'intervalle étroit et parviens à la récupérer juste au moment où c'est à mon tour de passer la sécurité.

– Bienvenue dans ce merveilleux endroit, me dit le soldat au passage de contrôle.

– Vraiment ?

STARS

Je ne peux m'empêcher de le taquiner. Je me fous de tous les soldats depuis qu'ils sont obligés de réciter cette stupide devise. Impossible de me retenir.

– Oui, vraiment, répond-il d'un ton neutre.

Il inspecte nos cartes d'identité et la vignette collée sur mon pare-brise.

– Passez une bonne soirée, nous dit le soldat, alors que je sais bien qu'il se fiche de notre soirée.

Il pense sûrement que nous sommes ensemble, que je suis une de ces putes de caserne qui conduit son mec vers sa chambrée où nous allons nous envoyer en l'air pendant que son coloc dort dans l'autre lit.

– Je ne connais pas le chemin, je dis à Kael.

Il éteint la radio.

– Tourne à droite, marmonne-t-il juste au moment où je dépasse une rue sur la droite.

– Là *maintenant*?

Je donne un grand coup de volant pour m'engager à temps dans la rue. Il hoche la tête.

– Prochain feu. Tourne à gauche. Là!

Comme si le fait d'arriver terriblement en retard chez mon père ne suffisait pas, ma voiture n'a plus d'essence. Je sens mes mains devenir moites sur le volant. Kael tourne la tête vers moi pile au moment où je les essuie sur mon jean.

– C'est un peu plus haut sur la droite. Un grand immeuble marron, me dit-il.

Les immeubles ici sont tous identiques, à quelque chose près. Le numéro peint sur le côté est le seul détail qui les différencie les uns des autres.

– Effectivement, il y a quelques grands immeubles marron dans ce « merveilleux endroit ».

Je jurerais entendre un soupçon de rire, comme un petit bruit étouffé, juste assez audible pour montrer que ma remarque l'a un peu amusé. Je tourne la tête vers lui et, comme je l'imaginais, il a un semblant de sourire aux lèvres.

– Juste ici.

Il m'indique un immense parking. Kael garde le doigt pointé sur le camion bleu marine stationné au fond du parking quasiment vide. Je me gare près du camion en laissant la distance d'une voiture entre nos deux véhicules.

– Merci...

Il me regarde comme s'il cherchait quelque chose.

– Karina, je lui réponds, et il hoche la tête.

– Merci, *Karina*.

Mon ventre tressaille, mais je me dis que c'est seulement de la nervosité, que ça n'a rien à voir avec la manière dont il a prononcé mon prénom. J'essaie de chasser l'essaim d'abeilles dans mon ventre pendant qu'il sort de ma voiture sans ajouter un mot.

DIX-HUIT

Je ne sais pas ce que je m'attendais à le voir conduire, mais sûrement pas ce camion monstrueux. Malgré sa grande taille, je l'imaginais plutôt au volant de quelque chose de petit et de plus élégant, pas ce vieux machin bleu aux jantes cerclées de rouille. C'est le problème quand on invente des histoires, la vraie vie des gens n'est pas du tout celle qu'on imagine. Sa plaque d'immatriculation est typique de la Géorgie, celle avec les pêches et le slogan ringard[10], avec «Clayton County» gravé sur la partie inférieure. Je me demande si ça le saoule d'avoir rejoint l'armée pour se retrouver en fin de compte dans son État d'origine.

Comme c'est un ami d'Élodie, la moindre des choses est de m'assurer que son camion démarre. Je ne veux pas qu'il se tape trois kilomètres à pied jusque chez moi s'il n'arrive pas à le faire marcher. Les voitures qui ne démarrent pas, ça me connaît. Je l'observe passer la main sous la tôle métallique, puis sur la surface du pneu avant pour en vérifier la pression. Il répète ce geste sur les quatre pneus avant de sortir son portable de sa poche.

---

10. Les anciennes plaques de Géorgie portaient des fruits dessinés, certaines avec le slogan «Peach state», d'autres «... on my mind» après Georgia.

Sur son visage, l'inquiétude laisse place à la colère. Il se passe une main sur le visage, l'autre tient toujours son portable. Je n'arrive pas à deviner ce qu'il dit, mais je résiste à la tentation de baisser ma vitre pour écouter. Il y a quelque chose d'intrigant en lui que j'ai besoin de découvrir.

Plus je l'observe, là dans l'obscurité, à faire les cent pas, son iPhone faisant des allers et retours de sa poche à son oreille, et plus j'ai besoin de comprendre qui est cet homme.

Je suis à deux doigts de taper « Clayton County, Géorgie » sur Google quand il ouvre la portière de la voiture et se penche vers moi.

– Tu peux y aller, me dit-il.

Limite grossier. S'il n'était pas coincé sans pouvoir accéder à son véhicule, je serais désagréable à mon tour, mais je n'y arrive pas.

Mon regard se pose sur son camion, puis sur lui.

– Tu es sûr ? Tu ne peux pas entrer, c'est ça ?

Il lâche un grand soupir et secoue la tête.

– Mes clés étaient censées être ici. Je trouverai un moyen de rentrer, c'est bon.

– Je suis tellement en retard à mon truc.

– Le dîner ?

Ce qui veut dire qu'il a fait attention.

– Ouais, le dîner. Je n'aurai pas le temps de te ramener avant... mais peut-être que je peux appeler mon père et juste annuler. Ce n'est pas comme si...

Kael me coupe.

– Ça va aller, franchement.

Impossible de le laisser ici. Je le lui dis.

– Pourquoi ?

J'ouvre ma portière et descends de la voiture.

– Je n'en sais rien, je réponds honnêtement. Le trajet est long jusqu'à la maison. Tu n'as pas un autre trousseau de clés quelque part ? Ou un ami qui pourrait venir t'aider ?

STARS

– Tous mes amis sont en Afghanistan, dit-il.

J'en ai le souffle coupé.

– Désolée, je lui réponds en m'adossant contre la voiture.

– Pour quoi ?

Nous maintenons un contact visuel jusqu'à ce qu'il cligne des yeux. Je détourne rapidement le regard.

– Je ne sais pas. La guerre ?

Ça semble tellement idiot, sortant de ma bouche. Une fille de militaire qui s'excuse auprès d'un soldat pour une guerre qui a commencé avant qu'aucun d'eux ne soit né. J'ajoute :

– La plupart des gens ne m'auraient pas demandé pour quoi, comme tu viens de le faire.

Kael passe rapidement sa langue sur sa lèvre inférieure ; il la coince entre ses dents. Les lumières du parking au-dessus de nous clignotent, bourdonnent et rompent le silence pesant.

– Je ne suis pas la plupart des gens.

– J'avais remarqué.

Des lumières brillent à travers les fenêtres des casernes de l'autre côté de la rue, mais je n'ai pas l'impression qu'il vive ici. Ce qui veut dire soit qu'il est marié, soit plus haut gradé que son âge ne le laisse paraître. Les soldats en dessous d'un certain rang ne peuvent vivre en dehors de la base que s'ils sont mariés, mais je ne peux pas croire qu'un homme marié dorme sur mon fauteuil, juste de retour d'une mission. Et puis, il ne porte pas d'alliance.

Je suis en train de scanner son uniforme pour trouver son grade quand je surprends son regard sur moi.

– Vous venez avec moi, Sergent ? Ou vous avez l'intention de me faire poireauter sur ce parking jusqu'à ce que vous appeliez un serrurier pour votre voiture ?

Je regarde l'écusson sur son torse, son nom de famille est cousu en lettres majuscules : Martin. Il est si jeune pour être sergent.

– Allez ! (Je joins mes mains devant moi pour le supplier.) Tu ne me connais pas, mais voilà ce qui va se passer si je te laisse ici, sachant que tu devras rentrer à pied chez moi : deux secondes après être partie, je me sentirai tellement coupable que je ne penserai plus qu'à ça durant tout le trajet jusque chez mon père, puis pendant tout le dîner. J'enverrai des messages d'excuse à Élodie, ce qui la stressera, elle qui s'inquiète toujours pour tout le monde, et je culpabiliserai encore plus d'avoir stressé une femme enceinte, alors il faudra que je revienne ici pour te récupérer, si tu n'es pas déjà rentré. C'est vraiment pénible, Kael. Franchement, ça serait bien plus bien simple si tu acceptais juste de...

– Ok, ok.

Il lève les mains en signe de défaite. Je hoche la tête avec un sourire victorieux et, vous savez quoi ? Il m'a presque souri.

DIX-NEUF

Quel que soit l'endroit où nous étions mutés, le Texas, la Caroline du Sud ou la Géorgie, mon père choisissait toujours de vivre dans les logements de la base militaire. Plus jeune, ça ne me préoccupait pas tant que ça, parce que tous mes amis vivaient à côté. Mais dès que nous avons commencé à déménager, puis à déménager encore et encore, la situation s'est dégradée. J'ai commencé à détester ces espèces de culs-de-sac trop ordonnés et les rangées de voitures devant chaque porte. Mon père adorait rester proche du PX, le supermarché détaxé, et de son régiment où il travaillait quotidiennement. Il s'y sentait en sécurité.

Mais plus nous grandissions, Austin et moi, plus nous nous sentions pris au piège.

Je me souviens de ma mère en train de tourner autour des maisons, autour de chacune d'entre elles sans exception, pendant les vacances d'été. De ses instants de folie quand les rideaux restaient toujours fermés et que le canapé était devenu son lit. Au début, le changement était subtil et ne se produisait que lorsque mon père était au travail. Elle avait deux personnalités et pouvait vriller d'une seconde à l'autre. Mais au cours d'un été, juste avant mon entrée en quatrième, sa folie a pris le dessus.

Elle se réveillait tard, se lavait de moins en moins, avait cessé de danser, et même de marcher.

Les dîners se déroulaient de plus en plus tard, puis presque plus du tout, et les voix de nos parents résonnaient de plus en plus fort dans la nuit.

– Euh, Karina ?

La voix de Kael m'arrache à mes souvenirs. Il regarde fixement le feu vert devant nous. J'appuie sur l'accélérateur.

– Désolée, je lâche en me raclant la gorge.

Malgré ma poitrine oppressée, je reconnecte mes pensées à la réalité.

– Ok, nous allons donc chez mon père et je dois te prévenir qu'il est un peu...

Je soupire, en essayant de résumer un homme si compliqué en un seul mot.

– Il est un peu...

– Raciste ? demande Kael.

– Quoi ? Non !

Je me sens un peu agressée par sa question jusqu'à ce que je me tourne vers lui et perçoive son regard. Je réalise alors qu'il pense sincèrement que c'était ce que je m'apprêtais à dire.

Je ne sais pas quoi penser. Toujours en conduisant, je lui confirme :

– Il n'est pas raciste...

Je ne vois pas ce qu'il aurait pu dire ou faire qui me fasse penser le contraire.

– ... C'est juste un con.

Kael hoche la tête et se laisse retomber contre le dossier.

– En général, ce genre de dîner dure deux heures. Avec beaucoup trop de nourriture pour trois personnes. Et des conversations sans fin.

Je tourne et emprunte l'avenue principale, la seule en réalité sur laquelle je puisse rouler pour traverser tout

STARS

Fort Benning. Nous étions à moins de cinq minutes de la maison paternelle. Nous avons vingt-six minutes de retard. Ça va aller. Je suis adulte et il s'est produit un contretemps. Ils vont s'en remettre. Je me répète cette phrase en boucle dans ma tête et commence à échafauder une excuse qui n'inclue pas nécessairement la présence d'un étranger qui squatte chez moi.

Mon portable se met à vibrer dans le porte-gobelet situé entre nous, et j'essaie de l'atteindre quand je vois que c'est un appel d'Austin. J'attrape le téléphone. Je ne me souviens même pas de la dernière fois qu'il m'a rappelée.

– Je dois prendre cet appel, c'est... (Je ne termine pas mon explication.) Allô ?

Mais l'appareil reste silencieux. Je le décolle de ma joue.

– Merde. J'ai manqué l'appel.

J'essaie de le rappeler, mais il ne décroche pas.

– Tu me préviens si tu vois qu'il s'allume ? La sonnerie ne fonctionne pas tout le temps.

Je lui montre mon portable et, d'un signe de tête, Kael acquiesce.

Je m'engage dans la rue où habite mon père et consacre les deux dernières minutes du trajet à tenter de trouver un exploit récent, ou quelque chose que je pourrais évoquer qui jouerait en ma faveur. Je vais avoir besoin d'un sujet de discussion une fois que je me serai fait engueuler pour cet énorme retard. Mon père me pose toujours les mêmes questions. À moi, et à sa femme chérie. La seule différence, c'est qu'elle, il lui suffit de planter un parterre de fleurs ou d'assister à l'anniversaire d'un autre enfant pour se faire encenser, alors que moi je pourrais sauver un petit village, il serait en mode : « C'est super, Kare, mais il ne s'agit que d'un *petit* village. Une fois, Austin a sauvé un village légèrement plus grand et Estelle a construit deux villages. »

J'ai bien conscience que ce n'est pas sain de me comparer à sa femme ou à mon frère. Mais cette manière qu'elle a de toujours se dresser contre moi me rend malade. Et puis, il y a aussi le fait qu'Austin a toujours été le chouchou de mon père, et moi celui de ma mère. Ça s'est mieux passé pour mon frère que pour moi.

– On y est presque. Mon père a servi dans l'armée un bon bout de temps.

Kael aussi est soldat, il n'a pas besoin de plus d'explications. Il acquiesce à mon propos et regarde par la vitre côté passager.

– Depuis combien de temps es-tu engagé ?

Il déglutit avant de répondre.

– Un peu plus de deux ans.

Je suis à deux doigts de lui demander si ça lui plaît, mais nous nous garons devant la maison de mon père.

– Nous y sommes. Ça va se dérouler comme une totale mascarade en trois actes. Beaucoup de bavardage et de café après. Deux heures, minimum.

– Deux heures ?

Il cligne des yeux.

– Je sais. Je sais. Tu peux attendre dans la voiture si tu préfères.

Kael ouvre la portière et se penche comme pour me parler, car je suis encore assise.

Je vérifie l'état de mes cheveux dans le miroir. Ils ne sont pas encore secs. L'air est tellement chargé d'humidité que ça se voit.

J'attrape mon portable. Austin ne m'a pas rappelée.

– Juste une dernière chose. Imagine le plus horrible des scénarios et dis-toi que ça sera pire encore.

Je crois l'entendre me répondre « Mmm ».

Je lève les yeux, sa portière est déjà refermée.

Puis la réalité me rattrape. Je suis sur le point d'amener un parfait inconnu au dîner du mardi, et c'est une très mauvaise idée.

VINGT

Je suis particulièrement stressée et essuie mes mains sur mes cuisses. Je fais toujours ça quand je suis nerveuse. Tout près de la porte d'entrée, je dis à Kael :

– Laisse-moi parler. Laisse-moi leur expliquer pourquoi nous sommes en retard. Pourquoi *je* suis en retard.

Et là, je réalise à qui je m'adresse. Un soldat qui n'aura aucun mal à rester silencieux.

Nous entrons dans la cuisine qui embaume le miel, la cannelle et ce qui doit être du jambon. Ça sent les vacances.

– Désolée, je suis en retard, j'annonce d'entrée de jeu. J'ai dû m'attarder un peu au travail, hum... et ensuite, j'ai aidé l'ami d'Élodie.

Je me retourne pour présenter Kael.

Quand nous entrons, mon père est assis au bout de la table. Il ne lit pas le journal, il n'écoute pas la radio. Juste, il attend. Je le regarde assis là-bas, avec son visage anguleux et ses cheveux blancs clairsemés. Ils sont vraiment fins maintenant. Tout comme sa peau, fine comme du parchemin. Toutes les personnes du côté de mon père ont eu des cheveux blancs très tôt. C'est beau sur les femmes – du moins ça l'est sur les photos –,

85

mais j'ai toujours espéré tenir de ma mère sur ce plan-là. On verra bien.

Mon père cesse de me fixer pour porter son attention sur Kael, qui recule d'un pas. Instinct de survie ou nervosité, qui sait? Malgré sa petite taille – il dépasse à peine 1 mètre 60 – mon père peut être assez intimidant. Il peut aussi se montrer doux quand il le veut. Mais quand il ne le veut pas, il est tranchant comme une lame de rasoir.

– Martin, enchanté de...

Mon père serre la main de Kael. Je m'attends à recevoir une pluie de reproches pour mon retard quand Estelle débarque de la cuisine, un saladier entre les mains, d'où s'échappe le manche d'une grosse cuillère en bois.

– Hé!

Elle m'accueille comme elle le fait toujours. Surexcitée. Fausse.

Estelle porte toujours des versions à peine différentes de la même tenue: un jean un peu flare et un chemisier à motifs. Toujours. Le haut d'aujourd'hui est à rayures bleues et rouges. Comme tous les autres, il a des pinces au niveau de la taille et de la poitrine qui, comme elle le dit si bien, «créent une silhouette harmonieuse». Je me moque éperdument de la coupe des vêtements d'Estelle, comme de tout ce qui a un rapport avec elle d'ailleurs, mais un jour elle a tenu à me préciser qu'elle aimait acheter des chemisiers ajustés pour leur manière de flatter sa silhouette. En le disant, elle avait fait pivoter son buste tel un mannequin, comme si elle prenait un grand plaisir à nouer des liens avec la fille de son petit ami. Insupportable.

C'est bizarre qu'Estelle ne change jamais de style. J'aime la constance, mais pas venant d'elle. Je n'aime rien venant d'elle.

– Oh, eh bien... hello. Bonjour! Je suis Estelle.

On ne peut pas dire qu'elle soit douée pour cacher sa surprise de découvrir une autre personne dans la pièce.

STARS

Kael attend qu'elle pose son plat avant de tendre la main.

J'évite de croiser le regard de mon père.

– Donc, hum, Kael est un ami du mari d'Élodie. Il est rentré de mission hier. Sa voiture est verrouillée et il n'a pas les clés. Il dîne avec nous, d'accord ?

Estelle fait signe à Kael de s'asseoir près de mon père, sur sa chaise de souverain, mais je m'y installe la première pour que Kael puisse se retrouver à côté de moi. Nul besoin qu'il soit sur la sellette.

– Je suppose que tu as eu des nouvelles de ton frère ? me demande mon père.

Je sors mon portable.

– J'ai eu un appel en absence.

– Il est en route.

– Quoi ?

Mon père avale une grande et lente gorgée d'eau.

– Il s'est fait arrêter la nuit dernière.

Je bondis de ma chaise.

– Quoi ? Pourquoi ?

Les yeux de mon père sont la copie conforme de ceux de mon frère. Il est comme lui. Je suis comme elle. On nous l'a répété toute notre vie. Ça ne veut pas dire que ce soit vrai. Pour preuve : cette arrestation.

– Je ne sais pas exactement. Le commissariat ne veut rien me dire. Si c'était d'ordre public, j'aurais facilement pu le découvrir.

Il souffle. Mon père est dans tous ses états – à la fois frustré et déçu. Je sens que tous ces sentiments déferlent sur lui et particulièrement celui d'avoir échoué dans son rôle de père. Sur ce point, je ne peux pas le contredire. Je lui demande :

– Et comment vient-il ici ?

– En voiture. Il devrait être là dans quelques heures.

Immobile, Kael fixe la table et tapote des doigts tout en essayant de se faire le plus discret possible.

87

– Où va-t-il dormir ?

– Ici, répond mon père avec aplomb.

Je soupire.

– Il est au courant ?

Je sors mon portable et commence à composer le numéro de mon frère, mais je tombe directement sur sa messagerie et ne prends pas la peine de laisser un message.

Mon père fronce ses sourcils broussailleux.

– Ça pose un problème ? Il s'est mis dans un sacré merdier. Ce n'est pas un jeu, Karina. Vous êtes adultes à présent, tous les deux.

– Nous deux ? je raille. Je ne me suis pas fait arrêter, moi. Et Austin n'est même pas là pour se défendre, ce n'est pas très juste non plus.

Estelle se trémousse autour de mon père pendant que nous nous disputons. Elle fait ça à chaque fois. Pour être précise, elle remplit l'assiette de mon père alors que nous sommes en train de parler de l'avenir, voué à l'échec, de son fils unique. Mon père et moi haussons le ton, mais elle, elle reste comme d'habitude, toute guillerette. Kael s'agite sur son siège, visiblement mal à l'aise.

– Vous désirez un peu de jambon ? lui demande Estelle.

Elle est exactement ce dont mon père a besoin. Quelqu'un capable d'ignorer la pagaille et de jouer le rôle de la gentille petite femme de la seconde partie de sa vie. Ma mère était un ouragan, Estelle est à peine un petit filet de bruine.

– La sauce est une recette de famille. Prenez-en un peu.

Elle tient une saucière de style colonial remplie d'un liquide sombre et sirupeux. Quand elle l'a achetée sur eBay, elle m'a carrément dit qu'elle provenait d'une « vraie plantation », comme si ce n'était pas scandaleux de dire et de posséder une chose pareille.

Kael la remercie de l'avoir servi. Je signale à mon père que je savais qu'il n'aurait pas dû envoyer mon frère ailleurs, que tout est de sa faute. Il me répond que c'est de la mienne.

– Je n'ai pas faim, je lâche à Estelle lorsqu'elle me passe le jambon.

Mon ventre se met à gargouiller, preuve de mon mensonge.

– Ne fais pas l'enfant, me dit mon père.

Il me sourit dans une vaine tentative d'adoucir ses paroles.

– Tu viens de me dire il y a un instant que j'étais une adulte. Maintenant, tu me dis que je suis une enfant. Je suis quoi alors?

Je déteste me disputer de la sorte, mais mon père fait ressortir ce qu'il y a de pire en moi. Surtout quand le sujet concerne mon frère. Je continue:

– Je n'arrive pas à comprendre pourquoi tu réagis comme si ce n'était pas très grave. Parce que ça l'est. C'est vraiment grave.

– Je sais, Karina, mais ce n'est pas la première fois.

– Ce n'est que la seconde, je rétorque violemment. Ce n'est pas comme s'il traînait une carrière de criminel derrière lui.

– Ne parlons plus de lui jusqu'à ce qu'il arrive, d'accord? il n'y a rien que toi ou moi puissions faire à ce stade. C'est un jeune homme de vingt ans.

La réaction de mon père à la seconde arrestation de mon frère est totalement rationnelle, presque trop.

J'aimerais être capable de mettre mes émotions de côté, juste en un claquement de doigts. Mais ça me demande un certain temps. Mon père, lui, peut passer d'une émotion extrême à l'autre. Tout comme ma mère. Elle était même pire que lui. Ou meilleure. Ça dépend du point de vue.

Comme mon ventre gargouille de nouveau, je cède et commence à remplir mon assiette. Kael, quant à lui, s'apprête à engloutir une fourchette de purée. Je suppose qu'il sent que nous sommes en train de nous calmer et de retrouver une gestuelle normale. Nous recommencerons à nous disputer bien assez tôt.

Je pose mon portable sur la table et allume l'écran, juste au cas où Austin m'aurait envoyé un texto ou appelée. Puis j'essaie tant bien que mal de ne plus penser à lui, au fait qu'il fasse seul toute cette route jusqu'ici, effrayé de s'être fait arrêter, effrayé à l'idée de devoir affronter notre père.

– Alors, Kael, tu es rentré pour de bon ?

Tel un metteur en scène, Estelle arrive à détourner la conversation loin de nos drames familiaux. Cette fois, je lui en suis presque reconnaissante.

– Je crois que oui. Pas vraiment sûr encore, M'dame.

Ses manières sont impeccables. J'ai envie d'en savoir plus sur cet homme. Je parie que sa mère est gentille.

Je l'observe répondre poliment à chacune des questions qu'elle lui pose : À quel régiment est-il assigné ? Où se trouvait son camp en Afghanistan ? Ses réponses sont courtes mais sincères, chaque mot qu'il prononce est choisi. J'espère qu'il apprécie réellement de parler plus qu'il ne le montre.

Au moment de passer au dessert, j'en ai même oublié que nous sommes arrivés en retard. L'arrestation d'Austin a réussi à détourner l'attention de ma personne. Et ce n'est pas la première fois qu'un dérapage de mon frère joue en ma faveur.

VINGT ET UN

– Eh bien, c'était très sympathique, dit Estelle.

Elle se tient maladroitement, dans l'attente que je la prenne dans mes bras. Ce qu'il m'arrive parfois de faire. Et parfois non.

– Prévenez-moi dès qu'Austin arrive. Je serais bien restée pour l'attendre, mais je dois travailler demain matin.

Mon père acquiesce.

Kael se tient debout devant la porte, prêt à franchir le seuil.

Mon père me serre dans ses bras.

– Tu as des projets pour ce week-end ? Nous allons à Atlanta si tu as envie de...

– Je travaille.

J'adore Atlanta, mais hors de question que j'y aille avec eux. Et puis, ne vont-ils pas changer leurs plans maintenant qu'Austin revient en ville ?

– J'ai été ravie de faire votre connaissance, Kael. Faites attention sur la route.

Estelle sourit. Je me demande si elle pense que c'est mon petit ami. Je ne l'aurais jamais présenté de cette manière, mais elle sourit jusqu'aux oreilles et nous observe d'un air curieux. Je donne un coup de coude à Kael pour qu'il ouvre la porte, hors de question de laisser à quelqu'un l'occasion de réenclencher la discussion. Je me précipite sur le perron et cours presque en descendant l'allée.

– Mon Dieu, je hais ces dîners.

Même après tout ce que nous venons d'endurer, Kael n'a rien à ajouter.

– Tu as une famille ?

Je présume qu'il ne me répondra pas, mais tout vaut mieux que ce silence.

Il répète ma question.

– Est-ce que j'ai une famille ?

– Je veux dire, évidemment que tu as une famille, sinon tu n'existerais pas, à proprement parler. Mais sont-ils comme eux ?

Je montre la maison d'un signe de tête.

– Non, dit-il, en fixant un point à travers la vitre. Pas du tout.

– Dans le bon ou le mauvais sens ?

– Les deux.

Il hausse les épaules avant d'attacher sa ceinture.

– Je pense que si ça me dérange autant, c'est parce qu'Estelle est complètement différente de ma mère. Elle était super-drôle quand j'étais petite. Ma mère, pas Estelle, je précise alors qu'il ne m'a rien demandé. Elle riait beaucoup et écoutait de la musique. Elle pouvait danser dans le salon sur du Van Morrison, en agitant les bras dans tous les sens comme un oiseau ou un papillon. J'ai l'impression que c'était il y a une éternité.

Je repense à l'autre version de ma mère, celle avec ses longs cheveux flottant au vent. Elle est tout aussi insouciante maintenant, mais d'une manière bien différente.

– Elle passait souvent ses mains dans ses cheveux avant de les faire retomber en cascade autour d'elle.

Ils me chatouillaient tout le temps le visage et plus je riais, plus elle les faisait tournoyer en dansant autour de moi.

Le vrombissement du moteur dans l'atmosphère lourde de la Géorgie est tout ce que j'arrive à entendre. Je n'avais jamais fait attention à ce genre de bruits auparavant ; je n'en ai jamais eu le temps.

– Et mes fêtes d'anniversaire ! Elle se donnait à fond pour qu'elles soient exceptionnelles. C'était énorme, plutôt comme une semaine entière d'anniversaire. On ne roulait pas sur l'or ni rien, mais elle savait se montrer créative. Une année, elle avait décoré toute la maison de ces lumières de chez Spencer, tu te souviens de ce magasin ?

Il hoche la tête.

– Ils vendaient des boules à facettes et ma mère en avait accroché partout dans le salon et la cuisine. Tous nos amis étaient là. Enfin, je n'avais que trois amis, la majorité des enfants venaient pour Austin. Notre maison était toujours pleine, il y avait mon petit ami — je crois qu'il s'appelait Josh ? Et il m'avait apporté un pain de maïs[11]. C'était mon cadeau d'anniversaire.

Je ne sais pas pourquoi je rentre autant dans les détails, mais je suis tellement perdue dans mes propres souvenirs que je n'arrive plus à m'arrêter.

– Je ne sais pas pourquoi il m'avait offert un pain de maïs, peut-être que sa mère en avait un d'avance ? Je ne sais pas. Mais je me rappelle avoir reçu aussi un karaoké et avoir pensé que c'était le cadeau le plus cool qu'on m'ait jamais offert. Ensuite, ma mère s'est installée dans sa chambre et a fermé la porte pour que nous puissions nous sentir plus vieux que nous ne l'étions et pour que nous n'ayons pas l'impression d'être tout le temps surveillés. Évidemment, nous avons fini par

---

11. Sorte de gâteau traditionnel du Sud des États-Unis, fabriqué avec de la farine de maïs.

jouer à ces stupides jeux de soirées et j'ai dû embrasser un mec qui s'appelait Joseph, qui d'ailleurs a fait une overdose d'héroïne il y a quelques mois...

Je sens que Kael m'observe, mais c'est vraiment très bizarre, je ne peux tout simplement plus m'arrêter de parler. Le ciel est noir comme de la suie et les lumières rouges se reflètent sur sa peau foncée.

– Waouh, je parle beaucoup, je lui dis.

Il me regarde.

– C'est cool.

Sa voix est douce.

Qui *est* ce mec ? Si patient, si silencieux, et pourtant si connecté à l'instant présent. J'essaie de me représenter Phillip, le mari d'Élodie, ayant une conversation avec lui. Phillip est dynamique et sociable alors que Kael... eh bien, je ne sais pas quoi penser de lui, bordel.

Ça faisait longtemps que je n'avais pas parlé de ce genre de choses avec quelqu'un, si ce n'est jamais. Mon frère est la seule personne à qui je parle de mes parents. Même s'il a cessé de vouloir revivre des souvenirs de notre enfance avec moi.

– Ma mère nous a élevés seule, ma sœur et moi, à Riverdale.

Kael intervient de manière inattendue et sa voix tranchante couvre le ronronnement du moteur et le bruit du vent.

– J'adore cette série, je lui réponds.

Il sourit. J'ai aperçu son sourire avant qu'il ne s'évanouisse. Mais je l'ai enregistré.

– Ouais, c'est pas mal.

– La série ou la ville ? je lui demande.

– Les deux.

Il ne sourit plus.

– Quel âge a ta sœur ?

Je profite qu'il soit d'humeur bavarde pour lui poser la question.

– Plus jeune que moi.

– Mon frère, aussi.

J'ai envie de lui demander son âge exact, mais nous sommes presque arrivés devant ma petite maison blanche.

– D'environ six minutes.

La plupart des gens rigolent quand je leur dis ça. Kael ne réagit pas, mais de nouveau, je sens qu'il me regarde.

Le vent balaie de la poussière sur mon pare-brise lorsque je me gare dans l'allée. « Paver l'allée », nouvel ajout à ma to-do-list. Je me gare en m'excusant de nouveau de m'être disputée avec mon père devant lui.

Il secoue la tête en marmonnant un « pas de souci » à sa manière.

Je me penche pour récupérer mon sac par terre, derrière mon siège.

– Au moins, tu n'auras pas à le revivre. Alors que moi, je serai là-bas mardi prochain à dix-neuf heures pile.

Je dis « pile » autant pour moi que pour Kael. Si, par malheur, j'arrive en retard au dîner de la semaine prochaine, j'en entendrai parler indéfiniment.

Les nuits sans lune, l'allée est si sombre qu'il est difficile de distinguer le perron. Une lumière jaillit du portable de Kael et éclaire le porche autour de nous.

– Il faut que je fasse installer un éclairage ici.

Je sens Kael avancer vers moi et je vois son regard observer attentivement les alentours en commençant par le jardin, puis le bas de l'allée, en direction de la rue. Son cou fait des petits mouvements saccadés. Rien d'alarmant, il ne fait qu'examiner tranquillement son environnement. J'essaie de l'imaginer en Afghanistan, son corps bardé d'artillerie lourde et le poids du monde libre sur les épaules.

– Au fait, ma sœur a seize ans, dit-il en passant près de moi avant d'entrer dans la maison.

VINGT-DEUX

Élodie s'est endormie sur le canapé, son petit corps pelotonné dans une position bizarre. Je pose mon sac par terre, retire mes chaussures et la recouvre de sa couverture préférée. Sa grand-mère l'a tricotée pour elle quand elle était enfant. Elle est toute défraîchie maintenant, presque usée, mais elle s'endort chaque soir avec. Sa grand-mère est décédée depuis quelques années ; Élodie pleure chaque fois que nous parlons d'elle.

Je me demande si sa famille lui manque. Elle est si loin d'eux, son mari est parti au front et elle est enceinte. Elle parle très peu de ses parents, mais j'ai l'impression qu'ils n'étaient pas très enthousiastes à l'idée de la laisser partir aux USA avec un jeune soldat qu'elle venait de rencontrer en ligne. Je ne peux pas vraiment les en blâmer.

Élodie gigote un peu au moment où j'éteins la télé.

– Tu voulais regarder ce programme ? je demande à Kael.

J'ai oublié qu'il dormait ici et j'envisage de réveiller Élodie pour la rapatrier dans mon lit.

– Non, c'est bon.

Oh, ce mec et son éloquence !

Je poursuis :

– Bon, je vais mettre cette tarte au frigo et aller me coucher. Je dois me lever tôt demain matin. Si tu as besoin de quelque course que ce soit, note-la sur la liste collée sur le réfrigérateur.

Kael acquiesce et s'installe dans le fauteuil rouge. Il compte dormir là-dessus ?

– Tu veux une couverture ? je lui demande.

Il hausse les épaules et murmure un « si tu en as une », presque inaudible.

J'attrape une vieille couette dans le placard de l'entrée et la lui apporte, ce dont il me remercie. Je lui souhaite de nouveau bonne nuit.

Au moment de me coucher, je n'ai plus du tout sommeil. Toute la nuit, je repense à la manière dont Kael s'est comporté avec mon père et Estelle, comment, d'une certaine manière, il est parvenu à rendre le dîner plus supportable. Je pense à sa gentille proposition inattendue de faire le plein et aussi, bien sûr, parce que je réfléchis trop à tout, je me dis qu'il faudra que je le rembourse pour l'essence, même s'il ne veut pas que je le fasse.

Je me sens si agitée. Je me retourne pour saisir un oreiller et le cale entre mes jambes en le maintenant serré. Je pense à quel point ce serait agréable d'avoir un corps chaud près de moi dans mon lit. Au moins, j'aurais quelqu'un à qui parler lorsque je n'arrive pas à trouver le sommeil. Sauf si c'est Kael. Cette pensée me fait sourire et j'imagine comment ce serait s'il était dans mon lit...

Je me retiens avant d'aller plus loin.

Bordel, qu'est-ce qui me prend d'imaginer Kael dans mon lit ? J'ai besoin d'un contact physique. Ça explique pourquoi, même si j'essaie de penser à autre chose – ou à quelqu'un d'autre –, je ne peux m'empêcher de l'imaginer allongé près de moi, à fixer le plafond de la même manière qu'il a fixé le pare-brise pendant tout le chemin du retour.

Ça va faire presque un an que je n'ai pas eu un contact humain qui ne soit pas professionnel, en dehors de ma famille et d'Élodie. Non pas que j'en avais beaucoup et régulièrement, mais Kael me fait rêver d'une histoire entre lui et moi. Les filles de mon âge rencontrent des garçons au club, à l'école ou chez des amis, mais je n'ai pas beaucoup d'expérience en la matière.

Brien et moi sommes sortis quelquefois, nous avons couché ensemble dans sa voiture, après que je m'étais juré de ne plus jamais lui adresser la parole. La dernière fois que c'est arrivé, c'était dans sa chambrée, et lorsque je me suis retournée dans le lit, un truc pointu m'a piqué la hanche.

Une boucle d'oreille. Je me serais crue dans un film : primo, qui perd une boucle d'oreille pendant un rapport sexuel sans même s'en rendre compte ? Et deuxièmement, parce que j'avais le rôle de la fille esseulée, en manque d'attention, qui savait pertinemment que son mec couchait avec d'autres filles, mais à qui il avait fallu tomber sur une affreuse créole pour l'admettre enfin.

Nous nous sommes disputés à ce sujet. Il m'a dit qu'elle devait appartenir à la petite amie de son coloc, mais il s'est retrouvé sans voix quand je lui ai rappelé que, si j'avais déjà vu son coloc coucher avec un grand nombre de personnes, aucune d'elles n'était une femme.

J'attrape mon portable et me connecte sur les réseaux sociaux pour chasser Brien de ma tête. Je tape le nom de Kael dans la liste d'amis d'Élodie, mais rien n'apparaît. Je poursuis mes recherches et tombe sur un profil qui possède moins d'une centaine d'amis. Ça me semble bizarre. Même si je ne parle pas à quatre-vingt-dix-neuf pour cent des gens avec qui je suis « amie », j'en ai quand même près d'un millier. Ça paraît dingue de savoir qu'un millier de personnes, à qui je ne parle pas, puissent avoir accès à mes informations personnelles.

Sa photo de profil représente un groupe composé de Kael et de trois autres soldats. Ils portent tous l'uniforme et se tiennent debout près d'un tank. Kael fait une grimace sur la photo, peut-être même qu'il rigole. C'est dire à quel point son sourire est éclatant. C'est étrange de le voir comme ça, le bras passé autour des épaules d'un des types. Mais hormis cette photo de profil, je n'obtiens aucune autre information sur sa page. Tout est en privé. J'hésite à le demander en ami, mais ça fait un peu genre je-te-harcèle de lui envoyer une demande pendant qu'il dort sur le fauteuil de mon salon.

Je me déconnecte de son profil et navigue sur les comptes Facebook de mes amis avant de me désabonner de gens que je connais à peine. J'en supprime presque une centaine avant de m'endormir.

VINGT-TROIS

Je me réveille tout habillée, le portable posé sur la poitrine. J'ai l'impression que le radiateur est en marche, moi qui ne l'allume jamais. Je regarde mon portable : il est presque quatre heures du matin. Il faut que je me lève à huit heures pour avoir le temps de faire un saut au supermarché avant d'être au travail à dix heures. Je mets mon portable à charger et m'assieds dans le lit. J'ai gardé mon T-shirt, mais j'ai dégrafé mon soutien-gorge et ôté mon jean. Il fait tellement chaud dans ma chambre que j'en ai la gorge sèche. Lorsque j'attache mes cheveux épais et bouclés, je m'aperçois que ma nuque est toute moite.

Je songe à enfiler un pantalon avant d'aller dans la cuisine pour me rafraîchir, mais il est quatre heures du matin, Kael et Élodie sont sûrement en train de dormir. Je n'ai pas envie d'enfiler un de ces bas de pyjama épais, mais je fais attention à ne faire aucun bruit en marchant dans le couloir pour me rendre à la cuisine. Je me fie aux petites veilleuses électriques pour y voir quelque chose, car j'ai laissé la lumière du couloir éteinte.

Je sors la bouteille du frigo et ingurgite de l'eau jusqu'à n'en plus pouvoir. Au moment de refermer la porte, je pousse presque un hurlement en apercevant Kael assis à la table de la cuisine.

– Putain, tu m'as fait peur.

J'essuie ma bouche d'un revers de la main. Et puis je culpabilise, parce que je sais que je l'ai mis mal à l'aise.

– Pardon si je t'ai réveillé. Il fait tellement chaud, je lui dis.

– Je ne dormais pas.

J'avance d'un pas vers lui et ce n'est que lorsque je vois ses yeux détailler mon corps et mes cuisses nues que je me rappelle que je ne porte qu'un string. J'essaie de cacher mes fesses tant bien que mal avec mes mains, mais c'est peine perdue. J'aurais vraiment dû enfiler un pantalon. Ou une culotte qui ne laisse pas entrevoir la moitié de mes fesses.

– Pourquoi tu ne dors pas ? Tu restes juste comme ça assis dans le noir ? Pardon de n'être pas plus habillée. Je pensais que tu serais en train de dormir.

Kael penche légèrement la tête de côté, comme s'il ne savait pas comment réagir à ce que je viens de lui dire, puis il baisse les yeux vers mes jambes. Je me sens instantanément gênée en pensant aux bourrelets de cellulite sur mes cuisses. Il pose de nouveau son regard sur mon visage.

– Je peux avoir de l'eau ? me demande-t-il.

Je rougis. Pas seulement parce que je suis toujours à moitié nue mais parce qu'il m'a clairement vue boire à même le goulot de la bouteille.

J'acquiesce de la tête et ouvre la porte du frigo.

– C'est juste de l'eau du robinet. De temps à autre, j'en achète – je lui montre l'étiquette de la bouteille indiquant « Eau de source » – et les remplis avec de l'eau du robinet. Donc, ce n'est pas vraiment de l'eau de source.

Pourquoi est-ce je radote comme ça ?

– J'ai vécu en Afghanistan pendant des mois, je pense être capable de supporter l'eau du robinet de Géorgie.

Son sarcasme me surprend. Je lui souris, lui aussi, encore une surprise. Il me prend la bouteille des mains et la porte à sa bouche sans la toucher des lèvres.

– Alors, pourquoi tu es debout ? C'est à cause du décalage horaire ? je lui demande.

Il me tend la bouteille et j'avale une autre gorgée. J'ai toujours très chaud, mais il fait quand même bien plus frais dans la cuisine que dans ma chambre. La sensation du carrelage froid sous mes pieds nus est agréable.

– Je ne dors pas beaucoup, finit par me répondre Kael.

– Jamais ?

– Jamais.

Je m'assieds à table, en face de lui.

– À cause de ce que tu as vécu là-bas ?

Mon corps commence à se nouer, du nombril jusqu'à la gorge, en imaginant cet homme si jeune et si tranquille se faire réveiller en pleine zone de guerre par les obus, les missiles et je ne sais quelle autre horreur à laquelle il a dû se retrouver confronté.

Il fait oui de la tête.

– Ça fait bizarre d'être revenu ici.

Entre la sincérité et la vulnérabilité qui assombrissent son visage, j'ai l'impression d'être en plein rêve, je me demande si tout ça est bien réel.

– Tu vas devoir y retourner ? je lui demande en espérant qu'il me réponde par la négative.

Une sonnette d'alarme retentit dans un coin de ma tête, comme un cri strident qui m'avertirait, ou avertirait Kael peut-être, de ce que je commence à ressentir pour lui. Je le connais depuis à peine vingt-quatre heures, et pourtant j'ai déjà envie de le protéger, de l'empêcher de retourner là-bas.

– Je ne sais pas, répond-il, et nous restons tous les deux silencieux.

– J'espère que non.

Les mots ont jailli de ma bouche avant même que j'aie le temps de me soucier de leur répercussion. Une partie de moi a la sensation de trahir mon enfance, ma famille et sa lignée de soldats et d'aviateurs, mais je suppose que je ne suis pas aussi patriote que je suis censée l'être. Pas comme ça le suppose.

Lorsque Kael pose sa tête entre ses bras croisés et répond : « Moi aussi », mon corps tout entier s'indigne. La vie militaire est parfois tellement injuste. J'ai envie de demander à Kael s'il s'est engagé par conviction ou si, comme la plupart des jeunes soldats que je connais, c'est la pauvreté et la promesse d'un salaire régulier et d'une assurance maladie qui l'ont convaincu de s'enrôler.

– Je suis dés...

Je commence ma phrase, mais ses yeux se sont fermés. Je l'observe quelques secondes dans le noir avant qu'un faible ronflement commence à s'échapper de ses lèvres pulpeuses.

VINGT-QUATRE

– Tu portes tout le temps ton uniforme ?

Nous déambulons au rayon céréales, notre caddie a une roue qui grince et une fâcheuse tendance à se coincer à chaque virage. J'ai confié ma liste de courses à Kael quand nous étions sur le parking, en lui demandant de ne pas la perdre. Il ne m'a rien répondu, j'ai pris ça pour un oui.

– Non.

Surprise, je le regarde de manière insistante pour le pousser à m'en dire plus.

– On dirait pourtant.

Je tente d'adoucir mes propos par un sourire, mais il ne me regarde pas.

– Je n'ai pas encore récupéré mes vêtements.

Merde.

– Oh. Désolée. Je n'avais pas pensé à ça. Où sont-ils ? Tu as besoin d'une voiture pour aller les chercher ?

Il attrape une boîte de Cinnamon Toast Crunch[12]. Au moins, il a bon goût en matière de céréales. Il range tous ses produits dans le panier à l'avant du caddie, là où les enfants sont généralement assis pendant que leurs parents tentent de les maintenir occupés et obéissants.

---

12. Céréales à la cannelle.

– Je ne sais pas où ils sont.

Il a l'air perdu. J'arrive chaque jour à le cerner un peu mieux. D'accord, ça ne fait que deux jours, mais quand même. Je suis en train de le pousser à s'ouvrir, doucement mais sûrement. Finalement, son visage est plutôt expressif.

– J'ai prévu d'aller faire du shopping plus tard. Ou d'aller chez *Kohl's*[13]. Peu importe.

Nous passons à côté d'un vieillard qui nous scrute un peu trop longtemps, Kael et moi. Je remarque son regard insistant qui passe de l'un à l'autre, et les poils de ma nuque se hérissent. Puis l'homme disparaît dans un autre rayon. Au moment d'en parler à Kael, je me demande si je ne suis pas un peu parano et décide finalement de ne pas accorder plus d'attention que ça au vieux grincheux.

– Je travaille jusqu'à quatre heures, mais après, je peux t'emmener faire du shopping.

Comme toujours, le supermarché est bondé. Les bas prix sur les produits alimentaires et la détaxe ne méritent pas qu'on affronte cette foule. Je préfère autant faire des heures sup' que d'attendre derrière des caddies remplis à ras bord.

Kael pointe du doigt l'allée suivante, celle où commence le rayon des surgelés, et me lance :

– Tu sais qu'Uber et les taxis existent, n'est-ce pas ?

Je lui lance un regard noir et réponds :

– J'essayais juste d'être sympa.

– Je sais. Je déconne.

Sa voix est légère, d'une intonation différente, que je n'avais pas encore entendue. Ça me fait frissonner. Je détourne le regard.

– Ah. Ah.

À mon tour de plaisanter. Pourtant, ma gorge se serre. Je me souviendrai toujours de ça, même des années

---

13. Chaîne de grands magasins américains.

plus tard. Cette façon qu'il a de me faire éprouver physiquement des choses que je n'avais jamais ressenties auparavant. Je lui en serai toujours reconnaissante.

– Alors, je t'emmène ou pas ? Tu peux attraper ces petites pizzas ? La boîte rouge.

Je pointe du doigt l'article derrière son dos.

– Si tu veux ? Je veux dire, je dors déjà sur ton canapé, je m'incruste à tes dîners de famille, je mange tes barres Granola, alors...

– Tu as mangé mes barres Granola ?

Il rigole. Si je ne m'étais pas retournée au même moment, je ne m'en serais pas aperçue. C'était très furtif.

– Je vais t'en acheter une autre boîte.

Il n'est décidément pas du genre à être redevable à qui que ce soit.

– En temps normal, je te dirais que ce n'est pas la peine, juste histoire d'être polie. Mais vu le montant exorbitant de ma facture d'électricité ce mois-ci, tu peux y aller.

Je lui donne un petit coup d'épaule et le sens se raidir près de moi. C'est un mouvement furtif, aussi léger qu'une piqûre, mais il me fait frissonner.

Alors que nous continuons d'avancer, Kael s'écarte un peu de moi. La musique ambiante me semble tout à coup assourdissante, ils ont forcément dû augmenter le volume. Je me sens mal à l'aise. Gênée. Comme si quelque chose s'était produit la nuit dernière. Je suppose que c'est ce qui arrive quand on discute à quatre heures du matin en string. Kael est différent aujourd'hui. Plus ouvert. Presque bavard.

Pourtant, je m'interroge : est-il en train de flirter avec moi ? Je ne l'avais pas réellement vu sous cet angle, mais ça y ressemble.

– Désolée, je finis par lui dire après une minute de silence.

Nous sommes au rayon chips. Je suis en pleine réflexion sur les bretzels aromatisés et les Doritos Cool Ranch[14] quand Kael attrape un sachet de Funyuns[15] et le fourre dans le caddie.

– J'adorais ça quand j'étais plus jeune, je lui dis. Ma meilleure amie Sammy et moi en mangions tout le temps. Oh mon Dieu, ça et du Mountain Dew. Ma mère m'interdisait d'en boire, mais celle de Sammy en achetait toujours, de la marque Kroger qui, de fait, était bien meilleure.

Je suis carrément en train de divaguer.

Kael semble plus détendu que quelques secondes plus tôt. Je ne le regarde pas autant que j'aurais envie, et ne lui raconte pas à quel point Sammy me manque depuis qu'elle s'est mariée et a déménagé à l'autre bout du pays, comme j'aimerais le faire. Pas me marier, mais déménager super-loin d'ici.

Nous ne prononçons plus un mot jusqu'à ce que nous arrivions aux caisses séparément. Nous devons tous les deux montrer nos cartes d'identité, la sienne de militaire actif et la mienne d'ayant-droit. En vrai gentleman, il m'aide à charger le coffre de la voiture, à porter les sacs jusque chez moi et me demande même s'il peut m'aider à ranger les courses. Je déteste que mon cerveau se démène pour tenter de comprendre pourquoi il agit d'une si gentille façon. C'est comme si je n'étais pas capable d'accepter de simples gestes amicaux ou des compliments de la part des autres. Comme si je ne le méritais pas.

Mais même s'il me rend nerveuse et un peu parano sur les bords, je commence à apprécier ce qu'il me fait ressentir quand je suis avec lui. Du moment qu'il ne pense pas que nous allons finir par coucher ensemble. Il n'a encore jamais mentionné de petite amie ou qui

---

14. Chips à la sauce Ranch.
15. Chips qui ressemblent à des Onion Rings.

que ce soit dans sa vie, mais on ne peut pas dire qu'il soit très communicatif. Et puis, nous ne faisons rien de mal. Absolument rien. Rien d'autre que des courses et partager un même toit pendant quelques jours.

Si j'étais sa copine, ça ne me plairait pas du tout de savoir qu'il habite avec deux femmes. Que l'une des deux soit enceinte ou pas.

Pourquoi est-ce que j'en déduis qu'il a une copine ? Ou encore qu'il m'aime bien ?

Merde, je ne le connais pas assez pour savoir si je l'apprécie dans ce sens-là, il a l'air d'être le genre de mec pour qui toutes les filles craquent. Je me rends compte qu'il m'intéresse peut-être un peu plus que la normale. Il est assis sur le siège à côté de moi et je suis en plein flip. Je sens son regard qui m'observe.

– Ça va ? me demande-t-il une fois que nous avons fini de ranger les courses.

Son aide m'a fait gagner un temps précieux, je n'ai même pas eu besoin de lui dire de recycler le papier et le plastique.

Nous sommes tous les deux assis à table. Il consulte son portable pendant que je mange ma seconde barre de Granola et me prépare à partir au boulot. J'entends le bruit de la douche couler au fond du couloir, signe qu'Élodie est réveillée. Merci mon Dieu. Je n'imagine même pas ce qu'aurait dit Mali si Élodie avait été en retard une fois de plus.

Du coin de l'œil, j'essaie d'observer Kael sans qu'il s'en aperçoive. Mais, instantanément, il le remarque, comme le bon soldat qu'il est. Les mots se bousculent dans ma gorge et je n'ai pas envie de les freiner. Je dois savoir.

– Tu as une copine ?

– Non. Et toi ? Tu as un mec, enfin, ou une copine ?

Je secoue la tête. Je sens mes doigts trembler contre le dossier froid de la chaise.

– Non. Moi non plus.

Il laisse échapper un soupir avant de se lever. Mon regard accompagne ses mouvements, du frigo au placard pour y prendre un verre, puis de nouveau vers le frigo. Il se sert un verre de lait et en éclabousse un peu le sol. Si j'avais le pouvoir d'obtenir tout ce que je veux à cet instant précis, je souhaiterais qu'il dise quelque chose, n'importe quoi. J'ai l'impression d'avoir la gorge en feu, que tout mon corps est en feu.

– Bon, nous ne serons pas là avant ce soir, mais nous gardons toujours nos portables avec nous au travail. Si mon frère passe, tu le fais entrer ?

Kael acquiesce en hochant la tête. Je l'observe nettoyer les traces de lait alors que je les imaginais déjà sécher par terre avec les autres éclaboussures accidentelles accumulées depuis que j'ai passé la serpillière il y a deux semaines.

Élodie arrive dans le couloir, ses cheveux courts mouillés dégoulinent sur les manches de son T-shirt gris.

– La douche fonctionne enfin !

– Comment ça ?

Je me précipite dans le couloir vers la salle de bains.

– La température ! Tu as réussi à la régler ? me demande-t-elle.

Je passe près d'elle en secouant la tête. Et en effet, quand j'entre dans la salle de bains pour faire couler la douche, l'eau est tout de suite chaude. Je tourne le robinet pour avoir de l'eau froide. Tout de suite froide. La pression est même plus forte, comme une douche normale. Quel luxe ! Je retourne à la cuisine.

– Je ne sais pas du tout comment elle a été réparée. Mais je suis contente, parce que...

Mes yeux croisent ceux de Kael qui passe la langue sur ses lèvres et tente de regarder ailleurs.

– Toi ! C'est toi qui l'as réparée ?

Ça m'apparaît soudain comme une évidence. Dans le fond, je sais que c'est lui, même si j'ai vraiment du mal à comprendre pourquoi.

Kael hoche timidement la tête.

– Ce n'était pas grand-chose. Juste un joint à resserrer. Ça m'a pris moins de cinq minutes.

Élodie se dirige vers lui, ses cheveux gouttent dans tous les sens à chacun de ses mouvements.

– Tu es tellement gentil. Oh, j'ai hâte de raconter ça à Phillip. Merci, merci.

Elle le prend dans ses bras.

D'abord le plein d'essence, maintenant la douche. Bien sûr, je trouve que c'est sympa de sa part, mais ça me donne aussi l'impression d'être vulnérable. Ça me dérange et ils le remarquent tous les deux.

– Moi aussi. Bon, je dois y aller, je vais être en retard. Je te vois à onze heures.

Je prends Élodie dans mes bras, puis me dirige vers la porte d'entrée.

Je ne me retourne pas sur Kael en sortant. Je sais que je vais culpabiliser si je le fais. Il a fait quelque chose de si gentil pour moi. Ce n'est pas seulement attentionné, c'est utile aussi. J'apprécie, vraiment, mais en même temps, je n'ai pas envie qu'il croie que j'ai besoin de lui pour réparer quoi que ce soit. J'ai acheté cette maison pour prouver que je ne suis pas une pauvre demoiselle en détresse.

VINGT-CINQ

Ma matinée se déroule comme tous les autres jours : deux personnes âgées retraitées et un soldat marié qui vient à la même heure quasiment chaque semaine. Il ne prend jamais de rendez-vous, mais je lui garde toujours un créneau. En plus d'être gentil et agréable, il me donne toujours de bons pourboires, ne râle pas et ne se plaint jamais pendant que je fais mon travail.

J'ai un peu de « temps libre » devant moi pour aider à nettoyer le spa et éviter ainsi, autant que possible, les clients qui arriveraient sans rendez-vous. Je n'aime pas la méfiance de certains d'entre eux. Ils se sentent toujours mal à l'aise et ne reviennent que très rarement. Même les morphologies les plus minces laissent tous leurs complexes envahir ma cabine. C'est rassurant et démoralisant à la fois de voir que je ne suis pas la seule à porter un regard négatif sur mon corps.

Je suis en train de sortir la deuxième série de serviettes du sèche-linge, ça me rappelle les serviettes de table que je devais enrouler autour des couverts lorsque j'étais serveuse dans un restaurant-grill. Je suppose que tous les métiers possèdent leur lot de corvées.

113

– Ce garçon est passé te voir, me dit Mali pendant que nous plions les serviettes.

– Quel garçon ?

– Celui que tu aimais bien avant, dit-elle.

La manière dont elle met volontairement l'accent sur le mot « aimais » me donne l'impression d'être une gamine.

Oh. Brien. Super.

– Quand ?

– Environ dix minutes avant que tu arrives.

Je laisse tomber la serviette que j'ai entre les mains sur la pile sans l'avoir pliée.

– Quoi ? Pourquoi tu ne me l'as pas dit ?

Elle ricane.

– Parce que j'avais peur que tu veuilles l'appeler, et il n'en est pas question, me répond-elle en haussant les épaules.

Je la regarde bouche bée, m'empare d'une serviette et la lui jette au visage.

– Je ne l'aurais pas appelé, je te signale.

Je suis sans doute un peu trop sur la défensive. Quoi qu'il en soit, je ne pense vraiment pas que je l'aurais appelé, même si je suis curieuse de savoir pourquoi il est passé. Je n'ai pas oublié l'histoire de la boucle d'oreille dans son lit, *moi*, ça c'est certain. Je l'appellerai probablement après ma pause déjeuner.

Bon ok, Mali a peut-être raison.

– Mmmm.

Elle articule un *si* en faisant ressortir ses lèvres de manière exagérée. Les profondes rides sur sa peau bronzée lui donnent un air hypersérieux, mais je sais qu'elle plaisante. Elle n'a jamais aimé Brien, elle a même coupé l'électricité du lobby quand il est venu me voir après que nous avons rompu la première fois. Pour sa défense, j'étais en larmes et il m'accusait d'un truc dont je n'arrive même plus à me souvenir. Ça doit vouloir dire que j'étais innocente, non ?

À vrai dire, j'étais loin d'être aussi triste que prévu, après cette rupture. Et la vérité, c'est que je me suis servie de lui pour combler quelque chose de brisé en moi. Voilà à quoi se réduisent la majorité des relations, en fait.

Soudain Mali interrompt ces amers souvenirs de Brien.

– Quelqu'un vient d'arriver sans rendez-vous, dit-elle.

Son dos est complètement courbé pour mieux voir le petit écran de surveillance. Je n'arrive pas à distinguer si c'est un homme ou une femme, mais je sais qu'Élodie vient tout juste de commencer son rendez-vous de 14h30 et que nous ne sommes que toutes les deux jusqu'à 16h. Ensuite trois autres employées viendront nous rejoindre pour la soirée.

– Je m'en occupe. Je n'ai pas d'autre rendez-vous aujourd'hui.

Honnêtement, j'espérais qu'il n'y ait plus d'autres clients et que je pourrais tranquillement continuer de faire les lessives, ranger ma cabine et aider Mali à faire les comptes plutôt qu'un massage. Mais c'est mon boulot. C'est ce que j'ai choisi de faire. Voilà ce que je me répète en boucle chaque fois que mes doigts me font mal ou que l'odeur de Javel des serviettes sortant tout juste de la machine me donne la migraine.

J'écarte le rideau pour entrer dans le hall et tombe sur Kael en train de déambuler dans la petite pièce. Il n'y a que quelques chaises dans le lobby, mais entre elles et le bureau de réception, il ne reste plus beaucoup d'espace, sinon il aurait fait les cent pas. Je l'observe marcher de long en large avant d'écarter complètement le rideau pour entrer.

– Hé ?

Je salue Kael et sens mon estomac se nouer.

– Hé.

Et nous restons là, debout dans cette pièce saturée de l'odeur capiteuse de l'encens et à l'éclairage tamisé.

À nos pieds, la vieille unité centrale du PC émet un bruit de bourdonnement.

– Tout va bien ?

Je réalise soudain qu'il est peut-être là pour une raison précise.

– Ouais, ouais. En fait, je viens pour un massage, dit-il avec un geste de la main.

– Ah oui ?

– Ouais. C'est possible ?

Sa voix est douce, pleine d'incertitude.

J'acquiesce et porte ma main à ma bouche. Je ne sais pas pourquoi je suis en train de sourire, mais c'est le cas et je ne peux pas m'arrêter.

VINGT-SIX

J'écarte le rideau pour retourner dans ma cabine.
– Je te laisse te déshabiller tranquillement, je reviens
dans deux minutes.

Kael se tient près de la table de massage, les bras
croisés sur la poitrine. Son bas de jogging tombe sur ses
hanches et, à la lueur des bougies, sa peau est luisante.
Je ne me rappelle pas avoir déjà pris autant de plaisir
à regarder quelqu'un comme je le regarde. Son corps
me fascine. Il me fascine. Je ne sais pas ce qu'il y a chez
ce mec, mais plus je le regarde et plus je le trouve attirant.

Je sors dans le couloir, qui n'est pas éclairé, et prends
une grande inspiration. J'essaie de me convaincre
que ça ne sera pas bizarre. Je fais des massages tous
les jours, du matin au soir. C'est juste un client normal,
un inconnu, rien de plus. Je le connais à peine et ce n'est
pas la première fois que je le masse, en plus. Je sors mon
portable de ma poche pour voir si Austin m'a rappelée.
Rien. J'envoie un texto à mon père. Toute distraction
est bonne à prendre.

J'entends Mali parler avec son mari à l'autre bout
du couloir. Quelque chose à propos d'une promotion
sur les massages aux pierres chaudes de ce mois-ci
qu'il faudrait prolonger. Elle essaie toujours de trouver de

nouvelles idées de promotion et d'opérations marketing alléchantes pour faire tourner leur petit business. C'est assez impressionnant de voir qu'elle arrive à conserver une clientèle régulière, alors qu'on trouve des salons de massage à chaque coin de rue. La plupart des massages coûtent environ trente dollars, certains plus, d'autres moins. Certains salons font un peu craignos, d'autres non.

Un texto de mon père apparaît sur mon écran.

AUSTIN VA BIEN. IL EST EN TRAIN DE DORMIR.

Je range mon portable dans la poche de ma blouse. Ça doit bien faire deux minutes maintenant. Si ce n'est plus.

– Je peux entrer ? je lui demande en posant ma main sur le rideau.

– Ouais.

Il est allongé sur le ventre, le visage enfoncé dans la têtière et la couverture blanche remontée jusqu'à la taille.

– Tu te souviens de ce que tu as plus ou moins apprécié la dernière fois ?

Cette question, c'est surtout pour satisfaire ma propre curiosité.

– Tout me convenait.

– Ok, je vais donc utiliser la même pression et nous aviserons à partir de là, d'accord ?

Il me répond d'un hochement de tête.

Je m'empare d'une serviette et commence le protocole. La serviette chaude glisse aisément sur la plante de ses pieds. Il a conservé son bas de jogging, le tissu noir dépasse de la couverture blanche. J'hésite à le remonter légèrement sur ses jambes afin de pouvoir accéder totalement à ses chevilles, mais quelque chose me retient. Ce n'est pas pour rien qu'il porte ce jogging et même si j'admets vouloir à tout prix en connaître la raison, je ne veux pas le mettre mal à l'aise ni franchir une limite.

STARS

Avec mon pouce, j'exerce une pression sur la chair tendre juste en dessous de ses orteils, et il gémit. Je réitère plus doucement, et son corps contracté se détend. Il fait rouler sa cheville sur elle-même pour se débarrasser de la sensation. C'est une zone assez sensible pour beaucoup de personnes.

– Désolée. D'habitude, ça permet de libérer les tensions.

Je contourne la table pour me positionner à l'autre bout, derrière sa tête, et j'attrape mes huiles.

– Pas de menthe poivrée, c'est ça ?

– Non merci. Je déteste l'odeur.

Ok, dans ce cas.

– Si j'en utilise une sans parfum, ça ira ?

Il hoche la tête dans le socle.

Je fais chauffer l'huile en la frottant entre mes mains et commence par la base de son cou. Les nœuds sur ses muscles sont assez volumineux au niveau de ses clavicules et de ses épaules. D'un côté, son corps semble avoir été façonné pour combattre, pour défendre, de l'autre il ressemble parfois à un petit garçon, presque fragile. Quelqu'un qui devrait être tenu à l'écart de tout danger.

– Élodie est là, je lui dis.

Il reste silencieux tandis que je promène mes mains sur sa peau douce. Ses épaules sont déjà un peu moins tendues qu'hier. Putain, ça ne fait que deux jours qu'il est venu voir Élodie !

– Je l'ai rencontrée pendant ma formation au diplôme de massothérapeute. Elle venait tout juste d'arriver de France après un programme de recherche pour les femmes de militaires.

Je me rappelle à quel point son bel accent me paraissait prononcé.

– Elle était hyperdéterminée et prenait ce premier jour de formation très au sérieux. J'ai tout de suite été attirée par elle. Je veux dire en tant qu'amie, je précise.

Il lâche un petit rire et ses épaules se soulèvent légèrement.

– Phillip est aussi gentil que je l'imagine, pas vrai ? je demande à Kael puisque nous abordons le sujet.

Il reste muet pendant quelques secondes.

– C'est un mec bien.

– Promis ? Parce qu'il l'a traînée jusqu'ici, dans un autre pays, sans famille et sans amis. Je m'inquiète pour elle.

– C'est un mec bien, répète-t-il.

Il faut que j'arrête de le passer au gril et que je me contente de travailler. Malgré tout, les pensées continuent d'affluer, j'ai encore tant de choses à lui dire. Mais il n'est pas venu ici pour faire la conversation. Il est venu pour un soin sur son corps endolori.

Je descends mes mains le long de son dos puis remonte vers ses bras, en retrouvant mes gestes habituels. Je fais pratiquement la même chose lors de chaque séance. J'opte pour une pression de massage moyenne et utilise un peu plus d'huile que la plupart des massothérapeuthes. La chanson qui passe est un vieux titre de Beyoncé. Je laisse la musique emplir l'atmosphère silencieuse pendant vingt minutes, jusqu'au moment de lui demander de se mettre sur le dos.

Quand il se retourne, ses yeux sont fermés et j'en profite pour étudier son visage. Les lignes nettes de sa mâchoire carrée, l'ombre légère d'une barbe naissante sous son menton. Il prend une grande inspiration lorsque je glisse mes mains sous ses omoplates et les fais remonter vers sa nuque en pressant sa peau pour bien étirer tous les muscles de son dos.

J'ouvre la bouche pour demander à Kael si la session shopping de ce soir est toujours d'actualité. Puis je la referme.

Quelques secondes plus tard, j'hésite à lui demander ce qui lui ferait plaisir pour le dîner. Et puis je suis à deux doigts de lui dire que j'adore la chanson qui est en train de passer. Ensuite, dans ma tête, je me vois en train de lui raconter que Mali m'autorise à utiliser mes propres playlists dans la cabine. Il y a ce truc chez lui qui me donne toujours envie de parler. Enfin presque.

Je ne sais pas trop quoi en penser.

Je soupire.

Je ne peux tout simplement pas bavarder avec lui pendant toute la durée de la séance. Ce n'est pas professionnel. Je me répète ça en boucle, mentalement.

Je regarde l'heure. Deux minutes seulement se sont écoulées depuis que je lui ai demandé de se retourner. J'ai envie de mourir! J'aimerais lui dire que le temps passe hyper-lentement. Ou lui demander s'il reconnaît l'odeur du gâteau au caramel diffusée par la bougie que j'ai allumée en arrivant ce matin.

– Tout va bien? je finis par lui demander.

Il hoche la tête.

– Comment va ton frère?

Je ne m'attendais pas à cette question.

– Je pensais qu'il serait passé chez moi en arrivant en ville, mais apparemment non, je lui réponds. Il est en train de dormir chez mon père en ce moment. Je n'ai toujours pas réussi à discuter avec lui en tête à tête. C'est tellement frustrant. On était tellement proches avant.

Kael garde les yeux fermés. Je suis en train de malaxer ses épaules et ses bras avec mes poings fermés. Ses paupières se contractent.

– Excuse-moi de parler autant. On dirait que ça m'arrive souvent en ce moment.

Je rigole, mais mon rire sonne faux. Probablement parce qu'il l'est.

Kael ouvre les yeux une seconde et penche la tête en arrière pour pouvoir me regarder dans les yeux.

– Ça va. Ça ne me dérange pas.

Je détourne les yeux et repose sa tête sur la table.

– Là tout de suite, je te dis merci !

Je le taquine et sens mon estomac vriller lorsque pour la toute première fois, un immense sourire s'étire d'un côté à l'autre de son visage.

VINGT-SEPT

Je suis en train d'attendre Kael quand je reçois un texto d'Élodie avec un lien Buzzfeed. C'est la reine pour dénicher des quiz du genre « Est-ce de ta faute si tu es célibataire ? » et des articles comme « Les femmes sont-elles en train de prendre le contrôle du monde entrepreneurial ? ». Celui-ci s'appelle « 25 choses que tu dois savoir sur T*arget*[16] ». Je m'apprête à cliquer sur le lien pour découvrir une nouveauté sur les Pringles et les lessives Tide PODS, ou des astuces pour repérer la file la plus rapide pour accéder aux caisses, quand Kael apparaît dans le lobby.

– Hé, je lui dis. J'espère que tout s'est bien passé.

– Ouais, merci, me répond-il.

Je scanne sa carte et lui tends son reçu pour qu'il le signe. Je ne me suis jamais sentie aussi nerveuse en observant un client griffonner son nom sur la petite ligne noire. C'est nouveau ça encore. Et, bien entendu, Kael ne laisse absolument rien transparaître, ce qui me laisse seule face à mes interrogations. Je commence

---

16. Grand magasin.

à me demander s'il reviendra pour un autre massage. Et puis *Que se passera-t-il quand il arrêtera de squatter mon canapé?*

Il me laisse un pourboire de douze dollars pour un massage à quarante-cinq dollars. C'est plus que généreux. Bien plus que ce que je reçois d'habitude. Malgré tout, je ne suis pas très à l'aise avec ça, comme s'il me faisait la charité ou un truc dans le genre. Ou qu'il payait pour passer du temps avec moi, ce dont je le soupçonne. Mais j'ai besoin d'argent, alors je le prends avec le sourire. Ok, un sourire un peu forcé, mais ça, il ne le sait pas. Du moins je le crois.

Je repense à la séance et me rends compte que j'ai passé la moitié du temps à parler. Ça n'a sûrement pas dû l'aider à vivre une expérience relaxante.

– Désolée d'avoir autant parlé...

Kael m'interrompt avant que j'aie le temps de finir ma phrase.

– Arrête, dit-il en me donnant un petit coup d'épaule amical. Ça va, je t'assure.

Je suis en train d'apprendre à le connaître, mais je n'arrive toujours pas à savoir s'il ment ou pas. Mes monologues névrosés ne le gênent-ils pas? Forcément un peu. Ok, il a dû me poser une ou deux questions, mais c'est moi qui ai parlé de mes horaires de boulot et de la deuxième arrestation de mon frère qui me cause beaucoup de soucis. J'ai passé les quelques minutes suivantes à parler de mon frère et de mon inquiétude pour lui, mais pour une fois, je ne voulais pas que la séance tourne autour d'Austin. Peut-être ai-je voulu paraître plus mature que je ne le suis réellement, ou peut-être que je cherche à protéger Austin de l'avis d'un inconnu. Quelle qu'en soit la raison, j'ai décidé de passer à autre chose.

– Tu penses que je devrais peindre les murs de quelle couleur? je lui ai demandé.

– De quelle couleur tu as envie de les peindre ? m'a-t-il répondu.

Et...

– Tu ne trouves pas que la déco est beaucoup trop chargée ?

– Je n'ai pas remarqué.

Et...

– Tu n'as pas l'impression d'être dans le spa luxueux d'une grande ville plutôt qu'ici, dans ce centre commercial ?

Il a simplement haussé les épaules. Kael m'a répondu par un ou deux mots de temps en temps, mais c'est surtout le son de ma voix qu'on entendait.

Nous sommes désormais dans le lobby et, pourtant, il continue de jouer au mec fort et silencieux comme si nous étions toujours dans un espace de soins.

– Tu veux un justificatif ?

Je lis ce qui est indiqué sur la machine à carte.

– Bien sûr que oui, me répond-il en tendant la main.

– Bien sûr que oui ? Ce n'est pas un peu exagéré pour un simple reçu de carte de crédit ! je le charrie.

Je commence à adorer ça. Il réagit assez différemment chaque fois. C'est assez fascinant.

– Juste responsable, dit-il.

Il esquisse un sourire en rangeant le ticket de caisse dans son portefeuille. Ce dernier est en cuir, marron clair, et il a manifestement vécu.

– Oui c'est ça, je renchéris. Comme tu veux. C'est mieux si tu te fais contrôler.

Pas de sourire cette fois-ci, mais il arque un sourcil.

Mali observe tout sans en louper une miette. Depuis que Kael est arrivé dans le lobby après sa séance, elle s'arrange pour s'affairer près de nous. Elle fredonne tout en essuyant les traces de doigts sur la porte en verre. Maintenant, elle ne fait même plus semblant de nettoyer.

– À ce soir ? je lui demande.

– Ouais. À ce soir.

Il me fait un signe de la main et salue poliment Mali en l'appelant « M'dame ». La porte ne s'est même pas encore complètement refermée qu'elle se tourne vers moi.

– Hum ?

Je sais ce qu'elle est en train de penser.

– Quoi *hum* ?

Je referme le tiroir-caisse et glisse le pourboire dans ma poche.

De nouveau, son regard fixe la porte, un sourire énigmatique sur les lèvres.

– Oh, rien !

– Cesse donc tes commérages, je lui réponds quand elle disparaît dans le couloir.

VINGT-HUIT

Je suis contente de rentrer à la maison tant que le soleil brille encore, pour une fois. Voilà pourquoi je ne reste pas pour tout nettoyer méticuleusement comme je le fais d'habitude. Je flanque quand même un tas de serviettes dans le sèche-linge, ouvre quelques cartons de produits et commence à les ranger, mais je me dis que mes collègues prendront la relève. Ça ne me pose aucun problème.

La rue est noire de monde quand je quitte le salon. Bradley est en train d'aider un client à charger un matelas king-size dans le coffre de son camion. Il me salue de la main, d'une manière toujours aussi amicale.

Au moment où je sors mon portable et ouvre la page Instagram, le nom de mon frère apparaît sur mon écran.

– Austin, mais qu'est-ce que t'as foutu ? Tu vas bien ?

Je ne prends même pas la peine de lui dire *bonjour*, ce n'est pas le moment pour des formalités.

– Ça va. Je vais bien. Vraiment, Kare, ce n'est pas si grave que ça. C'était juste une baston.

– Une baston ? Avec qui ?

Il soupire un bref instant.

– Un mec. Je ne sais pas. Je suis sorti quelque part et ce mec était en train d'emmerder une fille au bar.

Je lève les yeux au ciel et me range contre un des arbres qui bordent l'allée pour laisser passer un van rempli d'enfants.

– Donc tu es en train de me dire que toute cette histoire n'est due qu'à ta galanterie ?

Austin est toujours très fort pour tourner les choses à son avantage. Il ferait un merveilleux agent de stars à problèmes, ou un horrible mari.

– Oui. C'est exactement ce que je suis en train de dire, répond-il en rigolant.

Sa voix m'apaise. C'est comme écouter une vieille chanson oubliée que tu aimais. Il m'a vraiment manqué.

– D'accord. Donc tu es dans la merde jusqu'à quel point ?

– Je ne sais pas.

Il s'interrompt. Je crois entendre le bruit d'un briquet.

– Papa a réglé ma caution... ce qui me fait bien chier, parce que maintenant je lui dois de l'argent.

Incroyable. J'aimerais tellement avoir sa capacité à toujours appréhender les choses du bon côté sans jamais s'inquiéter de rien. Il sait qu'il arrivera toujours à se débrouiller – ou que quelqu'un d'autre trouvera une solution pour lui – avant que la situation n'empire vraiment.

– Ouais, parce que là, devoir de l'argent à papa est ton plus gros problème ?

– J'ai tué personne, ok ? C'était juste une petite bagarre de bar, comme ça pourrait t'arriver aussi.

Je rigole. Je peux *sentir* la magie de son charme opérer. C'est limite si je ne commence pas à être d'accord avec toute cette histoire d'arrestation, alors que l'encre sur ses papiers d'autorisation de sortie n'a même pas encore séché.

– Comment tu as fait pour entrer dans un bar ? On n'aura vingt et un ans que dans un mois.

C'est à son tour de se moquer de moi.

– T'es pas sérieuse ?

STARS

– Si, je le suis !

En réalité, je plaisante... d'une certaine manière.

Il y a toujours eu une mince frontière entre le moment où je m'inquiète pour mon frère et celui où j'ai juste envie de m'amuser avec lui. Je ne suis pas du tout à cheval sur les principes ni une fille ultraresponsable ; j'ai juste des années-lumière d'avance sur mon jumeau. La différence est incroyablement notable.

Je me doutais que mon loser d'oncle emmenait Austin traîner dans les bars avec ses potes grossiers et plus âgés qu'Austin. Il l'a même probablement présenté à une femme qui buvait trop d'alcool, portait trop de maquillage et avait beaucoup trop d'expérience... beaucoup trop de tout.

– Vous êtes des inquiets. Papa et toi.

Je râle. Je ne veux pas devoir m'inquiéter. Je ne veux pas avoir le rôle de la sœur plus-âgée-de-six-minutes constamment sur le dos de son frère. Et je ne veux pas ressembler en quoi que ce soit à mon père.

– Ne me compare pas avec papa. Allez. Je veux juste qu'il ne t'arrive pas d'ennuis. C'est tout.

Je suis presque arrivée à la maison.

– Ouais, je ne voudrais pas risquer de compromettre mon bel avenir si prometteur.

C'est censé être drôle, mais une pointe de tristesse transparaît dans sa voix.

– Tu veux passer à la maison ce soir ? Tu me manques.

– Je ne peux pas ce soir, je dois voir quelqu'un. Mais demain ? Ou alors ce week-end, papa et Estelle partent à Atlanta, je vais avoir la maison pour moi tout seul.

– Énorme teuf à la maison !

Je rigole en pensant à la quantité de fêtes à la maison ratées, lorsque nous étions encore au lycée. La plupart des gamins de notre âge avaient trop peur de la police militaire pour se rendre à une fête dans la base, mais finalement le fait qu'il y ait peu de monde rendait ces soirées plus sympas.

– Carrément.

– Et moi je plaisante, carrément. Tu ne vas quand même pas organiser une fête dans la maison de papa ?

– Hum, si. C'est ce que je vais faire.

Il ne peut pas être sérieux. Notre père va péter un plomb si Austin organise une fête chez lui. Je n'ose même pas imaginer les répercussions.

– Non, tu ne vas pas faire ça. Sans blague, faire une fête quelques jours seulement après t'être fait arrêter ? C'est quoi ton problème ? On n'est plus au lycée !

C'est ce genre de trucs qui me font revenir à ma théorie familiale selon laquelle Austin serait celui qui a hérité du charme de notre mère. Mon petit frère a toujours été si sociable avec les gens. On a envie de lui faire confiance dans n'importe quelle situation et les gens sont attirés vers lui comme vers un aimant. C'est quoi l'expression déjà, *comme des mouches autour d'un pot de miel?* Il a toujours été tout miel. Quant à moi, j'ai toujours été l'opposée. Je papillonne autour des gens comme Austin, facilement envoûtée, comme mon père.

– Parle pour toi.

– Comment peux-tu déjà connaître assez de monde ici pour faire une fête ? Je veux dire...

– Écoute, je dois y aller. On se voit quand tu veux. À plus. Je t'aime.

Il raccroche avant que j'aie le temps d'ajouter quoi que ce soit.

Oh, Austin. *Moi aussi je t'aime, mais parfois tu fais vraiment des choix de merde.*

VINGT-NEUF

En arrivant, je suis un peu surprise de trouver la porte de chez moi fermée à clé. J'enfonce ma clé dans la serrure et entre, récupérant au passage mon courrier glissé dans la boîte. La petite boîte à lettres est tombée. Une autre chose à réparer. En faisant glisser les enveloppes, une brochure d'agence immobilière pour de luxueuses et inabordables maisons à Atlanta apparaît. Je cherche le logo de l'agent, il est écrit qu'elle s'appelle Sandra Lee. Le prix d'une maison à Buckhead, avec une piscine à remous, est de deux millions de dollars. Ouais, j'en ai foutrement envie, Sandra.

En attendant de toucher le gros lot ou que mon rêve utopique d'ouvrir une chaîne de spas haut de gamme mais à prix raisonnables voie le jour, pour moi ce sera une petite maison dont la boîte aux lettres rouge est décrochée. À l'intérieur, le silence est pesant. J'ouvre le reste de mon courrier – rien de bien intéressant, principalement des factures et des flyers – et comme toute la maison sent les pop-corns d'Élodie et que mon estomac grogne, j'attrape quelques bretzels dans mon placard.

La maison paraît différente, sans bruit. Ça semble étrange de ne pas entendre le nom d'Olivia Pope toutes les cinq minutes. Je suis complètement seule. Pas d'Élodie. Ni de Kael. Nous ne nous sommes pas accordés sur une heure précise, mais j'avais supposé qu'il serait chez moi lorsque je rentrerais du travail.

Où aurait-il pu aller ?

Je réchauffe les restes du repas de Mali au micro-ondes, lave une pile d'assiettes, puis m'installe à la table de la cuisine, attrape le livre de poche que j'ai commencé et essaie de retrouver la page à laquelle je me suis arrêtée la dernière fois. Je continue de penser à Kael et me demande comment il se comporte quand il fait du shopping. Est-il plus bavard ou faut-il s'attendre à une virée silencieuse ?

J'adore me torturer l'esprit en réfléchissant à toutes les options possibles et imaginables. Genre là, je me dis que j'ai peut-être mal interprété toute cette histoire et que Kael a pu croire que j'avais seulement l'intention de le déposer pour qu'il fasse son shopping seul. Et puis, j'arrive à me convaincre que je me suis invitée toute seule à faire du shopping avec lui, et qu'il a sûrement dû penser que j'étais bizarre ou insistante. Ou bien les deux.

Dix minutes plus tard, je reviens à la réalité. J'ai du mal à imaginer que Kael soit assis quelque part en train de se repasser mentalement toute notre conversation – peu importe où il se trouve. Je réagis de manière excessive.

Je réfléchis trop. Je réagis de manière bien trop excessive. Pas vraiment des qualités à faire figurer dans mon CV. Je repose mon livre sans en avoir lu un mot, puis sors mon portable, me connecte sur Facebook et tape *Kael Martin* dans la barre de recherche. Rien n'a changé sur son profil. Et je n'arrive toujours pas à me décider à lui envoyer une demande d'ami.

Je me déconnecte de son profil et vais dans ma boîte de réception, comme si j'attendais un mail important. Sans même m'en rendre compte, je suis en train de faire les cent pas dans la pièce. Je tourne littéralement en rond en me faisant des films. Et puis je m'arrête net quand j'aperçois un bout de mon reflet dans le miroir. Avec mes cheveux noirs tirés en arrière et mes yeux égarés, je ressemble à ma mère. D'une façon effrayante.

Je m'allonge sur mon lit et prends de nouveau mon livre. Mais assez rapidement, je ressens le besoin de changer d'air. Je vais dans le salon et me laisse tomber sur le canapé. Je regarde l'heure sur mon portable. Presque sept heures. Je reprends mon livre là où je me suis arrêtée la dernière fois, à la page toute cornée – je n'ai jamais été le genre de fille à utiliser un marque-page – et je me laisse emporter par l'histoire tragique d'Hemingway pendant la Première Guerre mondiale. Mais ce n'est pas la distraction que j'avais espérée. Plus le sommeil approche, plus le visage de Kael m'apparaît dans le rôle de multiples personnages. D'abord, comme sergent instructeur. Puis comme soldat blessé. Enfin, comme ambulancier. Et il me regarde comme s'il reconnaissait mes yeux.

Je me réveille dans le canapé, les rayons du soleil sur le visage. J'observe la pièce autour de moi en essayant de rassembler mes pensées.

Kael n'est pas rentré.

TRENTE

Trois jours passent avant que je le revoie. Quand nos chemins finissent enfin par se recroiser, je suis assise sur le perron, en train d'essayer une nouvelle paire de chaussures repérées sur Instagram. Je sais que le mannequin suivie sur Insta a très probablement été payée pour les porter, mais je me suis quand même dit qu'il me les fallait. Selon la légende, ce sont « Les Meilleures ! » et elles sont « Teeellement confortables ! *émoji yeux en forme de cœur* ». Peut-être pour elle. En ce qui me concerne, j'arrive à peine à en enfiler une. Non mais franchement, je n'arrive même pas à enfoncer mon talon dans cette foutue godasse. Je suis en train de tirer dessus de toutes mes forces en me penchant en arrière sur le perron, comme une débile, quand la monstrueuse jeep camionnette de Kael s'arrête devant chez moi. Super-timing.

Finalement, il a dû faire du shopping car il est habillé de la tête aux pieds en vêtements civils. Jean noir troué au genou et T-shirt en coton blanc avec des manches grises qui ressemble trait pour trait à l'un des miens. La seule différence, c'est que sur le mien était écrit « Tomahawks » accompagné d'une image d'un vrai tomahawk.

C'est ma meilleure amie de Caroline du Sud qui me l'a donné. Il vient de son ancien lycée, quelque part dans l'Indiana. Je me demande si son coin dans le Midwest ressemble à celui où ma mère a grandi. Une petite ville frappée par les avances technologiques qui ont causé la fermeture complète d'une usine après l'autre. Je connais d'horribles histoires à propos de cet endroit, comme quand un groupe d'élèves surexcités est parti en excursion découvrir les lieux de sépulture des Indiens d'Amérique, ce qu'ils appellent des « tumulus indiens », qu'ils ont totalement piétinés pendant qu'on leur enseignait de fausses histoires sur de dangereux sauvages sanguinaires. Et qu'on évitait de leur souligner que ces peuples ont été victimes d'un génocide ou que nous avons volé leur terre, les réduisant ainsi à la pauvreté.

Après réflexion, je n'ai plus très envie de porter ce T-shirt, finalement.

Kael s'est arrêté juste devant mon porche.

– Hé, l'étranger ! je lui dis.

Il coince ses lèvres entre ses dents et secoue la tête avant de l'incliner. Je suppose que c'est sa manière de dire bonjour.

– Tu cherches Élodie ?

La future maman passe son vendredi soir à la réunion mensuelle du groupe d'accueil des familles de la brigade de Phillip. Elle est déterminée à tout faire pour que les autres femmes l'apprécient avant que son bébé naisse. Je ne peux pas lui en vouloir. Elle a besoin de tout le soutien qu'on peut lui offrir.

– Je lui dirai que tu es passé.

– Non. En fait, j'ai juste... (Kael s'interrompt.) Je suis passé au spa pour un massage, mais tu ne travaillais pas.

Il regarde vers le bas de la ruelle en direction des boutiques.

– Oh.

STARS

Ça, pour une surprise, c'est une surprise.

Je décale un peu mes fesses sur le perron pour lui faire de la place à mes côtés. Enfin, genre. Avant de rejouer la scène de Cendrillon, je me suis amusée à souffler sur des pétales de pissenlit, et Kael doit d'abord déplacer un paquet de pistils avant de pouvoir s'asseoir. Il les lâche délicatement dans la paume de ma main.

– J'aurais bien besoin de faire quelques vœux, c'est sûr, dit-il.

– Il y en a d'autres, si tu veux.

Je pointe du doigt mon jardin d'herbes folles. Je n'avais pas l'intention d'accueillir tous ces pissenlits, ces pâquerettes et autres plantes bizarroïdes, mais elles ont poussé dans chaque recoin du perron qui s'est retrouvé envahi.

– Non, c'est bon, me répond-il.

Il a l'air tellement différent dans des vêtements civils.

– Je vois que tu es allé faire du shopping ?

Rester assis en silence ne lui pose évidemment aucun problème, mais moi j'aimerais bien discuter un peu. Et puis, je meurs d'envie de savoir où il a disparu.

Kael tire sur son T-shirt.

– Ouais, désolé pour ça. Ces quelques jours ont été un peu dingues.

Je dois lui demander.

– Dingues ? Comment ?

Il soupire et récupère une tige de pissenlit sur les marches.

– Longue histoire.

Je prends appui sur mes mains derrière moi.

– Ouais.

– Quand est-ce que tu retournes travailler ? il me demande un instant plus tard.

Un avion passe au-dessus de nous pile au moment où je m'apprête à lui répondre.

– Demain. Mais seulement deux heures. Je remplace quelqu'un.

– Il te reste de la place ?

Il m'observe de ses yeux noirs bordés de longs cils.

– Peut-être.

– Peut-être ?

Il fronce les sourcils, ce qui me fait rire. Il est léger aujourd'hui. J'aime cette version sereine de lui. Kael le civil.

– Je vais à une fête ce soir, je lui dis. Chez mon père.

Il fait une grimace.

– Oui. Exactement. Sauf que mon frère, qui se comporte comme un idiot, organise cette soirée pendant que mon père et sa femme passent le week-end à Atlanta au Marriott, à déguster des queues de homard et picoler du vin hors de prix.

Je lève les yeux au ciel.

Mon père n'a jamais emmené ma mère nulle part ainsi. Ils n'ont jamais eu l'occasion de passer des moments rien qu'à eux, sans la présence de mon frère et moi. Une des nombreuses raisons pour lesquelles leur couple n'a pas fonctionné. Ça et le fait qu'ils étaient les deux personnes les moins compatibles sur terre.

– Ton père n'a pas l'air d'être le genre de personne à vouloir qu'une fête soit organisée chez lui, observe Kael. Surtout s'il n'est pas là.

Si seulement il savait !

– Oh non, je te confirme. C'est pour ça que je vais y aller, pour chaperonner.

Il émet un petit bruit – quelque chose entre un grognement et un rire. En fait, ça l'amuse. Ça me plaît vraiment de pouvoir commencer à lire sur son visage et deviner à quoi il pense.

– Tu n'es pas un peu trop jeune pour jouer les chaperons ?

– Ha ha.

Je lui tire la langue... puis m'empresse de refermer la bouche dès que je réalise ce que je viens de faire : je suis en train de flirter avec lui !

Et je ne sais pas comment m'arrêter. Qui est cette personne qui tire la langue à un garçon ?

– Et quel âge tu as, M. l'Expert-en-Âgisme ?

– Ça ne veut pas dire ça, âgisme, il me corrige avec un petit sourire.

Je rigole. Je suis à moitié charmée et à moitié surprise.

– Ok, M. Je-sais-tout, quel âge tu as ?

Il sourit de nouveau.

D'un sourire tellement doux.

– Vingt ans.

Je m'exclame.

– Vraiment ? Je suis plus vieille que toi !

– Quel âge tu as ?

– Vingt et un le mois prochain.

Il passe sa langue rose sur ses lèvres et mordille sa lèvre inférieure. C'est un tic chez lui. Je l'ai remarqué.

– J'ai vingt et un ans demain. Je gagne.

Je reste bouche bée.

– Impossible. Je veux voir ta carte d'identité.

– Vraiment ?

– Oui, vraiment. Prouve-le.

Et puis, parce que je ne peux pas m'en empêcher, j'ajoute :

– Je veux voir un justificatif.

Il sort son portefeuille de la poche arrière de son jean et me le tend. Je l'ouvre et la première chose sur laquelle je tombe, c'est la photo de deux femmes. L'une est plus âgée que l'autre d'une dizaine d'années je dirais, mais la ressemblance est frappante.

Je lève les yeux vers lui, comme pour m'excuser de mon intrusion. De toute évidence, cette vieille photo a de la valeur, sinon elle ne serait pas dans son porte-feuille. En face de la photo des deux femmes il y a sa carte militaire. Je lis sa date de naissance. Pas de doute, c'est bien demain son anniversaire.

– Donc, tu es plus vieux que moi d'un mois, je finis par concéder.

– Je te l'ai dit.

– Pas une raison pour fanfaronner !

Je me penche vers Kael et réitère le petit coup d'épaule maladroit du supermarché. Sauf que cette fois, il ne s'écarte pas de moi, il ne se raidit pas. Cette fois, sur mon perron baigné de soleil, dans son jean troué, il presse son épaule contre la mienne avec un regard tendre.

TRENTE ET UN

– Ça fait tellement longtemps que je ne suis pas restée assise comme ça sur le perron. C'est vraiment agréable.

Il n'y a que Kael et moi, avec pour seule compagnie une voiture qui passe de temps à autre.

– Je m'asseyais ici presque tous les jours quand je venais d'emménager. Je n'arrivais pas à réaliser : mon perron. Ma maison. (Je m'interromps un instant.) Ça fait du bien, tu sais ? D'avoir la rue devant soi et sa maison derrière.

D'une certaine manière, parler à Kael, c'est comme écrire dans son journal intime.

– J'ai toujours adoré m'asseoir devant chez moi. Ça ne s'applique pas qu'à cette maison. Tu as vu la balancelle sur la véranda chez mon père ? Je ne suis même pas sûre que tu l'aies remarquée, mais nous avons trimballé cette balancelle avec nous d'année en année. Elle nous accompagnait de base en base, de maison en maison, tout comme le vieux fauteuil inclinable de mon père.

Je sens que Kael m'écoute et m'encourage même à continuer.

– Quand nous avons emménagé au Texas, la véranda autour de la maison n'était pas assez grande, alors nous l'avons rangée dans la remise. Elle est en bois massif... on peut voir quelques éclats, à certains endroits, et le bord des accoudoirs est usé. Rien à voir avec le mobilier de jardin en plastique qu'on trouve aujourd'hui. Comment on dit déjà, en rosine ?

– En résine, précise-t-il pour m'aider.

– C'est ça, en résine.

Et maintenant, je repense à ma mère, à sa manière de s'asseoir devant la maison, dans l'obscurité, et de fixer le ciel.

– Ma mère avait pratiquement élu domicile toute l'année sur la véranda. Une fois, elle m'a raconté qu'elle croyait que Dieu était composé d'étoiles et que lorsque l'une d'entre elles se consumait, un petit peu de la bonté du monde s'éteignait avec elle.

Kael me regarde attentivement, et je suis consciente du rouge qui me monte aux joues. La manière dont je m'exprime... eh bien, c'est comme si je pensais à voix haute. Je viens à peine de le comprendre. Je sais que ça peut sembler ridicule. J'ai parfois lu des choses comme ça dans des livres, ou vu dans des films, et ça me semblait carrément impossible. Tellement cliché. Et pourtant, c'est ce que je fais, m'ouvrir complètement à un inconnu.

– Bon, c'est un peu plus compliqué que ça, bien sûr. C'est une version light. Il existe des civilisations dont la religion tout entière repose sur l'univers avec ses planètes et ses étoiles. Ma mère m'en parlait tout le temps. Je veux dire, c'est logique, non ? Elles étaient là en premier.

Kael intervient.

– L'étaient-elles vraiment ?

Ses mots sont importants pour moi, il en prononce si peu. Je suppose que c'est la raison pour laquelle, lorsqu'il me pose des questions, je réfléchis vraiment à mes réponses. Je finis par lui répondre :

– Je n'en suis pas sûre à cent pour cent. Et toi ?

Il secoue la tête. Je reprends :

– Je crois que tu as raison. Il existe tant de religions différentes... et trop de gens pour arriver à s'accorder sur une seule d'entre elles. Je pense que ce n'est pas mal de prendre un peu recul, de prendre le temps d'en savoir un peu plus. Tu ne crois pas ?

Une question si délicate posée d'une manière si désinvolte.

Il lâche un soupir. J'arrive à entendre le murmure des mots qu'il forme, mais il n'arrive pas à les faire sortir. Plus il reste dans cette attitude, à passer lentement sa langue sur ses lèvres et à mordiller l'intérieur de ses joues, et plus je suis capable d'anticiper sa réponse. J'attends, le temps semble s'être figé.

– Je pense aussi, répond-il enfin. Je connais beaucoup de gens à l'intérieur comme à l'extérieur de l'église qui sont à la fois bons et mauvais. Il y a tellement plus grand que nous sur cette planète... J'ai juste envie d'être une bonne personne. Je préfère me concentrer sur la manière d'améliorer le monde autour de moi plutôt que de me demander comment nous sommes arrivés ici à l'origine. Pour l'instant, du moins.

Il semble si sûr de lui. Il continue de parler. C'est la première fois qu'il se livre autant depuis que nous nous sommes rencontrés. D'habitude, c'est moi qui parle sans arrêt.

– Je ne sais pas encore en quoi je crois, dit-il.

Un long silence s'installe avant qu'il poursuive. Une portière de voiture claque et un texto d'Élodie fait vibrer mon téléphone. Elle se rend chez quelqu'un – une fille qui s'appelle Julie – où tout le monde va pouvoir boire un verre, sauf elle. J'éteins l'écran et repose mon portable, l'écran contre le perron en ciment.

– Je ne sais pas, répète-t-il. Mais ce que je sais, c'est que j'ai un sacré nombre de merdes à me faire pardonner.

Sa voix vacille un peu sur la fin et mon cerveau tente d'intégrer ce qu'il est en train de dire, mais la gravité de ses paroles m'angoisse. Ma gorge brûle, j'essaie d'avaler ma salive pour tenter d'en atténuer l'effet, mais ça ne marche pas. C'est physiquement douloureux de penser à toutes les choses que Kael a dû voir à son âge – à *notre* âge. Il serait plus simple de ne rien ressentir du tout, mais j'en suis incapable.

J'ai toujours été tellement sensible, et ce depuis toute petite. J'étais toujours en train soit de m'enflammer, soit de rêvasser, passant sans cesse d'un extrême à l'autre. « Karina ressent profondément les choses, disait ma mère. Elle est à fleur de peau. »

Kael s'éclaircit la gorge. Je meurs d'envie de lui demander ce qu'il a à se faire pardonner, mais je sais qu'il ne le souhaite pas. Je le sens cogiter à côté de moi, mais je continue de fixer le ciel. Je cligne des yeux, en observant le bleu virer progressivement à l'orange. Je l'imagine avec son sourire juvénile et un flingue attaché autour de la poitrine. Je ne sais pas ce qu'il a vécu là-bas, mais ce regard vide sur son visage... Il faut que je dise quelque chose.

– Je ne crois pas que ça fonctionne comme ça. Je pense que tu es à l'abri maintenant.

Je prononce ces mots d'une voix frêle, mais s'il pouvait sentir ce que je ressens pour lui à cet instant, il saurait que je ne peux pas être plus sincère.

– À l'abri ? me demande-t-il, alors que des nuages se forment au-dessus de nos têtes. À l'abri de qui ?

TRENTE-DEUX

Il n'y a ni musique bruyante ni lumières vives lorsque je me gare. Et personne n'a vomi sur la pelouse. C'est plutôt bon signe.

– Ça a l'air de bien se passer, je dis.

La maison se trouve tout au bout d'une impasse tranquille, avec un terrain à l'arrière et des pavillons tout autour. Je suis obligée de me garer dans la rue, parce que trois voitures sont déjà stationnées dans l'allée, dont deux que je ne reconnais pas. Il y a aussi le van de mon père, un vieux machin blanc qu'il n'a pas touché depuis au moins un an. J'en suis arrivée à détester ce van. Ça n'a pas toujours été le cas, mais les souvenirs plutôt agréables de notre trip à Disney ont depuis longtemps été remplacés par ceux d'horribles disputes, pleines de rancœur, qui nous parvenaient depuis les sièges avant.

Mes parents ne s'engueulaient pas comme la plupart des couples. Enfant, je me souviens même d'avoir envié les franches disputes qui éclataient dans d'autres familles. Celles de mes parents étaient bien pires. Ma mère prenait une voix hyperfroide pour envoyer ses coups. Elle frappait fort et savait instinctivement où appuyer pour faire le plus de mal possible. J'étais une petite fille en manque d'affection et je voulais croire que sa colère était une marque d'attention envers moi. Je pense que mon père aurait préféré aussi, mais elle ne pouvait ou ne voulait pas nous l'exprimer. Nous en avons souffert, mon père et moi, chacun à notre manière.

Je vois le portable de Kael s'allumer dans sa main. Il y jette un simple coup d'œil et le range dans sa poche. Je me sens importante. Fière même. Et ce sentiment dure.

Nous marchons sur la pelouse quand une silhouette que je ne reconnais pas sort de la maison et se dirige vers la rue. Je m'aperçois que Kael l'observe jusqu'à ce que nous soyons en sécurité à l'intérieur. Ce n'est pas flagrant, juste une légère inclinaison de la tête, un coup d'œil presque imperceptible sur les déplacements et les gestes du mec. D'où mon interrogation : qu'est-ce que Kael a bien pu expérimenter et de quoi a-t-il eu peur ? J'essaie de ne pas me laisser envahir par cette idée, celle qui me fait imaginer ce qu'il a dû voir en Afghanistan. Je me doute que c'est la dernière chose dont il a envie de parler la veille de son anniversaire.

Pour la seconde fois, j'invite Kael à entrer dans la maison de mon père. Brien n'y est venu en tout et pour tout que trois fois pendant les quatre mois entiers où nous sommes sortis ensemble. Il aimait bien mon père... En fait, il aimait surtout essayer de l'impressionner tout en louchant sur les seins d'Estelle. Elle venait d'arriver à cette époque, ses seins aussi.

Bref. Brien est la dernière personne à laquelle je devrais penser. Je me retourne vers Kael pour le faire revenir dans mon esprit, et aussi pour m'assurer qu'il est toujours derrière moi.

Une playlist passe sur l'écran de télé. C'est une chanson de Halsey, il y aura donc au moins une personne que j'apprécierai parmi les inconnus ici présents. Je commence un peu à me détendre. Austin a eu raison de faire cette fête, jusqu'à présent du moins. Il n'y a qu'une dizaine de personnes et tous semblent avoir terminé le lycée, Dieu merci. Et aucun signe de Sarina ni de ses autres amis. Du peu que je sache, elle est la seule fille avec qui Austin soit sorti au lycée. Pas de signe d'Austin non plus, donc il doit être soit dehors en train de fumer, soit dans une chambre avec une fille. Tant que ce n'est pas dans mon ancienne chambre et que la fille n'est pas mineure, je m'en fiche.

Cinq ou six personnes sont dispersées dans le salon. Les autres sont agglutinées dans la cuisine, autour du bar où se trouve l'alcool. Il n'y a pas grand-chose à en dire : une bouteille de vodka, une plus grande bouteille de whisky et des tonnes de bières. Nous restons dans la cuisine, contournons un mec et une fille qui semblent être au beau milieu d'une dispute, et passons près d'un homme qui porte un bonnet gris. Je n'arrive pas à voir ses cheveux, mais je le soupçonne d'être un soldat, vu sa carrure. Mon frère a toujours plus ou moins gravité autour de gens engagés dans l'armée, et ce déjà quand nous étions au lycée.

Austin et moi avions passé un pacte quand nous étions plus jeunes, qu'aucun de nous ne s'enrôlerait jamais, mais il a quand même toujours eu un attrait naturel pour la vie militaire. Par habitude ou par confort – le poids de la famille et tout ce qui va avec –, ça je ne sais pas. Sa curiosité m'effraie parfois.

Kael se tient près de moi, à côté de l'évier de la cuisine. Il ne touche à rien et ne parle pas, mais il est assez près pour que je puisse sentir son parfum sur sa chemise. L'odeur en est douce et, du coup, je me demande s'il a d'autres plans prévus ce soir. Je ne suis pas naïve, je sais bien que les clubs locaux comme le *Lone Star* et le *Tempra* sont remplis de célibataires et de coups d'un soir. Mais je n'ai pas envie d'imaginer Kael traîner dans un de ces endroits. J'attrape un gobelet en plastique sur une pile et verse un peu de vodka dedans avant d'y ajouter beaucoup de jus de cranberry.

– Tu en veux un ? je demande à Kael.

Il secoue la tête, *non*. Il semble tendu. Est-il plus tendu que d'habitude, ça, je ne saurais le dire. Il me regarde comme s'il voulait me dire quelque chose, sans pouvoir le faire. Son regard descend au niveau du gobelet dans ma main.

– Je ne prends qu'un verre puisque je conduis, je lui explique, légèrement sur la défensive.

Je ne vois pas pourquoi je culpabiliserais, sachant que je peux à tout moment monter pioncer dans mon ancien lit si j'en ai besoin.

– Je n'aime pas trop l'alcool.

Je n'ai pas besoin d'explication, mais je commence à me demander ce qui le met tellement à cran.

C'est comme s'il voulait être présent, mais que son esprit vagabondait entre la cuisine et quelque part ailleurs. J'essaie de deviner où, et envisage même de lui poser directement la question, mais mon cœur commence à s'emballer rien qu'à l'idée de le lui demander.

– Je vais juste prendre une bière, dit Kael.

Je sors une cannette du bac qui est placé devant moi, tout près du mur qui sépare le salon de la cuisine, et la lui tends. Sur les étagères, les photos grand format de mon père avec Estelle, et d'Austin et moi quand nous étions plus jeunes, paraissent nous fixer. Ma mère a depuis bien longtemps été effacée de l'album familial.

Kael observe sa bière un instant, puis la fait rouler dans sa main avant de faire sauter la capsule.

– Natural Light, hein ?

Il hausse les sourcils. Ils sont si épais qu'ils ombrent ses yeux légèrement enfoncés et l'aident à se cacher du monde. Comme s'il avait besoin de ça.

– Ouaip. La meilleure des bières.

STARS

Je bois une gorgée de ma mixture à la vodka. Je sens tout de suite mes joues et mon estomac se réchauffer.

Kael prend une gorgée de sa bière légère. Je lève mon gobelet pour trinquer avec sa cannette.

– Joyeux anniversaire ! Tu pourras boire légalement dans trois heures environ, je lui dis en plaisantant.

– Et toi, dans un mois, dit-il avalant une gorgée de sa bière avec une grimace.

Je ne peux pas lui en vouloir. Je préfère de loin la vodka aux grosses bulles de la bière. C'est ma référence quand je bois. Boire moins pour ressentir davantage les effets.

L'autre point positif de la vodka : je sais exactement à quel moment je dois m'arrêter de boire avant d'être trop bourrée. Oui, on peut dire que je maîtrise parfaitement la vodka. J'en bois depuis qu'Austin et moi sommes allés à cette soirée exclusivement réservée aux seniors quand nous étions en Caroline du Sud.

Austin et moi étions probablement les seuls étudiants de première année présents. Nous avions scanné les lieux en arrivant, mais il n'avait pas fallu longtemps avant que Casey, une fille populaire de dix-sept ans, file droit sur Austin. Elle faisait partie des seniors populaires. *Populaire.* Je déteste ce mot. Mais pas Austin, en revanche, qui savait que c'était une manière de se faire intégrer. Dès l'instant où il a complimenté les cils de Casey – c'était une phrase bien naze du genre *Tu as les cils les plus longs que j'ai jamais vus* – eh bien, c'était fait. Cinq minutes plus tard, ils étaient en train de se rouler des pelles et moi, je m'étais retrouvée toute seule à traîner dans la soirée.

La seule personne qui m'avait adressé la parole était un garçon avec une tache de moutarde sur la chemise. Il avait des canines pointues, comme celles d'un loup, et sentait le détergent à l'orange Lysol. Je l'ai planté dans le couloir près de la salle de bains et suis partie me chercher une bouteille de vodka dans le congélateur. Ça m'avait rafraîchi le gosier. C'est probablement la raison pour laquelle j'ai bu aussi vite. Beaucoup trop. Trop vite. Je me suis donc précipitée dans la salle de bains, les mains plaquées sur la bouche pour me retenir de vomir. Malheureusement, je suis de nouveau tombée sur «Lysol» qui m'a regardée comme si j'étais la meuf la plus pathétique du monde. Peut-être que je l'étais? Je veux dire, *j'étais* cette personne qui écarte les gens de son chemin pour courir aux toilettes.

Mais ça, c'était avant et, là, nous sommes dans le présent. Cette fête est différente. Je suis différente. J'ai appris à tenir l'alcool. Et je ne suis plus cette fille incapable de se débarrasser d'un mec bizarre sans se remettre elle-même en question. Je me sens en sécurité avec Kael. Je me sens intéressée et intéressante. Comme si c'était moi la senior de cette soirée.

TRENTE-TROIS

Kael s'imprègne de tout ce qu'il y a autour de lui. Ce n'est pas flagrant, mais il est en train d'observer. D'analyser. De faire attention à tout.

Nos regards se croisent et il me surprend, car c'est lui qui rompt le silence.

– C'est exactement comme ça que je pensais passer mon vingt et unième anniversaire, dit-il en prenant une autre gorgée de bière. Puis une autre.

Quelqu'un vient de mettre une vieille chanson d'Usher et je dissimule un sourire discret derrière mon gobelet. S'ils passent un bon vieux Usher, c'est évidemment que les gens essaient de mettre un peu d'ambiance. Je commence à apprécier ce groupe, même si je n'en avais pas l'intention. Mais j'ai toujours été nostalgique de ce genre de trucs.

– Usher. Eh bien, je retire tout le sarcasme de ma phrase précédente, dit Kael en souriant.

Je ne connais pas ce mec depuis longtemps, mais, waouh, j'aime tellement quand il est comme ça. Spontané et drôle. Je rigole à sa blague et il me dévisage, ma bouche, mes yeux, ma bouche de nouveau. Il n'est pas du tout discret.

A-t-il conscience de la manière dont il me regarde ?

Il doit forcément en avoir conscience.

Le sang me monte à la tête, et ça n'a rien à voir avec la vodka.

– Kare !

La voix d'Austin retentit si fort qu'elle prend le dessus sur toutes les autres et sur tout le reste, y compris le blender en train de concocter une sorte de cocktail fluo. Un cocktail dont j'espère ne pas retrouver des éclaboussures partout sur le sol de la salle de bains de mon père plus tard.

– Te voilà !

Il me prend dans ses bras. Il sent la bière à plein nez. Cette pensée repart aussi vite qu'elle est arrivée. Il resserre son étreinte et dépose un baiser sur mes cheveux.

– Regarde-toi, dit-il en soulevant son gobelet en plastique en l'air.

Je sais qu'il est bourré. Il n'est pas borderline. Ni agressif. Mais éméché, ça c'est certain.

– Tu t'es servi un verre ?

Les yeux verts d'Austin sont injectés de sang. Je me rappelle alors qu'il vient tout juste de sortir de prison et qu'il a probablement besoin de faire la fête.

Que le mot prison fasse partie de mon vocabulaire est une chose, mais je tiens à rester relax toute la soirée. Je suis là pour profiter et maintenant que Kael est là, j'ai envie qu'il s'amuse lui aussi.

– Oui.

Je lève mon gobelet et Austin m'adresse un petit signe de tête comme pour me dire *parfait*.

– Tu as fait la connaissance de tout le monde ?

Il a un peu de mal à articuler tous les mots. Ses cheveux sont en bataille et retombent au milieu de son front.

– Pas encore. Je viens tout juste d'arriver.

– Tu sembles heureuse. Es-tu heureuse ? me demande mon jumeau.

Ses joues sont rouge écarlate. Je pose mes deux mains sur ses épaules.

– Tu as l'air bourré. Es-tu bourré ?

Je le chambre. D'une manière affectueuse, évidemment. Mais je le chambre quand même. Il est bourré. Je suis heureuse. Mais je n'ai pas l'intention d'en parler devant un couple en crise ni devant Kael.

– Oui. Et toi aussi tu devrais l'être, me répond Austin avec conviction. C'est tellement bon d'être de retour !

Il lève les mains en l'air. Son bonheur est contagieux et me donne le regain d'énergie que je n'avais pas ressenti depuis un bon bout de temps.

Austin choque son gobelet contre le mien avant de se tourner vers celui de Kael. Il lui faut une seconde avant de calculer que Kael ne fait pas partie des gens qu'il a invités.

– Salut.

Austin tend sa main vers Kael. Je frémis, en regrettant de ne pas avoir versé une double dose de vodka dans mon verre.

– Salut, je suis Kael. Ravi de faire ta connaissance.

Les deux garçons se serrent la main comme s'ils venaient tout juste de conclure un marché à un milliard de dollars.

– Kael. (Austin marque un temps d'arrêt, l'espace d'une seconde.) Enchanté, mec. On a tout ce qu'il faut à boire ici, et des pizzas sont en route. Elle sait où tout se trouve, dit-il en me désignant avec son gobelet. Vous devriez venir avec moi dans le salon.

Kael me regarde et je me contente de hausser les épaules. Je sens que suivre Austin dans le salon peut être la meilleure comme la pire des idées.

– Là, remplissez vos verres et venez avec moi.

J'essaie de capter le regard de Kael, mais son attention est concentrée sur Austin qui lui demande depuis combien de temps il est dans l'armée. Austin l'a remarqué. Même sans qu'on ait besoin de lui dire, il le sait.

Je sais qu'Austin ne va pas m'embarrasser en me posant trop de questions devant Kael, mais je sais aussi, à sa manière de me regarder, qu'il va me bombarder de questions plus tard. Le couple qui se disputait tout à l'heure a disparu dans le couloir, probablement pour se réconcilier en faisant l'amour dans la salle de bains du bas.

– Je suis content que tu sois venue, me dit Austin en nous conduisant vers le salon.

Son regard se pose de nouveau sur Kael et je lève les yeux au ciel. Austin et moi ne sommes pas vraiment du genre à nous mêler de nos vies amoureuses respectives. Bien qu'il n'y ait rien de bien croustillant à savoir de mon côté. Je n'ai eu qu'un seul petit ami sérieux à qui j'ai décidé de ne pas penser ce soir et, plus les mois passent, plus je comprends que ce n'était pas aussi sérieux que je le pensais. Que personne ne m'a jamais dit « je t'aime » en le pensant vraiment. Austin est différent. Il tombe amoureux chaque semaine. Il compense son sentiment de manque et de solitude par des contacts physiques, mais il ne s'en cache pas et reste très lucide vis-à-vis de ça. Si ça lui rend la vie un peu plus douce, qui suis-je pour le juger ? Moi aussi, j'ai ce besoin. C'est juste que je n'ai personne pour l'assouvir.

TRENTE-QUATRE

Kael et moi nous retrouvons littéralement broyés l'un contre l'autre à un bout du canapé. Pas écrasés. Pas écrabouillés. *Broyés*. Austin et un mec qui s'est présenté sous le nom de Lawson sont tous les deux assis sur un coussin ; Kael et moi sur l'autre.

– J'ai l'impression de t'avoir déjà vu quelque part, dit Lawson à Kael au bout de quelques minutes.

Kael baragouine deux trois trucs dans un jargon militaire et Lawson secoue la tête.

– Non, c'est pas ça.

– Tu dis ça à tout le monde, intervient Austin.

Puis il attrape une manette de console dans un panier rangé sous le meuble multimédia.

– Qui veut jouer ?

– Pas moi, dit Lawson. Il faut que je bouge. Je dois me lever à cinq heures pour être à mon poste.

Austin et lui se lèvent et se saluent avec un « check », le truc que font les mecs quand ils se tapent dans la main avant de faire cogner leurs poings l'un contre l'autre.

Maintenant qu'il y a plus de place, je me décale un peu sur le canapé. Nous ne sommes plus écrabouillés l'un contre l'autre, mais ma cuisse touche toujours celle de Kael.

– Tu as envie de jouer ?

Austin tend une manette à Kael, qui secoue la tête.

– Non, je ne joue pas vraiment.

Oh, merci mon Dieu.

– Qui veut jouer ? redemande Austin, en maintenant la manette en l'air pour voir s'il y a des volontaires.

Tout à coup, la porte d'entrée s'ouvre et une personne au visage familier entre. Je n'arrive pas à me souvenir de son prénom, mais je sais qu'Austin et lui traînaient souvent ensemble avant qu'il ne parte chez notre oncle pour *éviter les ennuis*. Eh oui, ça lui a tellement bien réussi !

– Mendoza !

Austin se précipite vers la porte pour accueillir le mec en T-shirt des Raiders[17]. Austin rassemble toujours tout le monde autour de lui. Il est très doué pour ça.

Ce mec, le présumé Mendoza, prend Austin dans ses bras. Puis ses yeux se posent sur moi qui suis en train de le fixer. Je sens mes joues devenir toutes rouges. Son regard se décale ensuite vers Kael.

– Martin ! dit-il en se détachant de mon frère.

Il se dirige vers le canapé et Kael lui tend la main en me frôlant. Il me faut un certain temps avant de réaliser qu'ils se connaissent et que Martin est le nom de Kael.

– Je croyais que tu restais à la base ce soir ?

Les yeux miel de Mendoza se posent sur moi.

– C'est ce que j'avais l'intention de faire, répond Kael.

Mendoza me regarde encore, puis revient à Kael.

– Je vois, dit-il en souriant.

– Vous vous connaissez, tous les deux ?

Austin les désigne tous les deux du doigt. Je reste assise et les observe, troublée. Austin semble aussi surpris que moi.

---

17. Équipe de football américain d'Oakland, Californie.

– Ouais, on a été formés ensemble. Puis déployés...

– Mendoza, je te présente Karina.

Kael me regarde.

– Ma sœur, précise Austin aux deux garçons.

– On s'est déjà rencontrés. Je ne sais pas si tu te souviens, je lui demande.

Ça ne devrait pas me perturber outre mesure que Kael et ce type se connaissent, mais c'est le cas. Les bases militaires paraissent toujours petites, en fait, ce sont de petites villes qui peuvent compter des centaines de milliers d'habitants. Le genre de situation où quelqu'un te sort *«Oh, ton père est à l'armée, je parie qu'il connaît mon cousin Jeff, lui aussi est à l'armée!»* n'existe pas vraiment. Donc, le fait que Mendoza connaisse à la fois Kael *et* Austin, et moi d'une certaine manière, est une sacrée coïncidence, c'est le moins qu'on puisse dire.

– Oui bien sûr. On s'est déjà vus plusieurs fois. (Mendoza penche la tête sur le côté.) On ne serait pas allés au château une nuit? C'était quand? Genre l'été il y a deux ans?

Je me revois à la fin de l'été, en train de conduire le van de mon père plein à craquer des amis d'Austin. Et complètement écrabouillée au milieu d'eux.

– Oui, c'est ça, je lui dis. J'avais complètement oublié.

Brien était là aussi. En fait, on venait tout juste de se rencontrer. Je ne le mentionne pas.

– Ton frère et ce foutu château.

Il rigole et Austin le bouscule.

Kael nous regarde tous les deux comme si nous étions fous.

– Tu en as entendu parler? Du château de Dracula?

Ça semble ridicule, dit à haute voix. Il secoue la tête et je poursuis mon explication.

– Ce n'est pas vraiment un château, plutôt une grande tour en pierre que tout le monde pense hantée.

– Elle EST hantée ! proteste Austin.

– Ok, elle *EST* hantée, je dis en levant les yeux au ciel.

Je suis allée au château de Dracula au moins cinq fois depuis qu'Austin et moi avons emménagé ici. Je ne sais pas si cette histoire d'enfants qui se seraient fait électrocuter en haut de la tour est vraiment réelle, mais depuis, ce vieux donjon a gagné la réputation d'être hanté par des fantômes. *De vrais fantômes*, c'est ce que tout le monde raconte. Il y a toutes sortes d'histoires à son sujet.

– Enfin bref, donc c'est une tour et les gens y montent la nuit pour picoler en essayant de ne pas se faire attraper, j'explique à Kael.

– Elle t'en parle en faisant genre que tout va bien, là, mais c'était toujours la première à rentrer en courant vers la voiture.

Austin lève son verre à la santé de Kael et de Mendoza en rigolant.

– Oh, ferme-la !

Je lui lance un regard noir avant de me mettre à rire moi aussi. Mendoza ne se gêne pas pour se moquer d'Austin :

– Ooooh, on dirait que la sœurette a bien grandi depuis la dernière fois, dit-il en récupérant la bouteille de tequila sur la table. Qui veut un shot ?

TRENTE-CINQ

Tout le monde prend un shot d'alcool. Tout le monde sauf Kael, je précise. Des « À toi Austin ! » et « Bon retour parmi nous, frérot ! » fusent de toutes parts. Austin simule des courbettes exagérées pour remercier ses amis de célébrer son retour. Je me demande si certains d'entre eux savent qu'il a été arrêté. Mais en observant ces mecs plus attentivement, je doute qu'aucun d'eux se formalise pour un truc aussi banal qu'une nuit passée au poste. Mais peut-être suis-je trop dure envers eux.

Nous migrons tous vers la cuisine pour célébrer le retour d'Austin à Ft. Benning. Je pose mon verre dans l'évier et en ramasse d'autres. Un mec avec un T-shirt bleu vif sur lequel est écrit *À la tienne !* récupère son verre entre mes mains et va se resservir. Un soldat, sans aucun doute. Il est avec un type qui semble un peu plus jeune que lui, vêtu d'un T-shirt marron MURPH[18]. C'est un soldat aussi. J'oublie toujours à quel point j'ai pris mes distances avec la vie dans les bases. Bien sûr, je continue de croiser des soldats au travail

---

18. Compétition sportive américaine, nommée ainsi en l'honneur du soldat Murphy tué en Afghanistan.

et au supermarché. Je leur adresse toujours un sourire bienveillant en passant la porte de ce Lieu Merveilleux, mais je n'ai pas d'amis soldats. Aucun.

Enfin, sauf Stewart. Elle est la personne qui se rapproche le plus d'une amie militaire. Mais même si je l'aime et la respecte, même si je me sens proche d'elle, je ne peux pas vraiment la considérer comme une amie. Comme Mali se plaît souvent à nous le rappeler, les clients ne sont pas nos amis.

Je fais couler l'eau chaude et rince quelques verres, histoire de m'occuper les mains. Je suis contente qu'Austin ne me voie pas, il m'aurait vannée sur mon côté *trop responsable*. Et ça n'aurait pas été un compliment, sortant de sa bouche. Mon Dieu, c'est tellement bizarre de savoir qu'il est rentré, qu'il est ici chez mon père, entouré de tous ces gens. Pas de doute : nous sommes dans le monde d'Austin et je ne suis là qu'en simple touriste.

Pourtant, je ne suis plus la même personne que celle que j'étais avant qu'il parte. Ça me fait du bien de me le rappeler. Et, bien qu'Austin excelle à rassembler plein de gens autour de lui, lui aussi s'accroche à eux. Ce qui est risqué dans son cas, car il est souvent celui qui finit par s'échapper, comme notre mère. Et comme elle, il laisse souvent des cœurs brisés derrière lui.

Je retourne voir les garçons, Kael, Austin et Mendoza.

– Un autre ? me demande Mendoza.

– Pas question.

Je secoue la tête et lève la main, le signe universel pour dire *non merci*.

Mon estomac brûle encore de toute la tequila ingurgitée. Le goût est fort, plutôt bon, mais tellement fort comparé à la pauvre petite vodka diluée au jus d'orange que je bois d'habitude.

– Allez. Personne ?

STARS

Austin regarde Kael qui décline aussi. Lui, il n'a pas besoin de lever la main ni de secouer la tête. Apparemment, un simple « non » suffit amplement quand on est un mec.

Austin se tourne vers Mendoza et lui remplit de nouveau son verre.

– Il essaie de s'enfiler autant de shots que possible avant que sa femme l'appelle pour aller au lit, le nargue Austin.

Soit dit en passant, Mendoza sourit quand mon frère le charrie, je note leur connivence. C'est un mec bien, ce Mendoza. Je le sens. Ça n'est jamais simple d'estimer le genre de personnes que mon jumeau m'amène à rencontrer, parce qu'il n'a pas de critères de sélection. Il y a souvent des soldats dans le lot, mais ça peut être tout simplement pour des raisons géographiques. Parfois des paumés. La plupart du temps très sympas. Mais chaque paquet de cartes possède son lot de jokers.

– C'est bien, elle t'a laissé sortir cette semaine, nargue une autre voix masculine.

Je me retourne et vois le mec avec le T-shirt *À la tienne!* en train de tendre son verre d'une manière un peu menaçante. Son visage est carré, ses lèvres fines et il a une coupe en brosse ratée.

Mendoza continue de rire, mais le regard n'y est pas. Pas comme lorsqu'il rigole aux blagues d'Austin. Le mec avec le T-shirt MURPH ricane en pointant sa Bud Light vers Mendoza.

– Combien de gosses tu as déjà?

Il balance cette question d'un air impassible.

– Trois, réplique Mendoza, sans la moindre pointe d'humour cette fois-ci.

L'atmosphère a changé dans la pièce. Je sens Kael se raidir près de moi. Austin se rapproche doucement des deux crétins.

– Trois? C'est tout? Je pensais t'avoir vu sortir du supermarché avec genre dix...

161

– T'es pas drôle, Jones. Toi non plus, Dubrowski. L'humour ce n'est vraiment pas votre truc. Alors, maintenant vous circulez ou vous dégagez, leur assène Austin en indiquant la porte du menton.

Ses yeux ont beau être un peu vitreux, il n'en reste pas moins lucide et n'adhère à aucune de leurs conneries.

Il n'y a pas un bruit dans la pièce, à l'exception de l'insupportable musique d'intro du jeu vidéo qui tourne en boucle.

– Relax, on allait partir de toute façon, répond *À la tienne !*

Plus personne ne fait de bruit pendant que Jones et Dubrowski reposent leur bière sur le comptoir, ouvrent la porte de derrière et disparaissent. Mendoza et Austin se fixent pendant une seconde. J'essaie de ne pas regarder, mais je les aperçois brièvement.

– Qui sont ces types ? je demande à Austin quand la porte se referme.

– Ils font partie de ma nouvelle unité, répond Mendoza. Je pensais qu'ils étaient cool et je me sentais mal vis-à-vis d'eux parce qu'ils sont très jeunes, ils viennent tout juste de rentrer et ils n'ont pas de famille ici, tu comprends ?

– Putain de merde, il faut que t'arrête d'être aussi gentil !

Austin donne une grande claque dans le dos de Mendoza et nous éclatons tous de rire.

– Tu vois où ça te mène. Maintenant, buvons un coup et ne perdons plus de temps ni de tequila avec ces connards.

– Ceci n'est pas de la simple tequila, mes amis. (Mendoza tient la bouteille en l'air.) C'est une Añejo, vieillie à la perfection. Douce comme du beurre.

Il me montre l'étiquette et me regarde. Je hoche la tête en essayant de lire, puis il la passe à Kael.

Añejo ou pas, je sais que je devrais m'arrêter de boire. Même si j'ai hérité de la tolérance de ma mère à tous ces vices, je sens déjà l'alcool circuler dans mes veines. Mes joues sont en feu, je le sens.

Mais, étrangement, Kael me semble soudain moins flou.

Vous connaissez ces moments où une personne vous apparaît différente tout à coup ? Comme si vous effaciez tout et qu'un filtre vienne recouvrir l'image ? Quand tout autour de vous devient un peu plus coloré, un peu plus vivant ?

Kael est adossé négligemment contre le bar dans la cuisine de mon père, en train de répondre aux questions insignifiantes de mon frère, quand ça se produit. Il y a un truc dans sa manière de se comporter avec Austin, de se tenir bien droit, dans son regard un peu plus intense que d'habitude. Il incarne toujours la définition du sang-froid, mais quelque chose d'autre émane de lui à ce moment précis.

Quelque chose de fort et de sombre. J'ai besoin d'en savoir plus.

TRENTE-SIX

– Tu viens d'où?

– Pas loin d'Atlanta. Et toi?

Kael boit une gorgée de sa bière. Puis une autre. Je me souviens qu'il a dit qu'il était de Riverdale. Je suppose que c'est plus simple de répondre Atlanta. J'aime cette idée, comme si j'étais la seule à connaître un de ses secrets.

Austin croise les bras sur sa poitrine.

– D'un peu partout. De Fort Bragg, du Texas et de quelques autres bases. Tu vois le genre, un vrai gamin de l'armée.

– Ouais. Je vois très bien, mec.

La sonnette de la porte d'entrée retentit.

– Seraient-ce les pizzas? J'espère. Je n'ai rien mangé de toute la journée.

Austin disparaît de la cuisine. J'interroge Kael:

– Tu as faim?

– Un peu. Et toi?

Je hoche la tête.

– On y va?

Je fais un geste en direction du salon. Il acquiesce, m'adresse un sourire et jette sa bière à la poubelle.

– Tu en veux une autre? je lui demande.

Un coup d'œil à mon gobelet à moitié vide, j'hésite à me resservir.

– C'est bon. L'un de nous deux va devoir conduire.

– Ah! je susurre en mordillant ma lèvre inférieure. Je peux dormir ici.

L'épaule de Kael effleure la mienne. Il se tient si près de moi. Ses yeux s'écarquillent légèrement.

– Tu peux toi aussi. Il y a assez de place.

Je réalise alors que nous avons cessé de marcher, mais je ne saurais dire depuis combien de temps. Il me regarde et je lève les yeux vers lui. Je me souviens de la courbe de ses cils soulignant ses yeux marron. De son odeur de cannelle. Pour la première fois, ce parfum ne me fait penser à rien d'autre qu'à lui. Mon cerveau est en train de bugger et n'arrive plus à faire la connexion avec ma langue.

– Je veux dire, tu n'es pas obligé de rester ici. Tu peux prendre ma voiture ou un Uber. Enfin bref, c'était juste une suggestion sachant que je ne peux évidemment pas conduire et que ta voiture...

Kael se penche vers moi. Je dois lutter pour reprendre mon souffle.

– Je vais prendre une autre bière, me dit-il dans un murmure.

Il s'arrête là, si près de ma bouche que je sens mon estomac sur le point de se retourner.

Puis il s'écarte, l'air de rien, et saisit une autre bière. Je déglutis en clignant des yeux.

Est-ce que j'ai cru qu'il allait m'embrasser?

Clairement.

Ce qui explique pourquoi je respire comme si je venais tout juste de monter cinq étages à toute vitesse.

J'essaie de reprendre mes esprits au plus vite.

– Hum, ouais. Moi aussi, je lui réponds d'une voix trop calme, à peine audible, qui sonne bizarrement.

STARS

J'ouvre la porte du congélateur pour prendre des glaçons. Ça fait un bien fou de sentir la fraîcheur sur mon visage en feu. Je la laisse m'envahir pendant quelques secondes avant de remplir mon gobelet de glaçons.

Kael m'attend près du mur, en sirotant sa nouvelle bière. Impossible de me calmer. Oh là là ! En un instant, il me met dans tous mes états, et la seconde d'après il m'apaise.

Nous nous dirigeons tous les deux vers le salon, en silence. Il y a toujours autant de monde dans la maison – moins les deux connards – et pourtant, on dirait qu'il y en a plus, maintenant que tous les invités sont entassés dans le salon. Que mon cœur batte la chamade dans ma poitrine ne m'aide pas, même si j'essaie vraiment de me calmer.

Austin est en train de parler au livreur de pizzas. Je l'observe lui tendre du cash et lui mettre une liasse de billets dans la poche. De ce que j'en sais, Austin n'a travaillé que quelques heures par semaine chez *Kmart*, qu'il complétait en demandant de l'argent à mon père par-ci, par-là. Mon frère n'a jamais été très doué pour gérer son fric. Même quand il faisait des petits boulots d'été, il dépensait tout son salaire le jour de la paye. Je ne suis pas forcément mieux, je vais donc m'abstenir de le juger, mais d'où vient cet argent ? Ça n'a pas de sens.

– Kare ! Tu chopes des assiettes ? me crie Austin en distribuant les boîtes de pizzas à toute la bande.

Je ne sais pas ce qui se passe, mais ce soir mon cerveau ne peut pas en supporter davantage. J'ai juste envie de m'amuser, de ne pas m'inquiéter pour des choses sur lesquelles je n'ai aucun contrôle. J'ai essayé pendant des années, peut-être que ce soir j'y arriverai enfin ?

TRENTE-SEPT

Le jean noir est le meilleur ami des filles. Premièrement, il change du jean classique bleu indigo. Ensuite, il fait paraître les jambes plus longues. Et puis sa couleur sombre est parfaite lors d'un rendez-vous, quand tu ne sais pas quoi faire de tes doigts tout gras de pizza. Non pas que je sois en rencard. Est-ce que c'en est un ?

C'est la manière dont Kael m'a regardée qui me fait douter. Le simple fait qu'il ait accepté de venir à cette soirée aussi. Mais dès qu'il s'agit de Kael, je ne suis plus sûre de rien.

Nous sommes toujours assis l'un à côté de l'autre sur le canapé. L'assiette vide de Kael repose sur une serviette sur ses genoux. Son assiette est nickel et sa serviette immaculée. À côté, la mienne est un cimetière de pâte à pizza croustillante avec des bouts de chorizo éparpillés un peu partout. Ma serviette en papier blanche est imbibée de sauce. Malgré tout, mon jean noir ne montre pas de traces de doigts huileuses. Heureusement. Je ne suis pas quelqu'un de très soigné et organisé. Pas comme Kael. Et certainement pas comme Estelle, la parfaite petite femme au foyer dont le portrait encadré d'un épais cadre noir est accroché juste au-dessus de nous. Comme un vilain nuage noir planant au-dessus de nos têtes. Je n'arrive pas à voir son visage, mais je peux sentir le poids de son mépris peser sur moi. Je connais bien cette photo, elle a été prise pendant l'un de leurs nombreux séjours de vacances. Mon père se tient près d'elle, affichant un grand sourire et un bronzage californien. Le couple d'*American Gothic*[19], mais sur le front de mer.

Kael se penche pour attraper une boîte de pizza.

– Tu peux me donner une serviette ? je lui demande.

Un autre mec m'aurait fait une remarque sur l'espèce de massacre à base de sauce piquante que je suis en train de faire dans mon assiette, mais il ne dit rien et se contente de s'emparer de la pizza et des serviettes avant de se réinstaller sur le coussin du canapé. Je peux sentir la chaleur qui émane de lui. Mon imagination s'emballe. Mon corps aussi.

– Tu en veux ? me demande-t-il en me proposant son assiette sur laquelle sont disposées deux parts de pizza épaisses et luisantes de fromage.

Je secoue la tête et le remercie.

– Je vois que tu t'es trouvé un nouveau jumeau.

Austin vient d'attirer l'attention sur Kael, et presque tout le monde tourne la tête vers lui, avant de me regarder. Il porte pratiquement la même chemise et le même jean que moi. Je repense à la photo de mon père et d'Estelle, debout côte à côte, vêtus des mêmes chemises hawaïennes de la Old Navy, et je rougis d'embarras. Kael esquisse un sourire, pourtant. Un tout petit sourire, mais quand même.

– Ah ah, je réplique en levant les yeux au ciel. C'est-à-dire que tu es parti un certain temps, alors...

Des rires fusent dans la pièce. Austin chope une autre part de pizza au chorizo et répond :

---

19. *American Gothic* est un célèbre tableau de Grant Wood, qui fait partie de la collection du Art Institute de Chicago.

– Bien envoyé !

Du fromage commence à dégouliner, il le récupère avec la langue. Il se comporte vraiment comme un ado parfois, comme s'il avait cessé de mûrir après la seconde. Ça fait partie de son charme, je suppose, cette innocence. Il a vraiment une belle âme, ça se voit. Il est le genre de mec qui pourrait foutre le feu quelque part et viendrait t'en sauver ensuite.

Je me demande si sa nouvelle copine comprend dans quoi elle s'est embarquée, si elle sait qu'elle joue avec le feu et risque de se brûler. C'est une brunette mignonne avec une ribambelle de taches de rousseur sur les joues et des yeux d'un bleu profond, presque marine. Sa chemise, qui en fait ressortir la couleur et qu'elle porte dans un style un peu loose, se confond avec sa chevelure, ses manches à franges tombent en cascades sur ses bras, exactement comme les quelques mèches bouclées de ses longues tresses.

Elle est assise par terre aux pieds d'Austin, le regard levé vers lui telle une fleur inclinée vers le soleil. L'attirance qu'elle a pour lui est tellement flagrante. Cette façon qu'elle a de l'inciter à tourner son visage vers le sien, pour qu'il lui dise quelque chose, n'importe quoi mais à elle. La manière dont ses épaules sont tournées vers lui, redressées en arrière pour exposer son long cou gracieux. Elle n'est pas assise sur le sol en tailleur comme tous les autres dans la pièce. La posture maladroite de ces gamins n'est pas son genre. Elle a croisé une de ses jambes par-dessus l'autre, de la cheville au genou, et s'est inclinée sur le côté de façon à ce que ses jambes forment une flèche pointée vers mon frère. Cette fille est vulnérable et ouverte. Calculatrice, aussi.

Le langage du corps peu être vraiment révélateur.

Est-ce qu'Austin sait qu'elle se prépare à leur premier baiser, leur premier rencard ?

L'assiette en papier glisse un peu des mains d'Austin et elle soulève le bord pour lui. Il la regarde, lui sourit, la remercie, et puis elle fait cette petite moue avec ses lèvres et ce truc pour entortiller ses cheveux. C'est sacrément impressionnant, même pour moi, et je ne suis pas la cible visée ! Je détourne le regard de mon frère et de la fille. Je connais ce scénario pour l'avoir déjà vu se jouer.

TRENTE-HUIT

– Mendoza a l'air très sympa, je dis à Kael.
– Ouais. Il l'est.

Kael jette un œil à son ami, qui propose sa tequila spéciale à quelqu'un qui vient juste d'arriver. Ce mec me dit quelque chose, j'ai l'impression de l'avoir déjà vu. Dans la cuisine, je crois. Je me souviens de son T-shirt à carreaux noirs et blancs. Vu comme il empeste la cigarette, il vient juste de sortir pour fumer, c'est évident. Au moins, cette bande-là est assez respectueuse pour ne pas fumer à l'intérieur de la maison, contrairement à d'autres par le passé.

– Il est marié ? je lui demande.

Kael plisse légèrement le front et acquiesce.

– Cool.

Je suis pratiquement à court de conversation. Je pourrais parler de la météo ou des Falcons[20], mais j'ai peur de paraître désespérée. L'alcool me fait tourner la tête et le silence de Kael me rend un peu parano, mais même si je suis nerveuse, je ne suis pas désespérée. Je ne serai pas la pauvre fille en manque d'affection de la soirée. Une soirée dans la maison de mon père, qui plus est.

---

20. Équipe de football américaine d'Atlanta.

Kael hoche la tête, et puis… rien. Je devrais être habituée aux barrières qu'il dresse entre nous, à cette distance qu'il instaure, mais il a un peu baissé la garde depuis que nous sommes arrivés à la soirée, à tel point que j'avais commencé à oublier qu'il était comme ça. Mais il l'est toujours, cogitant à côté de moi.

Voilà pourquoi je n'aime pas les rencards. Ou tout ce qui porte un nom approchant.

Je sais que je suis ridicule. Je veux dire, ça ne fait que vingt minutes que j'ai décidé d'admettre mon attirance pour lui. Nous nous tenons côte à côte, et je peux sentir sa chaleur. Qu'on se touche ou pas n'a aucune importance. Je me sens comme aspirée par lui. C'est fort, cette attraction. D'une intensité presque animale. Je me laisse envahir par mes sensations physiques pendant un moment, puis mon cerveau reprend le dessus et commence à disséquer les raisons pour lesquelles il pourrait ne pas m'apprécier ou que notre relation marcherait ou ne marcherait pas. Je suis d'un romantisme !

J'observe les gens dans la pièce autour de moi. Le gentil Mendoza en train de servir un shot à Austin et à la brunette avec son haut à franges. Les trois mecs assis sur le sol, et les voix provenant de la cuisine. Tout le monde ici est en vie, chacun à sa manière, parlant, écoutant, buvant, rigolant ou jouant sur son portable. Tout le monde, sauf la seule et unique personne à laquelle j'ai vraiment envie de me connecter.

Un sentiment de frustration m'envahit et pendant qu'Austin et la fille se roulent des pelles (ce qui ne met que cinq minutes environ à arriver), je décide que je ne peux plus rester assise ici. J'ai besoin d'air.

Je me lève du canapé et, si Kael le remarque, il ne prend pas la peine de le montrer.

TRENTE-NEUF

Agacée par la sensation de lourdeur qu'induit cette situation avec Kael, je m'installe sur la balancelle de ma mère. Ce n'est pas la première fois que j'ai l'impression qu'elle oscille au rythme de mes sautes d'humeur. C'est ma petite blague à moi. Sauf que c'est loin d'être drôle.

Je ne compte plus le nombre de fois que je me suis réfugiée sur cette véranda. Quand je me sentais seule ou anxieuse, que je cherchais à y voir plus clair ou simplement à rêvasser, j'atterrissais toujours ici pour me balancer. J'y suis venue souvent après le départ de ma mère, parfois je me disais que je la trouverais assise là. Et aussi quand papa a envisagé d'envoyer Austin vivre chez notre oncle, le roi du porno, je me suis retrouvée assise sur cette balancelle. J'ai toujours trouvé quelque chose d'apaisant dans ce léger mouvement de va-et-vient, lorsque le siège remonte à fond, puis revient. Même quand j'étais dans un état de panique totale, après quelques minutes de bercement, ma respiration retrouvait son rythme normal et je me calmais. La plupart du temps, en tout cas.

Quand ça a dégénéré avec Brien, j'ai débarqué ici pour essayer de prendre un peu de recul. Mais, plus d'une fois, Estelle m'a suivie jusqu'ici pour voir si elle pouvait m'aider. Elle me lançait ce regard qu'elle pensait sympathique, mais que moi je trouvais flippant. On aurait dit qu'elle essayait de me vendre quelque chose. Une voiture d'occasion, peut-être. Une belle-mère d'occasion, plutôt.

Elle me disait des trucs du genre *Moi aussi j'ai été jeune un jour, tu sais.* Une sorte de signal pour que je réplique *Oh, mais tu es encore jeune* et *Tu es tellement jolie.* Mais je ne m'engouffrais pas sur ce terrain-là. Je ne lui aurais pas donné satisfaction, même si ça avait été vrai. Puis elle me disait que tout irait bien, que ce que je traversais était difficile, mais qu'elle comprenait ce que je ressentais. Ça, c'est ce qui me dérangeait le plus. Comment pouvait-elle seulement comprendre ce que je ressentais alors qu'elle ne me connaissait pas et que moi-même je ne me connaissais pas ?

Et me voilà de nouveau assise sur la véranda de mon père, ne sachant toujours pas vraiment ce que je ressens. J'ai envie d'être proche de Kael, mais je me sens blessée par son silence. J'ai envie d'aller lui proposer de me rejoindre sur la balancelle, mais je suis bien trop timide. J'ai envie... qu'importe ce dont j'ai envie, je ne l'obtiendrai pas, alors je préfère bouder comme une gamine.

Je suis en train de taper des pieds par terre et commence à faire bouger la balancelle quand la porte d'entrée s'ouvre. Kael apparaît sur la véranda. Il prend appui sur la rambarde et m'observe, le regard fixe. Il paraît plus vieux, d'une certaine manière. Je ne suis pas sûre de vraiment aimer.

Les lampadaires de la rue émettent un petit ronronnement et projettent une faible lueur dans le jardin de mon père. J'arrive à apercevoir les voitures, les arbres, les maisons, mais juste les contours. Je ne sais pas trop si c'est parce que je suis dans l'obscurité ou que je suis un peu pompette. En fait, je m'en fous un peu. Ça faisait un bail que je n'avais pas bu autre chose qu'un peu de vin et que je n'avais pas ressenti cette légère confusion. Et à vrai dire, ça fait sacrément du bien.

En me berçant doucement d'avant en arrière, j'ai bien conscience que ma respiration s'accorde au rythme de la balancelle et me permet de faire croire plus facilement que je n'ai pas remarqué l'arrivée de Kael. Pas question que je sois la première à entamer la conversation. Je ne dis pas un mot, je garde mes pensées pour moi. Mon Dieu, ce mec est tellement dur à cerner.

Peut-être est-ce sa manière de se comporter avec moi, de m'observer, sans jugement. C'est tellement rare. La plupart des gens essaient toujours de vous jauger, de vous cerner. *Qui es-tu et que possèdes-tu qui pourrait m'intéresser ?* Pas Kael. Il ne fait que constater. J'aime ça. Mais ça me semble injuste, quelque part. Il sait plein de choses sur moi alors que, moi, je ne sais pratiquement rien de lui. Je pourrais compter sur les doigts d'une main les choses que je connais à son sujet. Ce que je fais, presque par réflexe.

Un : Il est séduisant dans sa façon à lui d'être intensément silencieux.

Deux : Il possède cette force presque magnétique qui attire les gens vers lui.

Trois : Il vous donne envie de savoir ce qu'il pense de vous. (Ou n'est-ce que moi ?)

Quatre : Il agit toujours comme s'il avait quelque chose de très important à dire.

Cinq :

Il n'y a pas de cinquième point. C'est dire si je le connais bien !

Chaque aspect concernant Kael semble si complexe, et si simple à la fois. Il ne m'a pas dit grand-chose lorsque nous étions à l'intérieur, sinon me demander si je voulais une part de pizza, mais il est clair qu'il vient de me suivre dehors. Alors, pourquoi reste-t-il planté là avec ce bouclier invisible autour de lui, basculant le poids de son corps d'un pied sur l'autre et me regardant comme si les mots étaient un fardeau trop lourd à porter ?

Je commence à vouloir dire quelque chose pour briser la glace, mais je me retiens juste à temps. Hors de question que je lui facilite la tâche. J'ai bien l'intention de lui rendre la monnaie de sa pièce pour voir s'il apprécie.

QUARANTE

Le crépuscule laisse peu à peu place à la nuit. Le ciel s'assombrit maintenant, envahi de ravissantes étoiles. Je sais que tout le monde les trouve magiques, comme de splendides diamants suspendus dans le ciel et tout le tralala, mais moi je les trouve tristes. Les étoiles ont l'air si vives et si brillantes, mais le temps d'arriver jusqu'à nous, elles sont déjà mortes ou presque éteintes. Et les plus grosses étoiles ? Ce sont elles qui se consument le plus vite, comme si leur rayonnement était trop intense pour le rester. Merde alors. Voilà que je deviens sentimentale. Je pense toujours à la fragilité des choses quand je suis bourrée. Je peux passer de la beauté au désespoir en un clin d'œil. Comme le scintillement d'une étoile. Comme je viens de le dire, *merde alors*.

– Je peux m'asseoir avec toi ? finit par me demander Kael.

A-t-il vu l'ombre qui traverse mon visage ?

J'acquiesce d'un *oui* et me décale pour lui faire de la place.

– C'est *la* fameuse balancelle ? me demande-t-il.

Je hoche de nouveau la tête. Il me reste encore une ou deux piécettes de sa propre monnaie à lui rendre.

179

Pas vraiment, en fait. J'essaie juste de rester cool. Si je ne veux plus me remettre en question, autant que je sois cool sur le sujet.

– Elle ne l'a pas emportée avec elle ? me demande-t-il dans la fraîcheur du soir.

Je secoue la tête et le regarde droit dans les yeux.

– Quoi ?

– Quand elle est...

Il sait qu'il a touché la corde sensible, mais il est trop tard pour faire machine arrière.

Je cligne des yeux. Il fait référence à ma mère, évidemment. Pour quelqu'un d'aussi réservé, il aime poser des questions sacrément percutantes.

– ... partie ? (Je termine sa phrase à sa place.) Non, elle n'a rien pris.

Pas même nous.

Pas même moi.

Je n'ai pas très envie de parler de ma mère, mais je suis contente qu'il ait posé la question et contente qu'il se soit souvenu de la balancelle. Il a une oreille très attentive, je dois bien lui reconnaître ça. Pendant un petit moment, nous restons assis avec rien d'autre que les étoiles entre nous, ce qui me convient parfaitement. J'ai juste envie d'être assise près de Kael, de savoir qu'il est là. À ce moment précis, c'est tout ce que je demande.

Mais cette plénitude est de courte durée.

– Oh, mec, tu es éliminé !

– Non, hé, Austin... regarde !

– Mec ! T'es taré. Tu déconnes, merde !

Ce n'est qu'un stupide jeu vidéo, mais il arrive à mettre Kael sous haute tension. C'est difficile de ne pas remarquer à quel point il est hypersensible à son environnement. Je n'imagine même pas combien ce doit être dur à vivre, de ne jamais pouvoir se détendre. Ça doit être éreintant. Il se tourne vers moi pour dire quelque

STARS

chose, mais il est interrompu par des cris hystériques provenant de l'intérieur.

– Tu l'as eu, mec. Tu l'as flingué en un tir !

– Putain de merde, ouais ! Je l'ai crevé comme un chien, mec !

Je secoue la tête. Kael a la mâchoire crispée.

Au moins, nous sommes d'accord sur ce point.

QUARANTE ET UN

– Je suis bizarre, non? me demande Kael en arrachant les petites peaux autour de ses ongles.

Qu'est-ce que je suis censée répondre à ça, bordel?

– Est-ce que, *toi*, tu penses être bizarre?

Le meilleur moyen pour éviter de répondre à une question est de répondre par une autre question. C'est mon père qui m'a appris ça.

Il lâche un soupire.

– Ouais, sûrement? dit-il en esquissant un sourire.

J'adore voir son visage se transformer totalement quand il sourit. Je ne peux m'empêcher de rire.

– Eh bien, je ne dirais pas bizarre. Mais un coup tu m'ignores, et la seconde d'après...

– Je t'ignore?

– Ouais. Tu ne me calcules pas trop.

Il semble véritablement surpris. Presque blessé.

– Ça n'était pas mon intention. (Il hésite.) Ce n'est pas toujours évident de retrouver ses marques. Ça doit faire une semaine maintenant, et tout est tellement... différent? C'est difficile à expliquer. Je ne me rappelle pas m'être senti aussi bizarre la dernière fois que je suis rentré.

– Je n'ose même pas imaginer, je lui réponds.

Et c'est la vérité.

– Ce sont des petits détails. Comme ces machines à café avec des petites capsules, ou le fait de pouvoir prendre une douche tous les jours et de laver mes vêtements dans un vrai lave-linge avec des petites capsules.

– J'en conclus qu'il n'y a pas de petites capsules à l'armée !

Mon père a toujours détesté ça. Alors, même quand il revenait et qu'il pouvait s'en servir, il refusait catégoriquement. Il préférait la poudre à l'ancienne, mais moi ça me dégoûtait.

– Parfois. Les femmes envoient des colis à leurs maris et nous pouvons tous en profiter.

Je me demande si quelqu'un lui a envoyé des colis, à lui, mais je me garde bien de poser la question. D'ailleurs, c'est à mon tour de rire maintenant, mais je ne le fais pas. Si j'ai l'intention de créer un lien avec ce mec et de découvrir qui il est, alors peut-être que c'est à moi de faire le premier pas. Cesser de me dérober. Construire une sorte de passerelle entre nous. Trouver des points communs et ainsi de suite.

– Tu sais, chaque fois que mon père rentrait, il se comportait comme s'il venait de sortir de l'émission *The Island*. C'était même devenu une blague à la maison. Même si ça n'était pas très drôle.

Je suis tellement nulle pour ça. Je suis en train de décortiquer chaque mot qui sort de ma bouche.

– T'inquiète.

Il sourit, visiblement amusé par mes divagations. Puis il me regarde droit dans les yeux.

– Vraiment, Karina. Tout va bien. Tu n'as rien dit de mal.

Je continue, plus détendue à présent... rassurée.

– Il revenait avec des envies hyperbizarres. Une fois rentré à la maison, il était capable de manger des Taco Bell[21] pendant toute une semaine.

---

21. Chaîne de restauration rapide.

Kael hoche doucement la tête et passe sa langue sur ses lèvres.

– Combien de fois est-il parti en mission ?

– Quatre.

– Waouh ! (Kael soupire.) Et moi qui suis en train de me plaindre alors que je ne suis parti que deux fois, dit-il en rigolant doucement.

– C'est beaucoup, déjà. Tu as le même âge que moi. Et moi, je me plains alors que je ne suis jamais partie.

– Tu as déjà pensé à t'engager ?

Je secoue vigoureusement la tête.

– Dans l'armée ? Nan. Hors de question. Austin et moi, nous nous sommes toujours juré que ça n'arriverait jamais.

On dirait un de ces trucs chelous entre jumeaux, qu'on trouve dans les livres mielleux quand ils se font l'un à l'autre des promesses bizarres. L'un des deux vit dans l'ombre pendant que l'autre est sous le feu des projecteurs. Je n'ai pas envie de penser au rôle que je tiens dans cette histoire.

– Pourquoi pas ? C'est pas ton truc ? me demande Kael.

– Je ne sais pas.

Fais attention, Karina, je me préviens mentalement. Je n'ai pas envie de le froisser, mais ma bouche a l'habitude de lâcher tout ce qui me traverse l'esprit, sans filtre.

– Nous nous sommes simplement mis d'accord là-dessus un jour. Je ne me rappelle pas quel a été l'élément déclencheur, mais mon père en était à sa troisième mission et...

Je revois l'image de la fumée en train de s'infiltrer dans le couloir. J'avais senti l'odeur du feu avant même de le voir.

– Et ma mère a fait... disons juste qu'elle a foutu un sacré bordel dans le salon. Du genre carbonisé.

Kael me regarde, déconcerté.

– Elle a dit que c'était à cause d'un pistolet à colle, du genre pour les travaux manuels. Mais c'était une cigarette. Elle s'est endormie sur le canapé, sa cigarette toujours allumée dans la main, et s'est à peine réveillée quand j'ai dévalé les escaliers et que j'ai trouvé la pièce envahie de fumée. C'était complètement dingue.

Quelques personnes sortent de la maison. D'autres y rentrent. Le trafic classique d'une soirée. J'arrête de parler. Le dernier mec qui sort de la maison porte un T-shirt uni blanc avec une grosse tache rouge sur la poitrine. J'empêche mon imagination de transformer cette pauvre tache de sauce pizza en quelque chose d'autre. Kael m'observe pendant tout ce temps. Sa manière de me regarder est assez intense. Je sens mon estomac se nouer et je suis forcée, au bout d'un moment, de détourner le regard. Le mec avec la tache de pizza descend les escaliers et monte dans sa voiture. Je le reconnais, il était dans la cuisine tout à l'heure. C'est un des amis plutôt réservés d'Austin. Les gens discrets sont toujours les premiers à partir.

– Et ensuite ? m'encourage Kael.

– Elle a marché vers la porte, tout droit, puis elle est sortie de la maison comme si elle allait acheter du lait ou du jus d'orange. Elle ne nous a pas appelés. Elle n'est pas venue nous chercher. Non... rien.

Kael s'éclaircit la gorge. J'essaie d'apprécier l'expression de son visage pour m'assurer que tous ces détails ne le mettent pas mal à l'aise.

– Alors... Tu vois ces quiz avec des questions du genre « qu'est-ce que tu sauverais en premier si ta maison était en feu » ?

– Pas vraiment.

– Je suppose que ce n'est que sur Facebook. On te demande quelles affaires tu sauverais si ta maison était en train de brûler, et ta réponse est censée révéler ta personnalité. Si tu réponds que tu sauverais ton album de photos de mariage, ça te classe dans telle catégorie de personne. Mais si tu décides de sauver ta collection de vinyles, ça te range dans une autre case.

Kael hausse les sourcils, comme s'il n'avait jamais rien entendu d'aussi absurde.

Je poursuis mon histoire :

– Eh ouais, je sais. Bref, c'était vraiment dingue, mais il y avait de plus en plus de fumée, alors j'ai remonté les escaliers quatre à quatre pour aller chercher Austin. Je me souviens d'avoir pensé, *ce quiz est le truc le plus débile du monde. Qui penserait à sauver des affaires dans un moment pareil...* Mais après, en repensant à ce quiz débile, je me suis demandé ce que ça révélait de moi.

– Je pense que ça veut dire que tu es capable de garder ton sang-froid. Que tu as de bons réflexes.

Je m'imprègne de cette phrase l'espace d'un instant avant de poursuivre.

– Alors, j'ai couru dans la chambre d'Austin et je l'ai secoué pour qu'il se réveille. Nous nous sommes précipités ensemble dans les escaliers... c'était lui qui dirigeait, il me serrait le poignet, très fort, et quand nous sommes sortis dans le jardin, notre mère se tenait là, debout, en train d'observer la fumée. Ce n'est pas qu'elle avait voulu mettre le feu à la maison intentionnellement, non pas du tout. C'est juste qu'elle n'arrivait pas à se rendre compte de ce qui était en train de se passer.

– Karina...

– Comme dans ces vieux films, tu sais, quand la foldingue fout le feu et reste hypnotisée par lui, comme en transe. (Je lâche un petit rire, ne voulant pas paraître bizarre.) Désolée, toutes mes histoires sont un peu extrêmes.

– Karina...

Mon Dieu, j'adore sa manière de prononcer mon prénom.

– Oh, ça...

J'allais dire, *ça va*. C'est ce que je dis toujours quand je raconte cette histoire. Non pas que je la raconte souvent. Mais le truc, c'est que d'être assise ici dans le noir, avec Kael à mes côtés qui m'encourage à me livrer et m'écoute sans aucun jugement... Eh bien, je comprends que non, ça ne va pas. C'est même très grave. J'aurais pu mourir. Austin aurait pu mourir. Mais les choses très graves font généralement partie de ma réalité.

QUARANTE-DEUX

– Tu es douée pour raconter les histoires.

C'est gentil de sa part de me dire ça. Et non pas *Mon Dieu, ta mère a l'air d'être une vraie psychopathe.* Je suis douée pour raconter les histoires. Je trouve que ça sonne plutôt bien. J'aime la conviction avec laquelle il me dit ça.

– Donc, ouais, je ne sais même plus ce que j'étais en train de dire...

C'est le genre de chose qui m'arrive souvent. Raconter des histoires interminables entrecoupées de détours et autres mini-anecdotes.

– Que tu ne voulais pas rejoindre l'armée, me rappelle Kael.

– Ah oui ! (J'essaie de rassembler mes idées.) En fait, c'est essentiellement parce que mon père est parti longtemps, si longtemps, et que quand il rentrait à la maison, c'était encore pour s'entraîner. Il n'était jamais là et ça le rendait vraiment malheureux. Ma mère, aussi, d'ailleurs. Ce mode de vie l'a littéralement démolie, tu vois ?

Il hoche la tête.

– Alors, mon frère et moi, nous nous sommes promis après cet incendie que nous ne mènerions jamais ce genre de vie.

189

– C'est logique, dit Kael. (Ses yeux errent autour de lui dans le jardin avant de venir se poser sur moi.) Tu veux connaître ma vision des choses ?

Je secoue la tête de gauche à droite pour le taquiner. Il sourit.

– Je comprends ce que tu dis. Vraiment. Mais pour moi, gamin noir de Riverdale, m'engager dans l'armée a complètement changé le cours de ma vie. Même au sein de ma propre famille. Mon arrière-grand-père était esclave, et voilà où j'en suis aujourd'hui, tu comprends ? Le seul boulot que j'avais jamais eu avant, c'était d'emballer les courses des gens chez *Kroger* et, maintenant, je conduis une bonne voiture, je peux aider ma mère...

Il s'interrompt brutalement.

– Ne t'arrête pas, j'insiste.

Ce qui me vaut un grand sourire.

– Tous ces trucs de merde dont tu parles. C'est dur, ouais. Vraiment dur parfois, putain, mais c'est ce qui m'a permis de financer mes études à l'université. De vivre par mes propres moyens sans avoir reçu une éducation digne de ce nom.

Je reste sans voix, le temps de digérer ce qu'il vient de me dire. Ses arguments sont extrêmement pertinents. C'est assez fou de voir à quel point son expérience de l'armée est radicalement opposée à la mienne.

– Je comprends.

– Il y a toujours deux façons de voir les choses, tu sais ? Je murmure :

– Ouais. Au moins deux.

Je penche ma tête de côté et lui demande :

– Et ta mère est fière de toi aujourd'hui ?

– Oh, bien sûr. Elle raconte à tout le monde à l'église et à qui veut bien l'entendre que son fils est soldat. Dans ma ville, ça n'est pas rien.

Il paraît timide à présent. C'est tellement mignon.

STARS

– Starlette locale, je le taquine en me penchant vers son épaule.

– C'est ça, dit-il en souriant. Pas comme Austin, dit-il en plaisantant tandis que mon frère hurle de nouveau.

– Allez, on devrait y retourner. Je dois lui rappeler que la PM[22] peut débarquer à tout moment et que je sache, personne, à part Mendoza, n'est en âge de boire.

Je sors mon portable de ma poche et regarde l'heure. Il est presque onze heures et demie. Alors j'ajoute :

– Enfin, pas avant une trentaine de minutes.

---

22. Police militaire.

QUARANTE-TROIS

L'ambiance s'est un peu calmée à l'intérieur. La table basse est jonchée de bouteilles de bière et de gobelets en plastique ; la manette de la console gît, abandonnée devant la télé. Des corps avachis sont étendus sur le canapé et certaines personnes sont confortablement allongées à même le sol. Des mecs pour la plupart, appartenant à l'armée je suppose, hormis la fille qui était enlacée dans les bras d'Austin un peu plus tôt dans la soirée. À présent, elle est assise toute seule par terre et bouge doucement ses épaules au rythme de la musique en faisant de petits mouvements lascifs. De toute évidence, elle fait ce truc que nous faisons tous quand nous nous retrouvons solo à une soirée, histoire de dire *ça va, je vais bien, tout va bien.*

– Tu veux autre chose à boire ? je demande à Kael.

Il lève sa bière devant lui et secoue la bouteille vide.

– Ouais, s'il te plaît.

Nous nous frayons un chemin hors du salon, en prenant soin de ne pas marcher sur les corps, tous en jean, étendus à même le sol. La cuisine est vide. Les vaines tentatives d'Estelle pour apporter une touche Campagne Française à la déco – ce torchon sur lequel est inscrit *CAFÉ*, le coq en céramique, cette petite plaque en métal avec le mot *Boulangerie*, qu'Estelle prononce mal selon Elodie – se remarquent encore malgré la quantité de bouteilles et de boîtes de pizza vides. Une fois de plus, voir Kael dans ce contexte qui m'est si familier, le sentir près de moi avec cette foutue chaleur qui émane de lui... la cuisine me semble minuscule tout à coup. J'ai l'impression qu'il est démesurément grand, plus grand que nature, et au moment de passer devant lui, je manque presque lui donner un coup de coude dans la cage thoracique. Il s'écarte de moi de quelques centimètres et se dirige vers le frigo. Et, bien évidemment, j'ai besoin de prendre des glaçons dans le bac du congélateur.

– Pardon, dit-il en trébuchant presque sur mes pieds pour s'écarter de mon chemin.

– C'est boooon, je lui réponds.

Mes mots s'emmêlent.

Il me rend si... *nerveuse*. Ce n'est peut-être pas le bon terme. Je ne ressens pas de tension ni de panique, ce qui accompagne habituellement le fait d'être nerveux. C'est juste qu'avec lui, tout me paraît plus palpable, plus brut et plus vivant. Quand je suis en sa présence, mon cerveau intègre tout tellement vite et, pourtant, tout me semble en même temps si immobile, si calme quand il se livre à moi et me laisse entrevoir ses failles. Je me sens à la fois intelligente et vivante, sereine et sur un même pied d'égalité, avec lui.

Mon cœur s'emballe quand je me retourne et le surprends en train de me regarder, ses longs doigts jouent avec le collier autour de son cou. Peut-être que ce sont les effets de la vodka, mais quand je remplis mon verre de glaçons, je sens son regard sur moi, comme s'il me dévisageait de la tête aux pieds. Il ne m'observe pas de la manière obscène qu'ont certains mecs quand ils te matent effrontément. Ça n'a rien à voir. Quand Kael me regarde, c'est comme s'il me voyait moi, *le vrai moi* – qui je suis, pas la personne que j'essaie d'être. Il soutient mon regard un instant, avant de baisser les yeux. Ma poitrine est en feu. Ce ne sont pas des papillons que j'ai dans le ventre, ce sont carrément des oiseaux ! De grands oiseaux étincelants qui battent des ailes et me soulèvent le cœur. Je prends une grande inspiration pour essayer de me calmer. Je sens son regard sur moi et tente d'ignorer la sensation dans mon bas-ventre. Je repose la bouteille sur le comptoir et ajoute du jus de pomme. Quelqu'un a terminé celui de cranberry.

– Je me demande quel goût ça peut avoir ?

Il se tient juste derrière moi à présent. Je ne peux pas dire s'il a bougé ou si c'est moi. J'aperçois simplement son ombre qui se reflète dans l'évier en métal et prie de toutes mes forces pour qu'il n'entende pas le bruit de mon cœur qui bat la chamade dans ma poitrine.

– C'est quitte ou double, je réponds en haussant les épaules.

Il recule d'un demi-pas. Mais mon corps ne se calme pas pour autant.

– Tu es prête à prendre ce risque ? me demande-t-il en souriant derrière sa bouteille.

J'ai envie de lui dire qu'il n'a pas besoin de le cacher comme ça, son sourire. Que j'aime vraiment quand il est drôle et qu'il me taquine. Mais il me faut d'autres shots pour atteindre ce degré de courage.

– Ouais, je crois.

J'approche mon nez du verre et le renifle. Ça n'a pas l'air mal. Je prends une gorgée. Pas si terrible. Peut-être devrais-je le mettre au micro-ondes pour prétendre que c'est du cidre ?

– C'est bon ? me demande-t-il.

– Ouais. – Je lève le verre entre nous. – Tu veux goûter ?

– Non merci.

Il secoue la tête en me montrant sa bière.

– Tu ne bois que de la bière ?

– Ouais, en général. Pas depuis un moment, en revanche, dit-il en souriant, tout en essayant de s'en empêcher. Parce que je suis parti. Là-bas, précise-t-il.

– Ohhh, parce que tu es parti.

Il me faut une seconde pour comprendre, malgré le nombre de fois où nous avons répété le mot « parti ».

– Voilà. Oui. Parti. Là-bas.

Je me sens débile de répéter tout ce qu'il dit. Et j'ajoute :

– Waouh. Ouais, se réadapter doit être tellement bizarre.

Chaque fois qu'il me rappelle à quel point sa vie est drastiquement opposée à la mienne, je me sens bouleversée. Je remarque de nouveau ses yeux fixes... ses magnifiques yeux bruns. Peut-être qu'il est aussi bourré que moi. Je me penche vers lui pour lui demander s'il est bourré, pour lui demander si ça va. C'est à cet instant qu'Austin déboule avec Mendoza derrière lui. Comment tuer ce moment...

– Hé les gars ! C'est beaucoup trop calme par ici, dit-il en tapant dans ses mains comme s'il essayait d'effrayer un petit animal.

Kael et moi nous écartons l'un de l'autre, presque instinctivement.

– Hé, mon pote. Tu t'en vas ? demande Austin.

Mendoza hoche la tête et Austin poursuit :

– Merci d'être passé. Je sais que ce n'est pas évident pour toi de sortir.

– Ouais.

Mendoza se tourne vers Austin, puis vers Kael. J'ai la sensation que quelque chose d'important est en train de se produire devant moi, mais je ne suis pas vraiment capable de l'expliquer.

STARS

– La prochaine fois, amène Gloria, dit Austin en prenant la bouteille de tequila. Un dernier verre avant de partir ?

Mendoza jette un œil à l'épaisse montre blanche autour de son poignet et secoue la tête.

– Nan, mec, c'est mort. Je dois rentrer. Les bébés ont faim et Gloria est fatiguée. Le petit la tient éveillée toutes les nuits.

– Je ne parlais pas pour toi.

Austin touche les clés de voiture de Mendoza, accrochées à la boucle de sa ceinture.

– Mais pour moi.

Austin se verse une grande quantité de tequila. Ce n'est pas de ma responsabilité de m'inquiéter pour mon frère. C'est sa fête et je n'ai pas l'intention de jouer les chaperons. Pas ce soir.

– C'était sympa de te voir, je dis à Mendoza quand il me dit au revoir.

– Prends soin de mon gars, chuchote-t-il.

Puis il prend Kael dans ses bras avant de sortir par la porte latérale en me laissant face à mes interrogations. Qu'a-t-il bien pu vouloir dire par là ?

QUARANTE-QUATRE

– Putain, j'adore ce mec. Je kiffe ce putain de gradé.

Austin est exagérément enjoué, ce qui m'étonne, même venant de lui. Ça me rend un peu nerveuse. Ce n'est pas que je redoute qu'il ait des problèmes. Pas vraiment. Cela m'est juste difficile de le voir là, en train de tituber comme ça.

– Ma sœur ! Ma merveilleuse jumelle.

Austin passe son bras autour de moi. Ses mouvements sont imprécis, comme ralentis, et ses joues pâles anormalement rouges. Il est clairement bourré.

– N'est-elle pas magnifique, hein ? demande-t-il à Kael.

Je suis tétanisée. Je déteste quand Austin parle de mon physique.

Kael hoche la tête, visiblement mal à l'aise.

– Tu es devenue une vraie adulte. Tu as acheté ta propre maison et tout le bordel, dit Austin en me serrant contre lui. Je veux dire, t'as vu où t'en es, avec ton travail stable et tout le bordel. Et tu paies tes factures...

– Et tout le bordel ? je termine à sa place.

– *Essactement*, dit-il.

Quelque chose sur l'arête de son nez attire mon attention. Je me tourne vers lui.

– Tu t'es cassé le nez ? je lui demande en levant ma main vers son visage.

Il sursaute en s'écartant de moi et se met à rire.

– Il n'est pas cassé. Il est juste... euh... il a juste un peu bougé de place.

Il se tourne alors vers Kael, un sourire niais plaqué sur le visage.

– Fais attention à elle, mon pote. Je ne joue pas le mec qui menace les autres types pour protéger sa sœur, ou un truc dans le genre. Rien à voir. Je dis que ma sœur, eh bien... elle peut piquer une crise contre toi, et mec...

Il se sert de ses doigts comme d'un couteau sur sa gorge.

Kael baisse les yeux sans rien laisser paraître de ce qu'il pense ni de ce qu'il vient tout juste d'entendre.

– Je rigole. C'est une perle. (Il me serre encore dans ses bras.) Une vraie perle, une perle de sœur. Pas vrai ?

Ouais, bon, il est complètement cuit.

La cuisine semble rétrécir au fur et à mesure que les gens y entrent pour remplir leur verre, comme si une annonce générale venait d'être passée ou quelque chose dans le genre. Ce n'est que lorsque Kael pose les yeux sur moi que je me sens soudain comme une gamine. Je dois paraître si immature, à la limite de me bagarrer avec mon frère qui, lui, est complètement à l'ouest. Et tout le bordel.

– Ok. Merci pour ce bulletin d'infos très enrichissant, je réponds en manœuvrant pour me dégager de son étreinte. Ta nouvelle petite copine est en train de t'attendre. Elle a l'air bien seule.

J'indique le salon d'un mouvement de la tête.

– Ah oui ? Elle est mignonne, hein ? Elle va à l'école pour devenir infirmière, nous dit-il avec fierté.

Kael fait genre impressionné, mais je suis loin d'être aussi bourrée qu'Austin et je sais qu'il simule pour lui faire plaisir. Sa bouche est pratiquement couverte par sa bouteille de bière brune.

– Tu parles de cette gamine qui veut jouer les infirmières quand elle sera grande ? Une fois qu'elle aura terminé le lycée et qu'elle sera dans le vrai monde ?

C'est comme ça que je me comporte avec Austin, je le charrie sur des petits trucs. Ça fait partie de notre relation de jumeaux. Nous ne partageons pas cette idée reçue et mythique sur les jumeaux selon laquelle l'un arrive à savoir ce que l'autre pense ou ressent. Rien de bizarre dans ce genre. Ok, j'arrive plus facilement que la plupart des gens à le cerner, c'est sûr. Et la proximité que je ressens avec lui est inexplicable. Mais c'est le cas de beaucoup de frères et sœurs, surtout s'ils ont vécu le divorce de leurs parents et toutes les merdes qui vont avec. Rien à voir avec le fait d'être jumeaux.

Donc, vraiment, ma remarque n'a rien de personnel contre cette fille. C'est juste un truc que nous faisons. Comme la remarque qu'il a balancée à Kael tout à l'heure. (Remarque sur laquelle je me suis juré de ne pas rester bloquée, du moins jusqu'à plus tard dans la soirée, quand je serais seule.)

– Elle a dix-neuf ans, ok ? Et elle va dans une vraie *école d'infirmière*.

Austin porte son gobelet en plastique à sa bouche et aspire les dernières gouttes de l'espèce de mixture qu'il s'est concoctée toute la soirée.

– Oui, je n'en doute pas. (Je lève les yeux au ciel devant Austin.) Et la prochaine Barbie sera...

Il me faut un moment pour réaliser que tout le monde est en train de regarder par-dessus mon épaule, de fixer quelque chose derrière moi. Un instant, je pense à la PM. *Merde. On est foutus.* Je me retourne pour affronter les agents, prête à leur sortir une excuse bidon ou à tenter une négociation. Sauf qu'en me retournant, je comprends que ce n'est pas du tout la PM. C'est la fille dans son T-shirt à franges, et elle n'a pas loupé une miette de tout ce que je viens de dire.

Merde. *C'est moi qui suis foutue.*

QUARANTE-CINQ

Le visage de la fille se décompose. Mon visage se décompose. Nous restons toutes les deux immobiles, silencieuses. Prises sur le fait. Comme deux lapins saisis dans les phares d'une voiture.

Je viens à l'instant de l'insulter, en insinuant que non seulement elle est encore au lycée mais qu'en plus d'ici demain soir, mon frère sera dans les bras d'une autre fille. Au-delà de faire passer mon frère pour un vrai connard, mes propos sont ultra-humiliants à son égard.

Ses yeux se remplissent de larmes.

– Pardon... Je suis désolée... Ce n'était pas du tout contre toi, je voulais simplement dire...

Elle a l'air si jeune quand elle fait la moue comme ça, la lèvre inférieure toute tremblante. Merde. Je ne veux pas lui sortir une excuse pourrie ou inventer un truc juste pour faire en sorte qu'elle se sente mieux. Mais je ne peux pas non plus lui dire qu'on dirait une lycéenne, et encore moins qu'il est tout à fait probable que mon frère finira par sortir avec quelqu'un d'autre, si ce n'est pas demain, le jour suivant.

Je reste un instant dans l'embrasure de la porte, n'osant pas faire face au groupe, et balbutie de nouveau une excuse à son intention, tout en réfléchissant à la manière d'arranger les choses avec Austin aussi, même s'il n'est pas du genre à m'en vouloir. Il connaît mon sens de l'humour mieux que personne. Et il n'est pas en reste quand il s'agit de me renvoyer la balle.

Mais Austin est le premier à intervenir.

– Bravo, Kare! dit-il. Vraiment bravo! (Il se dirige vers la fille et passe un bras réconfortant autour d'elle.) Je te présente ma sœur, Karina, dit-il en pressant son épaule. Karina, je te présente...

Elle lui coupe la parole.

– Tu peux m'appeler Barbie, dit-elle d'une voix cassée.

Tout le monde dans la pièce éclate de rire. Un bon gros rire tonitruant et hystérique. Un point pour Barbie. Et qui pourrait lui en vouloir? Certainement pas moi. Je lâche un grand soupir.

L'affaire aurait pu en rester là. Un moment embarrassant suivi d'une confrontation, et basta. Allez les gars, circulez, le spectacle est terminé. Sauf qu'Austin se sent obligé d'ouvrir sa grande bouche.

– Ne t'occupe pas d'elle, dit-il en pointant son menton dans ma direction. C'est une rageuse. Elle est toujours rageuse, se reprend-il.

Ses mots sont tranchants. Méchants. J'ouvre la bouche pour dire quelque chose, mais il n'en a visiblement pas terminé avec moi.

– Elle aime jouer les grandes sœurs. La seule adulte de la pièce. Juste, ignore-la.

J'ai l'impression d'avoir reçu une énorme gifle. C'est dur. Je sais que j'ai heurté les sentiments de cette fille et je m'en veux vraiment. Mais je ne l'ai pas fait intentionnellement. Ce n'était rien de plus qu'une blague stupide entre frère et sœur. Une blague stupide qui a dérapé à cause d'un mauvais timing et par manque de bol. Mais ce qu'Austin vient de dire sur moi me blesse. Me blesse profondément.

STARS

J'aimerais pouvoir dire quelque chose pour me défendre –n'importe quoi –, mais je n'ai pas envie de faire une scène. Si je montre à tout le monde que je suis atteinte, ça prouvera qu'Austin avait raison et on pensera que je suis folle ou que je *ne suis qu'une rageuse.* Je sors de la pièce le cœur en miettes. Maintenant, c'est à mon tour de pleurer.

QUARANTE-SIX

Merde, Austin. Depuis quand me vois-tu comme une rageuse ? M'inquiéter pour toi ne veut pas dire que je suis une rageuse. Quelqu'un doit s'en charger et, de manière évidente, tu ne sembles pas très concerné par ton avenir depuis que tu es sorti de prison. Sans compter que la première chose que tu fais, c'est d'organiser une fête blindée d'alcool et de gens qui ne sont pas en âge de boire. Au sein même d'une base. Dans la maison de papa.

Voilà les pensées qui tournent en boucle dans ma tête quand je monte les escaliers vers mon ancienne chambre. Dans la maison, l'air est lourd, de plus en plus irrespirable. Il faut que je m'éloigne. J'ai besoin de prendre mes distances avec Austin. Avec la vodka. Avec cette fête. Un instant, je me demande même si je ne dois pas prendre mes distances avec Kael. J'avais presque oublié qu'il était là.

Juste un instant.

Presque.

Il est impossible qu'il ait loupé cet échange. Il doit sûrement penser que je suis médisante ou que je suis une garce. Ce qui est faux. Totalement. J'essaie toujours d'être cool avec les autres filles. On a déjà bien assez de problèmes comme ça. Les hormones. Les règles. Les armatures de soutien-gorge. L'équité. Les connards. On a besoin de se serrer les coudes, pas de se faire la guerre. Je le croyais vraiment. Mais... il y a toujours un « *mais* », pas vrai ? Je ne peux pas m'empêcher de faire une évaluation rapide des autres femmes. De les examiner, en essayant de déterminer quel genre de fille elles sont et quelle place elles occupent dans notre hiérarchie invisible. Cela peut sembler mesquin dit comme ça, mais ce n'est pas pour les comparer à *moi* – plutôt pour me comparer à *elles*.

La fille avec son T-shirt à franges est plus jolie que moi. Elle a une jolie peau claire, des hanches fines et de longues jambes. Sa chevelure est incroyable. Elle sait comment s'habiller pour se mettre en valeur, pour faire ressortir ses meilleurs atouts. Moi, je choisis mes vêtements selon leur propreté ou parce qu'ils sont soldés. Ce n'est pas que je sois en compétition avec Katie, Barbie ou qui que ce soit d'autre. (Ok, là, c'est mesquin !) Vraiment pas. Premièrement, elle joue carrément dans une autre cour que la mienne et, deuxièmement, sa cible, c'est mon frère. Et c'est très clair depuis le début. Donc, cette histoire de concurrence, cette compétition... n'a rien à voir avec les mecs.

Si c'était le cas, pourquoi est-ce que je me comparerais aux filles sur IG ou à celles de la télé, comme je le fais lorsque Madelaine Petsch[23] me regarde depuis l'écran ? Elle n'a pas un seul défaut. Même avec ma télé ultra haute définition, elle a la peau parfaite d'une poupée de porcelaine. Pas une rougeur ni même un bouton ou une petite cicatrice. Ça me donne presque envie de devenir vegan, si c'est le résultat obtenu.

Je pense beaucoup à ce genre de choses. J'essaie de comprendre d'où ça vient. D'où me viennent tous

---

23. Actrice et youtubeuse américaine qui joue, entre autres, dans la série *Riverdale*.

mes complexes. Je me fiche pas mal que des garçons regardent d'autres filles plus que moi. C'est juste que certaines d'entre elles me donnent l'impression d'être *moins bien*. Je n'arrive pas à l'expliquer, pas vraiment, mais c'est difficile de m'ôter cette idée de la tête. Et le truc, c'est que je sais que je ne suis pas la seule. Par exemple, Élodie. Élodie, cette belle Parisienne blonde avec de jolies pommettes et des yeux de biche. Elle est capable de s'asseoir, un miroir sur les genoux, et de scruter son visage dans les moindres détails en se plaignant que sa peau est horrible, que ses yeux sont divergents et que son nez n'est pas bien centré. Est-ce que toutes les femmes font ça ?

C'est dans ces moments-là que ma mère me manque le plus. J'aurais vraiment aimé pouvoir lui parler de ce genre de choses, avoir quelqu'un à qui me confier, quelqu'un qui m'écouterait sans jugement. Je lui demanderais : *Est-ce que ça a toujours été comme ça ?* Et elle me répondrait : *Non, ça n'a pas toujours été à ce point, les réseaux sociaux, les selfies et les Kardashian ont largement fait empirer les choses.* Ou alors elle dirait : *Oui, c'est comme ça depuis la nuit des temps. À l'époque, je me comparais aux Charlie's Angels*[24]. Et puis elle sortirait son vieil album de photos et nous nous moquerions de ses coupes de cheveux des années 80.

C'est quoi, cette plaisanterie ?

Tout cela n'arrivera jamais.

---

24. Série américaine des années 80.

QUARANTE-SEPT

La porte de ma chambre est fermée. Y a-t-il quelqu'un à l'intérieur ? Je ne serais pas étonnée de découvrir un soldat ivre mort sur mon lit ou un couple en train de faire l'amour. Pas Austin et Katie, en revanche. Ils sont toujours dans la cuisine, probablement en train de parler de moi. Katie s'est sûrement remise de ses émotions et, à cette heure-ci, intelligente comme elle est, elle a sûrement tourné la situation à son avantage et s'en est servie pour se rapprocher de mon frère. Tous unis face à l'ennemi commun, et tout le tralala. Et Austin, persuadé d'avoir raison, est probablement en train de raconter en boucle à quel point je suis chiante, à quel point je n'ai jamais été une fille cool. Il y a deux facettes chez lui. Une qui me défend ardemment, coûte que coûte, et l'autre qui m'utilise comme tremplin pour s'élever au rang de mec trop cool. Pas besoin d'être devin pour savoir laquelle des deux a pris le dessus en bas, dans la cuisine.

Malgré tous mes efforts, je n'arrive pas à me débarrasser de cette sale manie d'imaginer ce que les autres peuvent penser ou dire à mon sujet. Je le fais sans arrêt, même si je sais que rien de bon n'en sortira. C'est comme s'arracher les cuticules, les gratter et tirer dessus jusqu'à ce qu'elles se mettent à saigner. C'est d'ailleurs exactement ce que je suis en train de faire là, maintenant, en imaginant tous ces gens dans la cuisine et en me demandant ce qu'ils sont en train de dire ou de penser. Même ceux qui ne connaissent pas mon prénom doivent sûrement me voir comme la sainte-nitouche qui a dénigré la gentille Katie. Puis quelqu'un demandera probablement qui je suis, et je les vois déjà répondre, oh, c'est la sœur d'Austin, et ils se souviendront tous de moi comme de la fille qui ramasse les bouteilles et les boîtes de pizza vides, comme si je travaillais de nuit chez *Friday's*.

Argh.

Je déteste la façon dont fonctionne mon cerveau. J'essaie de me convaincre que je n'ai rien fait de si terrible, que les gens comprendront d'eux-mêmes que j'étais surtout en train de plaisanter. Je n'aurais jamais parlé comme ça si j'avais su qu'elle était là, même si ce que j'ai dit est vrai.

Maintenant, je suis anxieuse.

C'est assez ironique de voir que les gens exigent toujours de connaître la vérité et que pourtant ils n'arrivent pas à la supporter quand elle éclate au grand jour, non ? Pour être honnête, je suis comme ça, moi aussi. Je réclame la vérité, rien que la vérité, et pourtant je m'accroche à des mensonges. Ils se révèlent bien utiles quand on cherche à se préserver de la vérité – les mensonges, bien sûr.

Je m'arrête un instant devant ma chambre. Je ne pense pas qu'il se passe quoi que ce soit à l'intérieur ; cette petite soirée est carrément plus calme que la plupart des autres fêtes organisées par Austin autrefois, avant qu'il ne s'installe chez notre oncle. Et je dois admettre qu'Austin semble un peu différent maintenant, plus stable. Ou peut-être que j'ai juste tellement envie de le voir s'assagir que penser ainsi me préserve de la vérité.

Je toque, puis attends un instant avant d'ouvrir la porte pour finalement découvrir la chambre vide.

STARS

Avant d'entrer, je reste immobile quelques secondes et prends le temps de tout analyser. Même l'odeur. Mon Dieu, il flotte un air de nostalgie, comme le parfum de mon ancienne vie. Je me suis tellement battue pour démarrer un nouveau chapitre, pour tourner une nouvelle page... j'ai fait tout ce que les gens font quand ils essaient d'avancer et de se remettre sur pied. Je reste immobile, à observer mon ancienne chambre tout en pensant à la nouvelle. Un monde les sépare. C'est frappant.

Elle est exactement telle que je l'ai gardée dans mes souvenirs. La même couette violette avec des petites fleurs blanches partout. Les mêmes rideaux assortis, avec cette trace de brûlure dans le coin datant de ma seule et unique journée de fumeuse. J'ai été punie pour ça. Heureusement pour moi, mes parents n'ont pas remarqué la brûlure sur le rideau, mais ils ont reconnu l'odeur de la fumée de cigarette qui s'échappait dans le couloir. Après ça, je n'ai plus eu le droit de traîner avec Neena Hobbs, la seule fille de ma classe qui avait le droit de se raser les jambes et qui m'a donné envie de fumer, pour faire comme elle.

Ma commode est envahie des classiques trucs d'ado. Des vieux tubes de gloss à paillettes périmés depuis des années. Quelques *headbands* et des élastiques pour cheveux. Des petits mots de ma meilleure amie, Sammy. Des stylos gel de toutes les couleurs possibles et imaginables. Chaque objet est associé à un souvenir précis. Certains à plusieurs. Impossible de me résoudre à jeter quoi que ce soit. Pas les *headbands* que j'ai portés pendant des années sur des couleurs de cheveux différentes, et beaucoup de coupes complètement foirées. Pas plus les gloss tout poisseux que ma mère m'appliquait sur les lèvres lorsque mon père avait déclaré que je n'avais pas le droit de me maquiller avant d'entrer au lycée. Je les saisis un par un et les essaie sur le dos de la main. Chacun d'eux possède un nom genre JOLIE BAIE, ROSE FRONCÉ ou MERVEILLEUX. C'est d'ailleurs assez drôle, car une fois déposés sur les lèvres, ils ont tous quasiment la même couleur rosée, le même goût sucré et cette brillance collante sur laquelle venaient s'accrocher des mèches de mes cheveux.

Ça ne fait pas très longtemps que j'ai emménagé dans ma nouvelle maison, mais cette vieille chambre ressemble déjà à une capsule temporelle. Je n'y ai pas dormi depuis le jour où j'ai quitté la maison. En y repensant, je n'y ai même jamais remis les pieds. Parfois, j'ai l'impression d'être partie il y a des années, d'autres fois depuis seulement quelques jours. Je fais glisser mon doigt sur la poussière de la commode. Estelle s'assure que chaque pièce de la maison soit impeccable, sauf celle-ci. Je me demande ce qu'il en est de la chambre d'Austin. A-t-elle fait sa Martha Stewart[25] là-bas ? Probablement. Ses règles diffèrent selon qu'elles s'appliquent aux hommes ou aux femmes.

Je me rends compte que je n'ai changé aucun des meubles depuis... l'année de ma cinquième, je dirais. Je me revois assise sur ce pouf violet lorsque Josh, le mec qui a jugé bon de m'offrir un pain de maïs à mon anniversaire, a rompu avec moi. Sa mère lui avait dit qu'il fallait qu'il se consacre à ses études et que, s'il voulait poursuivre sa supposée carrière de footballeur, il fallait qu'il garde la tête froide et surtout bien éloignée des filles. J'ai été assez débile pour le croire. En fait, il a commencé à sortir avec une des filles les plus populaires de mon lycée dès le lendemain. Sa réputation était la seule raison pour laquelle il m'a larguée pour elle. Cette année de cinquième a vraiment contribué à renforcer mes complexes.

Ce pouf est, à l'intérieur de la maison, l'équivalent de la balancelle sur la véranda extérieure, chargé de souvenirs rêveurs et de drames. Je parie que le tissu violet est imbibé de beaucoup de larmes d'adolescents.

---

25. Célèbre animatrice de télé connue pour sa méthode de bien-vivre chez soi (rangement, disposition, jardinage, recettes...).

STARS

Une pile de livres est entassée sur ma table de nuit. Le manuel d'économie de ma dernière année de lycée et la version cartonnée de *You* de Caroline Kepnes sont recouverts de poussière. J'ai dû acheter un autre exemplaire de *You* quand je me suis aperçue que j'avais oublié l'original chez mon père, et que je n'avais pas l'intention d'y revenir avant un certain nombre de jours. Papa et Estelle venaient de se marier à ce moment-là, et je détestais l'idée de me retrouver avec ce jeune couple... je m'éclipsais à chaque occasion. J'en possède donc deux versions, trois si on compte l'audio. Je l'ai achetée pour écouter les personnages prendre vie dans la voix de quelqu'un d'autre. C'est un de mes livres préférés, j'ai toujours voulu en conserver un exemplaire dans chacune des maisons. Elle fait partie des quelques histoires que mon père et moi aimons tous les deux. Je l'attrape et l'ouvre en faisant craquer la reliure. Ça va me changer les idées.

Tu entres dans la librairie et retiens la porte pour qu'elle ne claque pas. Tu souris, gênée d'être une gentille fille, tes ongles ne sont pas vernis, ton pull col en V est beige et il est impossible de savoir si tu portes un soutien-gorge, mais je pense que tu n'en portes pas[26].

Quand quelqu'un frappe à la porte, je sursaute.
– Oh putain !
– Karina ?
– QUOI ?
Mon ton est agressif, comme lorsqu'on vient de se faire une frayeur.
– Karina, ça va ? C'est Kael. Je peux entrer ?
– Oui, entre.
J'accompagne ma réponse d'un hochement de tête, bien qu'il ne puisse pas me voir par le trou de la serrure.

---

26. *Parfaite*, éditions Kero, 2015, pour la traduction française.

Il entre tout doucement et, une fois à l'intérieur, referme délicatement la porte. Le petit clic résonne si fort. Si catégoriquement.

– Tu vas bien ? me demande-t-il.

Il s'avance vers moi avant de s'arrêter à quelques centimètres de mon lit. Je soupire.

– Ouais, je réponds avec un mouvement d'épaules, en refermant le livre.

– Tu t'isoles souvent pour lire pendant les soirées ?

Sa phrase me rappelle un livre que j'ai lu l'année dernière. J'entretiens une relation d'amour-haine avec cette histoire, mais actuellement j'attends avec impatience la sortie du prochain tome de la série. Donc, en ce moment, c'est plutôt amour que haine.

– C'est juste... Je ne sais pas. Je me suis sentie dépassée ? Cette fille (j'agite la main qui tient le livre en l'air), elle a tout entendu et, maintenant, Austin se comporte comme un connard et, elle, elle doit se sentir hypermal.

Kael hoche doucement la tête.

– Tu ne pouvais pas savoir qu'elle allait arriver.

– Même.

– Essaie de ne pas trop te prendre la tête avec ça. Je sais que tu vas t'en vouloir à mort, tu es comme ça, c'est tout...

– Qu'est-ce que tu en sais ?

À présent, c'est lui qui semble pris au piège. De toute évidence, il ne pensait pas ce qu'il vient de dire. Ou peut-être qu'il voulait le formuler autrement. Sa bouche reste légèrement entrouverte.

– Qu'est-ce que tu entends par *Tu es comme ça, c'est tout* ? je lui demande sur un ton accusateur.

Il ferait mieux de ne pas avoir voulu dire ce que je crois. Il prend une grande inspiration.

– Je voulais juste dire que je sais que tu t'inquiètes beaucoup et que tu t'infliges une énorme pression. Et beaucoup de culpabilité.

STARS

J'ai envie de me lever et de lui dire de dégager de ma chambre, mais je reste là, assise, agrippée à mon livre, les jambes repliées sous mes fesses.

– Et comment tu sais ça ?

En fait, je ne souhaite pas vraiment connaître sa réponse. Pour lui, je suis devenue cette fille, celle qu'il faut aller voir pour s'assurer qu'elle va bien, pour s'en occuper aussi peut-être. Cette idée m'est insupportable.

Hors de question que je devienne cette fille.

Hors de question que je sois comme ça.

– Allez ! il insiste.

Il n'a plus l'air de douter de ce qu'il vient de dire ou de ce qu'il s'apprête à dire ; il semble embêté.

– Tu agis comme si tu me connaissais. Tu n'es là que depuis... une semaine ? Et la moitié du temps, tu es aux abonnés absents.

– Ça t'a donc dérangée que je ne sois pas revenu ? me demande-t-il.

Pourquoi parle-t-il autant, tout à coup ? Et comment puis-je faire pour l'arrêter ?

– Peu importe. Le fait est que tu ne me connais pas, donc ne dis pas ce que je suis en train de faire ou que je joue les victimes ou quoi que ce soit.

Ma voix est stridente, presque théâtrale.

– Ce n'est pas du tout ce que je fais.

Il soupire en se frottant les joues avec les mains et ajoute :

– Et je n'ai à aucun moment insinué que tu étais une victime.

– Tu as dit : « Tu t'infliges une énorme pression. »

– Laisse tomber, lâche-t-il, vaincu. Oublie ce que je viens de dire.

Je suis tellement en colère, tellement embarrassée et contrariée, que je ne me rends pas compte que je suis en train de déverser toute ma frustration sur Kael.

Je suppose qu'il est venu dans ma chambre pour voir comment j'allais. C'est plutôt sympa de sa part.

– Je suis désolée, je réponds. Je suis juste contrariée et je m'en prends à toi. Mais bon, rien de bien surprenant, vu que je ne suis qu'une (je mime des guillemets avec les doigts) « rageuse ».

– Je ne pense pas que tu devrais t'en vouloir autant. Les êtres humains font parfois des conneries. Nous sommes tous faits comme ça.

Il tente de changer de sujet, ce dont je lui suis reconnaissante, parce que je me sens vraiment minable. À ce moment-là, toutes mes émotions négatives se sont envolées, mais Kael semble toujours différent de ce qu'il était avant ce soir, même sans verres de vodka.

– Tous les êtres humains font des conneries ? C'est complètement déprimant, je lui lance.

Mais quelque part, j'aime bien la perspective de cette phrase, aussi cynique soit-elle.

Il s'assied sur le lit près de moi en faisant grincer l'armature métallique. Il est bien trop grand pour mon petit lit, on dirait un géant dans une maison de poupée. J'ai l'impression qu'il va me sermonner, peut-être même me demander si j'ai bien fait mes devoirs. Son regard complice est concentré sur moi et, c'est assez rare pour le noter, cette fois il ne détourne pas les yeux ni ne fixe le sol.

– C'est la vie, dit-il, les yeux toujours rivés sur moi.

– La vie est déprimante ?

– Chacune de celles que j'ai croisées, répond-il.

Je ne peux pas le contredire sur ce point, même si cela donne aux choses un caractère plus dramatique.

– Ouais. Je suppose que tu as raison.

Je suis la première à détourner le regard.

– C'est toi qui m'as dit que lorsque les étoiles s'éteignent, un peu de la bonté de ce monde meurt avec elles. C'est bien la phrase la plus déprimante que j'ai jamais entendue de ma vie et, pourtant, j'en ai vu et entendu de belles...

Avec un petit rire, il laisse traîner la fin de la phrase.

Je rigole et le regarde droit dans les yeux. Même assis, il fait une bonne tête de plus que moi. Le noir de son jean contre sa peau sombre est du plus bel effet.

Les mains de Kael se posent sur sa jambe, et mon ventre se serre à l'idée qu'elles puissent ensuite venir vers moi, qu'elles puissent me toucher. Mais au lieu de ça, il se frotte le haut de la cuisse.

– Qu'est-ce que tu as à la jambe ? je lui demande.

Malgré toutes les voix qui résonnent en bas, je n'entends rien d'autre que la lente respiration de Kael et le léger vrombissement du ventilateur au plafond.

– J'ai... (Les mots hésitent à sortir de sa bouche.) Ça me fait mal parfois. Ce n'est pas très grave.

– On peut en parler ?

Je me souviens de son premier massage où il avait gardé son pantalon pendant toute la séance, j'avais cru voir qu'il boitait, mais sans en être sûre.

– Tu n'es pas obligé de me le dire. Je pourrais juste... t'aider peut-être, tu sais ?

Il ferme les yeux et ne dit rien pendant quelques secondes.

– Tu ne...

Je commence à vouloir lui dire que je suis désolée d'avoir ne serait-ce que posé la question, mais il se penche, attrape le bas de son jean et commence à le remonter.

C'est un moment si intense, l'atmosphère est comme figée entre nous.

Et puis le silence est interrompu par une sonnerie de téléphone : le portable de Kael. Ce bruit soudain me fait sursauter. Kael lâche son pantalon et se redresse pour sortir le portable de sa poche. Il fixe l'écran, éteint la sonnerie et l'expression de son visage change. Mon cœur bat à cent à l'heure, je le sens sur le point d'exploser dans ma poitrine.

– Tout va bien ? je lui demande.

En découvrant le numéro qui s'affiche, son beau visage prend une mine renfrognée. Il ignore l'appel. Je crois qu'un texto apparaît, mais je n'en suis pas sûre.

– Ouais.

Je ne le crois pas.

Il range le portable dans sa poche et me regarde. Mes yeux se posent immédiatement sur sa jambe droite, mais il recule d'un pas. Puis il scrute la pièce comme s'il cherchait quelque chose d'invisible.

– Je... je... euh. Je dois y aller, il bégaie.

Il se déplace rapidement, comme un soldat, et ouvre la porte avant même que je puisse le retenir. Son prénom reste coincé dans le fond de ma gorge au moment où il se retourne pour me regarder, comme s'il voulait me dire quelque chose. Nos regards se croisent une demi-seconde, puis il semble hésiter et se détourne de moi. Je ne sais pas comment interpréter ce qui vient de se produire. Nous étions si proches. Je me suis ouverte à lui et il était en train de s'ouvrir à moi... et puis plus rien. Il est parti.

Je me sens tellement dépassée par tous ces événements que je n'essaie même pas de comprendre pourquoi je fonds en larmes au moment où il disparaît de mon champ de vision.

QUARANTE-HUIT

Je me réveille avec un monstrueux mal de crâne, comme je n'en ai jamais connu. J'ai une haleine de chacal et mes mains me semblent démesurément grandes pour mon corps. Même mes cheveux me font mal. Je roule sur le côté et enfouis mon visage dans l'oreiller pour ne pas avoir à ouvrir les yeux. Je fouille dans les draps à la recherche de mon portable – à quel moment ai-je atterri dans le lit et me suis-je glissée sous les couvertures ? – et je sens le verre froid de l'écran contre mes doigts. Lentement, je me retourne sur le dos. Et encore plus lentement, j'ouvre les yeux.

Deux appels manqués et un texto d'Austin :

T'ES OÙ ?

Mais, bien évidemment, la personne à laquelle je pense, c'est Kael.

Super.

Comme si ça ne suffisait pas qu'il soit la dernière personne à laquelle j'ai pensé avant de m'endormir, il faut encore qu'il soit la première à laquelle je pense en me réveillant. Je l'imagine assis là, sur le lit, près de moi. J'arrive presque à discerner la sensation de son corps sur le lit. Je revois son visage quand il s'est éloigné vers la porte, me laissant en plan.

Je dois me ressaisir.

Je dois prendre mes distances avec ce mec.

D'où s'imagine-t-il que je serai toujours là pour lui, chaque fois qu'il décide de réapparaître ? Il se prend pour qui avec ses « un coup je suis là », « un coup je ne suis plus là » à la con ? Ce mec se fout littéralement de moi avec sa question : *Donc, ça t'a embêtée que je ne sois pas revenu ?* Bien sûr que ça m'a dérangée, Kael. Comme tu t'y attendais.

La nuit dernière, il s'est confié à moi, il a baissé sa garde et m'a entrouvert sa porte. Il me parlait. Il m'écoutait. Il rigolait. Et ce moment où il a commencé à retrousser son jean... Nous étions tellement proches, et d'un seul coup, il est redevenu un étranger, l'ami du mari d'Élodie.

Je ne veux plus jamais le revoir.

J'ai besoin de le voir.

Je ne veux absolument pas savoir où il s'est rendu la nuit dernière.

J'ai besoin de le savoir.

Je n'aurais jamais dû accepter qu'il reste, le soir où Élodie l'a ramené à la maison. Je n'aurais jamais dû l'emmener dîner chez mon père. Et je n'aurais certainement pas dû lui proposer de m'accompagner à cette fête.

Je déteste ressentir toute cette colère et ces regrets. Comment ose-t-il me mettre dans un état pareil ?

Que ça me serve de leçon. Souviens-toi de tout ça, Karina, tout au long de ta journée.

Ma journée ! Merde !

Je dois aller travailler. Je regarde aussitôt mon portable pour vérifier l'heure. Il est neuf heures et je dois être au boulot à dix heures. Peu importe que je me sente atrocement mal, il est m'impossible de me faire remplacer au dernier moment. Et puis, j'ai besoin de ces heures pour payer ma dernière facture de téléphone, donc il ne me reste plus qu'à souffrir en silence. J'ai l'habitude. Heureusement, personne n'est programmé après le déjeuner. C'est mon tour de m'occuper des clients sans rendez-vous, finalement, ce n'est pas plus mal, car la plupart des nouveaux clients ne parlent pas beaucoup pendant leur première séance de soins. C'est déjà ça de gagné !

M'extraire du lit est le moment le plus pénible. Le premier du moins. Une fois que c'est fait – ça ressemble davantage à un lamentable plat plutôt qu'à une vraie roulade –, j'enfile mon pantalon, puis mon T-shirt. Je m'empare d'un des élastiques *vintage* sur la commode et remonte mes cheveux en queue-de-cheval tout en me repassant en boucle les événements de la nuit dernière.

Sans vouloir l'admettre, je commence à sentir que cette attirance est addictive. Je suis accro. Il n'y a pas d'autre mot. Son beau visage. Son corps musclé. Sa voix pleine d'assurance. J'adore aussi qu'il ne s'encombre pas de blablas inutiles, comme s'il savait instinctivement ce qui est important. Je vois bien que les autres mecs le regardent avec admiration. Mais que se trame-t-il d'autre ? Comment peut-il passer du mec banal en train de boire une bière à une soirée au soldat hypervigilant et sur ses gardes. Qu'est-ce que Mendoza a bien pu vouloir dire à propos de *son gars* ?

Les ronflements de mon frère lorsque je passe devant sa chambre couvrent la voix de Kael dans ma tête. Je suis soulagée qu'il dorme encore. Je n'avais pas du tout envie de lui parler. Ni à qui que ce soit d'autre d'ailleurs. Juste un petit pipi rapide et je...

– Oh merde ! Oh... Je suis désolée. Je ne savais pas qu'il y avait quelqu'un.

Je me précipite hors de la salle de bains, en essayant de détourner le regard. Est-ce que ça vient vraiment d'arriver ?

Je marche à reculons dans le couloir, ne sachant pas si je dois partir ou attendre qu'elle sorte. Je suis en train de réfléchir au meilleur mode de conduite à adopter dans une telle situation quand la porte de la salle de bains s'ouvre et laisse apparaître Katie.

– Le moins que l'on puisse dire, c'est que tu sais faire une entrée remarquée, pas vrai ?

Elle tient une brosse à dents à la main, et ses cheveux soigneusement peignés tombent parfaitement sur ses épaules.

– Hé, euh, salut. (Comme si la situation n'était pas ultra-gênante !) Euh, je suis désolée.

– Ça devient une habitude entre nous. Je te surprends. Et après, toi tu t'excuses.

Et là, elle se marre. Je dois bien admettre que c'est plutôt drôle.

– Écoute, tout va bien, me dit-elle. Vraiment. Rien de grave. J'ai été prise au dépourvu hier soir. Par ce que tu disais, je veux dire.

– Ouais, à ce sujet...

– Non, pas de problème. Vraiment. En fait, ta remarque sur le fait que je suis encore au lycée n'était pas cool du tout, mais l'autre truc sur ton frère ne m'a rien appris que je ne savais déjà.

– Attends. Tu veux dire ?

– Je ne suis pas stupide, Karina. J'ai beaucoup entendu parler de ton frère. Mais, comme toi, je n'écoute pas tout ce qu'on me raconte.

La sagesse se lit dans son regard. Ses yeux bleus me fixent intensément. Elle n'a plus rien d'une lycéenne maintenant.

Je ne sais pas si c'est ma cuite de la veille ou le choc de tomber sur elle comme ça de bon matin, mais c'est quoi ce bordel ?

– Ce qui veut dire ?

– Peut-être une autre fois, ok ? La soirée s'est terminée tard.

STARS

Elle s'interrompt pour s'étirer de manière exagérée, faisant remonter son T-shirt *oversize* assez haut pour me dévoiler que l'infirmière Katie aurait bien besoin de se faire faire le maillot.

– Je suis crevée et j'ai vraiment envie de retourner me coucher. Et puis, ajoute-t-elle, il fait frisquet ici.

À ces mots, elle tourne les talons et part rejoindre mon frère.

QUARANTE-NEUF

Quand je rentre, Élodie n'est pas à la maison. Je ne me rappelle plus si elle travaille aujourd'hui – c'est à peine si je me suis souvenue que *moi-même* je travaillais – et je n'ai pas vérifié si sa voiture était garée dans l'allée.

Je prends une douche rapide, mais je me sens toujours aussi vaseuse quand j'en sors. Brien conservait toujours dans sa chambre un kit de survie pour les lendemains de cuite. Des comprimés de Tylenol extraforts pour le mal de crâne. Du Benadryl pour camoufler les poches sous les yeux. Du Pedialyte pour renforcer les minéraux essentiels. Et du Citrate de bétaïne pour soulager les maux d'estomac. Un vrai petit scout dépravé, toujours prêt à pallier toute éventualité. Je donnerais tout ce que j'ai pour un peu de Tylenol, là, tout de suite. Arrêter de penser à l'ex-petit ami, prendre des médocs, voilà le bon plan. Je retourne toute la maison, sans résultat. Je fouille même dans le tiroir qui contient les sachets de sauce soja et les baguettes, juste au cas où des comprimés de Tylenol et d'Advil en emballages individuels se trouveraient là. Je me fiche complètement qu'ils soient périmés. Aucun comprimé d'aucune sorte, mais un de ces vieux biscuits chinois[27] que je casse en deux.

---

27. Également appelés *fortune cookies*, car ces biscuits emballés contiennent un petit message.

Nul besoin de forcer pour lâcher prise.
Il vous suffit de comprendre.

En fait, cher fabricant de *fortune cookies*, j'ai surtout besoin d'aspirine.

Je me prépare un café et m'installe à la table de la cuisine, les yeux dans le vide. Ma mère, mon père, Austin, Kael – tous les facteurs de stress de ma vie semblent peser sur moi, très lourdement. Ils appuient sur mes épaules et contractent tous les muscles de mon dos. J'ai envie de me cogner la tête contre les murs, de pleurer ou de hurler. Mais je dois partir travailler et, comme tout le monde aime me le rappeler, je suis responsable.

Une chose après l'autre, je me dis à moi-même. Pose un pied devant l'autre et fais ce que tu as à faire. Ce n'est que comme ça que tu arriveras à bout de cette journée.

Grâce à ces petits encouragements mentaux, j'arrive à sortir de chez moi et à descendre la ruelle menant à l'institut. Les portes sont ouvertes quand j'arrive, le signal lumineux OUVERT clignote dans la vitrine. Mali est derrière l'accueil, en train de s'occuper d'un homme et d'une femme d'une cinquantaine d'années venus ici pour un massage en couple. Je suis soulagée d'arriver au moment où ils sont escortés vers la cabine, comme ça je n'ai pas à m'en occuper. Elle a l'air ravie. Lui semble agacé, comme si sa femme l'avait traîné ici dans l'espoir d'améliorer leur relation de couple ou je ne sais quoi d'autre. C'est toujours comme ça. C'est la raison pour laquelle les massages en couple sont ceux que j'apprécie le moins. J'aime encore mieux masser les talons tout rugueux et calleux d'un client, et Dieu sait pourtant que je déteste faire ça.

– Belle journée ma chérie ? me demande Mali en revenant. Ou pas tant que ça ? surenchérit-elle tout en scrutant mon visage.

Elle arrive toujours à lire en moi comme dans un livre grand ouvert.

– Gueule de bois, je lui lâche pour lui faciliter la tâche.

Je me dis que c'est mieux d'admettre ne serait-ce que la moitié de mes problèmes. Elle inspecte mes cheveux mouillés, mon visage boursouflé et mes yeux cernés.

– Humm.

C'est tout ce qu'elle me rétorque. La journée risque d'être longue si même Mali commence à me taper sur les nerfs.

– Élodie est là ? je demande.

Je n'arrive pas à voir le planning, de là où je me trouve.

– Oui, et à l'heure, me répond Mali, en hochant la tête d'un air de satisfaction et peut-être pour m'envoyer une petite pique, mais pourquoi, je ne saurais le dire.

Mon premier client arrive à une heure.

– Elle n'est pas tout le temps en retard...

– Ton client arrive, m'interrompt Mali en regardant vers la porte.

– Je n'ai pas de client avant...

– Faux, dit-elle. Regarde le planning. Là.

Elle pointe du doigt le nom gribouillé sur la fine ligne bleue qui indique dix heures.

– Quelqu'un a déplacé son rendez-vous ? Je n'arrive pas à lire.

La clochette retentit derrière mon dos, et Mali se retourne pour s'adresser au client de sa voix la plus mielleuse.

– Mikael ? Pour une heure de massage des tissus profonds à dix heures ? C'est bien vous ?

Quand je me retourne sur Kael, je manque m'étrangler.

Effectivement, il est là, dans son T-shirt gris et son jogging noir qui lui moule les jambes, avec un gros logo Nike au niveau de la cuisse. Il a l'air épuisé ou encore bourré. Comme moi.

– Kael, je prononce à voix haute comme si j'avais besoin de me convaincre qu'il se tient vraiment là devant moi, immobile.

– Hé, me répond-il.

Hé ?

Est-il venu ici pour me parler ? Ou pour se faire masser ? Ou les deux ?

C'en est trop pour moi.

Patiemment il attend, le temps que je reprenne mes esprits et vérifie son nom sur le planning. Je fixe Mali jusqu'à ce qu'elle s'éclipse – à contrecœur – un petit sourire aux lèvres. Les yeux sur Kael, je me repasse mentalement tous les événements des dernières vingt-quatre heures.

J'essaie de me convaincre qu'il ne me plaît pas plus que ça. Cette espèce d'addiction est absurde. C'est uniquement parce que je n'ai pas eu de contact physique avec le sexe opposé depuis longtemps qu'il est entré dans ma tête. Je me sens seule, c'est tout. Tout le monde se sent seul. C'est un sentiment humain.

– Par ici.

Ma voix est détachée, professionnelle. Il n'est pas le seul à savoir jouer les distants. Au moment où je tire sur le rideau pour entrer dans ma cabine, Élodie surgit dans un coin de la pièce, comme un petit diable français à ressort.

– Coucou ! dit-elle d'une voix aiguë et enthousiaste.

Elle me fait tellement flipper que je fais un bond, m'éloignant de Kael.

– Je suis partie avant que tu ne sois réveillée. Je devais...

Elle s'interrompt quand elle remarque qui est le client avec moi.

– Kael ? Salut !

Elle s'approche pour lui faire la bise, alors je m'écarte de son chemin. En fait, je me retrouve dos au mur.

Une métaphore tout à faire appropriée à cet instant,
je trouve.

– Élodie. Comment ça va ?

Ils discutent un petit moment. Une simple
conversation banale et informelle. Mais lorsqu'il pose
ses mains sur ses épaules – un geste amical et tout à fait
convenable –, je sens une vague de colère monter en moi.
C'est là que je comprends que j'ai complètement perdu
la boule.

– J'ai faim quasiment tout le temps. Comme si
je n'étais jamais rassasiée, lui dit-elle en rigolant.

Kael lui renvoie son sourire, et j'apprécie qu'il ne
rigole pas avec elle. Yep. Complètement perdu la boule.
Elle se retourne vers moi, mais j'évite son regard. Elle
doit se demander ce qui cloche.

Comment pourrais-je lui en parler si je ne le sais pas
moi-même ?

– Bon, eh bien, à plus tard, dit Élodie en retournant
auprès de Mali.

J'entre dans la cabine sans même jeter un regard
à Kael. D'habitude, je suis bien plus polie avec les clients,
je ne me permettrais jamais de leur tourner le dos.
Mais c'est pourtant ce que je viens de faire. Le laisser
me suivre du regard. Lui faire sentir ce que ça fait
de voir le dos de quelqu'un juste avant qu'il ne disparaisse
derrière une porte.

Cinquante

La cabine est plongée dans l'obscurité, alors je décide d'allumer quelques bougies. Ça fait partie de ces petites tâches agréables qui m'aident à bien démarrer la journée. Presque comme un rituel. Mali met à notre disposition quelques briquets dans chaque cabine, mais je préfère les allumettes. J'adore le petit scratch quand la tête d'allumette vient frotter contre la paroi rugueuse de la boîte, cette toute petite explosion qui permet à la flamme de prendre vie. Tellement mieux que le *clic, clic, clic* nerveux des briquets.

Je remarque que Kael reste juste devant l'entrée. Il est sûrement en train d'évaluer le chemin le plus court vers la sortie ou peut-être même d'envisager un moyen de pouvoir s'enfuir rapidement. Qui sait? Je continue de l'ignorer en allumant les bougies. Parfum citron, de chez *Bath and Body Works*.

– Je reviens dans quelques minutes, le temps que tu te déshabilles.

Mais il commence à tirer sur son T-shirt avant même que j'aie le temps de sortir. J'émets un petit grognement offusqué et me retourne face au mur. J'arrive à percevoir les mouvements vifs des articulations de ses épaules lorsqu'il fait passer son T-shirt par-dessus sa tête.

– J'aurais pu sortir.

– J'ai juste à retirer mes chaussures et à enlever mon T-shirt, me répond-il.

Il n'en reste pas moins un client, indépendamment de ce qui s'est ou ne s'est pas passé entre nous. Indépendamment de ce que je ressens. Comme si je savais ce que je ressens Je n'ai pas du tout l'intention d'avoir un comportement inapproprié avec lui sur mon lieu de travail. Si cela s'était produit en dehors de cette pièce, je l'aurais déjà giflé depuis longtemps. Mais ici, eh bien, mon job consiste à soigner les gens, pas à les blesser.

Je continue de fixer le mur violet foncé et essaie de me le représenter en bleu marine. Je n'ai toujours pas décidé de la couleur dans laquelle je veux le repeindre, mais Mali m'a donné son feu vert hier et je considère ça comme une grande victoire dans cette semaine infernale. L'arôme sobre et masculin de la bougie est en train de se diffuser doucement dans la pièce et je sens déjà ma respiration ralentir. Je contemple la flamme jusqu'à ce que j'entende le grincement de la table et le léger froissement du drap. Je compte jusqu'à dix, une fois qu'il a cessé de bouger.

– Même pression que la dernière fois ? je lui demande.

Il est allongé sur le dos, le visage et le ventre découverts. La fine couverture et le drap sont remontés jusqu'à ses hanches.

Il acquiesce. Parfait. C'est reparti. Ses yeux sont grands ouverts et suivent chacun de mes mouvements dans la pièce.

– D'habitude, je commence par le dos, ce qui veut dire que le client est allongé sur le ventre, je lui fais remarquer.

– Le client, dit-il. Ah oui ! C'est moi.

Kael se retourne et enfonce son visage dans la têtière. Je prends une serviette chaude dans le chauffe-serviette et tente de penser à lui simplement comme à mon rendez-vous de dix heures ; mais c'est juste impossible, vraiment. Est-il en train de jouer avec moi ? Ça m'en a tout l'air.

Je dispose la serviette chaude sur son dos. La chaleur humide aide à détendre les muscles et à optimiser l'efficacité du massage. Je prends une autre serviette chaude et la fais glisser le long de ses bras et de ses pieds. En silence, je me concentre sur la douceur de sa peau, m'imprègne de son odeur : cèdre et feu de camp, je crois. L'odeur d'un savon sans aucun doute. Kael n'est pas du genre à utiliser du gel douche.

Je commence à faire couler de l'huile de menthe poivrée dans le creux de ma main, mais j'interromps mon geste quand je me rappelle qu'il n'en a pas voulu lors de sa première séance – ce *non* laconique ayant d'ailleurs été la première monosyllabe d'une longue série. Je frotte mes mains l'une contre l'autre pour les réchauffer, même si j'aurais adoré le surprendre avec mes doigts gelés sur sa peau toute chaude. Une petite revanche personnelle pour le manège dans lequel il m'a entraînée.

Je sens que je recommence à m'énerver. En fait, je suis à deux doigts de lui dire de dégager de cette table et de foutre le camp, ou du moins de lui demander des explications. Je regrette déjà de m'être autant confiée à lui. Toutes ces choses qu'il sait au sujet de ma mère, de mon père... de moi. Je branche la musique sur mon portable : Banks. Laissons sa chanson exprimer à Kael que j'en ai marre de ses petits jeux. Je m'assure que le volume de la musique soit assez fort pour qu'il entende bien les paroles, mais pas trop quand même pour ne pas déranger les autres clients. Vous voyez – toujours rester professionnelle.

Le bas de jogging de Kael est délavé et l'ourlet en bas est pratiquement violet à force d'avoir été lavé. Ça arrive avec le coton noir, il vire pour prendre la couleur d'une aubergine. Super. De nouveau, j'ai un flash de nous, rien que nous deux. De Kael en train d'enlever son armure émotionnelle. Débarrassé de ses gardes du corps invisibles.

Quand je lève les yeux, tout autour de moi semble être enveloppé d'un halo violet. Pourquoi suis-je donc entourée de violet? Là, je me sens fière d'avoir sept cerveaux dans la tête, chacun d'eux réfléchissant à différentes choses en même temps. C'est mon propre petit système de diffusion en continu et, Dieu soit loué, je peux changer de chaîne à tout moment pour faire en sorte que les cinquante-cinq prochaines minutes ne soient pas trop gênantes, pour chacun de nous.

Comédie? Drame? Bricolage?

Fais ton choix, Karina.

Ça me fait du bien de penser à autre chose pendant que je lui masse la plante des pieds, que je fais glisser lentement les paumes de mes mains le long de ses mollets. Tylenol. Je ferai un arrêt à la pharmacie après le travail pour m'en procurer. De quoi d'autre ai-je besoin, de shampooing? J'essaie de retrousser légèrement le bas de son pantalon, mais il est trop resserré en bas, je n'y arrive pas. Il est en train de tirer sur son jogging lorsque son portable sonne, mais il ne répond pas. Je n'ose pas être assez indiscrète pour lui demander qui c'était.

Je suis sur le point de lui dire que la plupart de mes clients préfèrent garder leur portable éteint, qu'ils trouvent les interruptions sonores dérangeantes. Mais qu'est-ce que je raconte. Kael n'est pas comme la plupart de mes clients.

Je remonte sur sa cuisse, puis fais glisser mes mains sur son dos nu. J'essaie de réfléchir au film que je vais regarder une fois que je serai affalée sur le canapé après le boulot, mais c'est difficile de penser à autre chose qu'aux muscles de ses épaules, si saillants sous sa peau douce et sombre. Je sens un nœud, là, juste en dessous de son omoplate, qui doit être douloureux lorsque j'appuie dessus.

– Ça fait mal ? je lui demande.

– Oui, me répond-il.

– Mais tout le temps ou seulement maintenant ?

– Il y a une différence ?

– Oui.

J'enfonce les côtés de mes deux pouces dans son muscle.

– Oh, oui. Ça me fait mal tout le temps.

– Pourquoi tu ne m'as rien dit avant ?

Je ne me souviens pas de l'avoir senti, mais il est impossible qu'il ait développé ça en l'espace d'une semaine.

– Pourquoi l'aurais-je fait ?

J'aurais aimé voir l'expression de ses yeux au moment où il me demande ça.

– Peut-être parce que ça fait mal ?

J'appuie plus fort que la normale et il gémit. Je sens les tissus se relâcher sous la pression de mes doigts.

– Ou parce que je t'ai posé la question ?

– Tout me fait mal, murmure-t-il. Mon corps tout entier. Tout le temps.

CINQUANTE ET UN

J'adore mon travail. Mais je déteste les stéréotypes. J'ai bossé dur pour devenir massothérapeute, j'ai suivi des cours d'anatomie, de travail corporel, de physiologie et même de psychologie et de techniques de déontologie commerciale. J'ai pratiqué un nombre incalculable d'heures, passé mon exam de *Massage & Bodywork* et obtenu mon diplôme. Et malgré tout ça, je dois encore et toujours supporter les blagues classieuses sur les *Happy Endings*[28].

Je me souviendrai toujours de la première fois que quelqu'un a laissé entendre que je n'étais qu'une prostituée en blouse. Une lueur avait brillé dans ses yeux quand je lui avais dit que je travaillais dans un salon de massage. J'étais assise dans un coffee-shop, tranquillement en train de déguster un latte, plongée dans un livre, quand ce type plus âgé s'est installé près de moi pour me demander ce que je lisais. Nous avons un peu discuté, il avait l'air plutôt sympa. Jusqu'à ce que, bien entendu, nous soyons amenés au détour de la conversation à parler de ce que nous faisions dans la vie. Il m'avait dit qu'il était avocat dans un prestigieux cabinet. Je voyais bien qu'il essayait de m'impressionner en lâchant, l'air de rien, le nom

---

28. Un massage avec *Happy Endings* est un massage qui se termine par une masturbation.

de quelques-uns de ses gros clients et en évoquant combien il facturait ses heures.

Je lui avais répondu que j'étais massothérapeute, fraîchement diplômée, et que j'étais très excitée à l'idée de démarrer ma carrière. Je lui avais parlé de la santé et du bien-être, de la connexion entre le corps et l'esprit, et du secteur en pleine croissance de la thérapie par le massage quand je l'ai vu hausser les sourcils, se pencher vers moi et me chuchoter à l'oreille, «Oh, tu es... *massothérapeute*!» Son message était très clair, tout comme ses intentions. Mais même sans parler de ces vieux pervers et de leurs propositions salaces, je dois quand même faire face aux vannes habituelles de mes amis et de ma famille – ce qui est peut-être pire en un sens.

La plupart des clients sont respectueux et semblent très bien comprendre que peu de prostituées se cachent derrière le titre de massothérapeute. Il y a eu récemment une descente de flics dans un petit salon, de l'autre côté de la ville, qui nous a toutes un peu secouées. J'avais postulé là-bas juste avant que Mali ne m'embauche, j'en ai eu des frissons rien que d'y penser. J'en ai encore plus de reconnaissance pour Mali, si c'est possible. Pour sa façon de mener sa petite barque et de veiller sans cesse sur nos intérêts.

J'adore mon travail. Être capable de soulager les douleurs et d'apaiser les gens rien qu'en utilisant mes mains. Soigner les gens, leur apporter un réconfort, à la fois mental et physique. Cette carrière est ma passion, et savoir que cette branche que j'aime tant se trouve ternie, juste à cause de quelques détracteurs, m'énerve au plus haut point. Jamais je ne ferais partie de ceux qui prennent des risques, qui franchissent les limites du politiquement correct, que ce soit pour de l'argent ou par simple désir physique. Alors, je lutte pour tenter de rester concentrée sur le soin que je suis en train de lui prodiguer, sans jeter ne serait-ce qu'un coup d'œil innocent sur le corps de Kael, même si c'est dur.

STARS

À présent, il est allongé sur le dos, les bras le long du corps. Je prends une profonde inspiration. Je ne regarderai pas sa peau nue.

Je n'ai jamais considéré un client de cette manière et ce n'est pas aujourd'hui que ça va commencer. Bon, c'est déjà le cas, mais il est hors de question que ça continue. J'essaie de me servir de la physiologie pour me distraire, et commence à me remémorer les noms de tous les muscles pectoraux. Le grand pectoral. Le petit pectoral. Le dentelé antérieur. Je me souviens d'avoir appris en cours que les femmes étaient biologiquement constituées pour être attirée par les hommes au buste et aux épaules puissants, un truc relatif au taux de testostérone. Alors, ce n'est pas de ma faute, du tout. C'est biologique.

La voix de Kael perce l'obscurité et me surprend :

– J'adore cette musique.

– Merci, je lui réponds.

J'ai envie de lui dire que Kings of Leon est mon groupe préféré de tous les temps et que leur premier album n'est pas loin d'être un chef-d'œuvre à mes oreilles. Mais j'en ai assez de me confier à lui.

Une fois que j'ai terminé de masser le haut de sa cuisse par-dessus son jogging, je contourne la table pour me positionner à l'autre extrémité, là où repose sa tête. Mes doigts cheminent sur son cuir chevelu, puis exercent des petits points de pression sur la peau douce de sa nuque. Ses yeux, restés fermés lorsque je m'occupais de ses jambes, commencent tout doucement à s'ouvrir.

M'a-t-il surprise en train de fixer les traits marqués de son visage, la courbe subtile de ses lèvres ? Je refuse d'être celle qui brise la glace aujourd'hui. Il m'a laissée en plan si brusquement hier soir, sans prévenir ni me fournir d'explication. Et il a le culot de se ramener ici et d'agir comme si rien ne s'était passé ?

Voilà peut-être la raison pour laquelle je suis si contrariée : parce qu'il ne s'est rien passé.

Je fais redescendre mes doigts sur son torse, en effectuant de petits cercles sur toute la surface. De cette manière, je sens ses muscles tendus se relâcher sous mes doigts. J'arrive presque à sentir la tension s'évacuer par tous les pores de sa peau.

– Tu es bien silencieuse aujourd'hui, me dit Kael.

Mes mains s'arrêtent de bouger.

– Tu n'as rien dit non plus, je réplique.

– Je viens tout juste de dire que la musique me plaisait.

Je lève les yeux au ciel en me pinçant les lèvres.

– Tu as envie de dire quelque chose, je le vois bien.

– Oh ! tu le vois bien. Ah oui, c'est vrai. J'avais oublié. Tu me connais si bien. (Le sarcasme est le meilleur allié des filles.) Qu'est-ce que tu fais ici, d'abord ?

– Tu savais que je viendrais.

– Tu m'as dit que tu voulais te faire masser. Tu ne m'as pas dit quand. Tu ne m'as pas donné d'horaire, rien.

Il reste silencieux, le temps de quelques mesures de musique.

– Ouais, c'est bien ce que je pensais, je lui réponds en serrant les dents.

La main de Kael surgit alors de dessous la couverture, ses doigts agrippent mon poignet. Ses yeux sont comme deux lacs profonds d'où je ne peux m'extraire. Je ne bouge pas d'un pouce. Tout s'arrête. Même ma respiration. Intense ne suffit pas à décrire ce que je ressens à cet instant.

– Pourquoi tu ne me dis pas tout simplement ce qui se passe dans ta tête, Karina ?

Je ne réfléchis pas avant de lui répondre.

– Il y a trop de choses.

Je reste à côté de lui, mes hanches alignées au niveau de son torse.

– Trop...

Ses doigts sont si chauds, pressés contre mon pouls. Il doit sentir mon cœur battre dans sa main.

– Laisse-toi aller, me dit-il, presque dans un murmure.

Ses pupilles paraissent tellement noires à la lueur des bougies, elles me sondent, attendent mes paroles. Mon côté suspicieux me dit qu'il cherche autre chose, qu'il cherche ma faille.

– Pour que tu disparaisses ? je lui assène.

Ses yeux se ferment, ses cils épais recouvrent pratiquement le haut de ses pommettes. Je n'arrive pas à croire qu'à un certain moment, je l'ai regardé sans arriver à voir à quoi il ressemble vraiment.

– Ok, c'est mérité, dit-il. Je mérite de m'en prendre plein la tête. Alors, vas-y.

Il ouvre les yeux. Je soupire et tente de dégager ma main qu'il n'a toujours pas lâchée. Il l'agrippe un peu plus fort, mais je continue de tirer dessus.

– Qu'est-ce qu'on est en train de faire ? je lui demande.

Il y a tant de choses que j'aimerais lui dire. Tant de choses que j'aimerais lui demander. Mais mes pensées butent sur les mots. Je n'ai aucune idée de ce qui reste enfoui dans sa tête. Je ne sais même pas par où commencer.

– Nous sommes en train de discuter. Enfin, c'est ce que tu t'apprêtais à faire.

– Je suis sérieuse. Pourquoi tu es venu ici ?

Quand je m'écarte de la table, il se redresse avant de se tourner vers moi. Il me fixe. Pas de mots, juste ce regard.

– Ah ! ça y est, tu recommences !

Je parle assez fort pour qu'il puisse m'entendre malgré la musique, mais pas trop pour que personne d'autre ne le puisse en dehors de cette cabine.

– Écoute...

Son dos se raidit. Sa main se lève comme s'il cherchait la mienne, mais il la laisse retomber avant que je puisse décider quoi faire.

– ...Je suis désolé d'être parti comme ça la nuit dernière. Quelque chose quelque chose est arrivé à mon ami et j'ai dû partir. Je n'aurais jamais dû m'en aller comme ça, mais je (il parle comme si les mots lui étaient arrachés de la bouche)... je ne peux pas te dire pourquoi. Mais il fallait que j'aille le rejoindre.

– Si ton ami avait besoin de toi, pourquoi ne pas me le dire tout simplement ? J'aurais compris.

Il hausse des sourcils.

– Je ne sais pas. J'ai flippé, je suppose ?

Il baisse le regard vers ses mains.

– Je... euh... je ne suis pas le meilleur pour ce genre de choses.

Kael bute sur les mots.

– Moi non plus.

Je fais les cent pas dans la cabine, vaine tentative pour rester loin de lui. Je continue :

– Et je ne pose même pas la question de savoir si on sort ensemble ou quoi que ce soit, simplement je n'ai pas de place pour ça dans ma vie en ce moment. Tu apparais et tu t'en vas. J'ai suffisamment connu ça toute ma vie, je n'ai pas besoin de le revivre.

– Ce n'est pas mon intention de faire des va-et-vient.

– Dans ce cas, quelle est exactement ton intention ?

Ses épaules s'affaissent en signe de défaite.

– J'aimerais bien le savoir. Honnêtement, Karina, c'est à peine si je sais quel jour on est. Je suis perdu moi aussi. Rencontrer quelqu'un est littéralement la dernière chose à laquelle je m'attendais.

– C'est ce que je suis ? *Quelqu'un que tu as rencontré ?*

– Je ne sais pas non plus ce que c'est. Mais ce que je sais, c'est que j'ai fait au moins quatre fois le tour du pâté de maisons pour me convaincre de ne pas venir ici. (Il me regarde en prononçant ces mots.) Mais je suis là.

Pour une fois, c'est moi qui reste sans voix.

CINQUANTE-DEUX

Quelquefois, on n'a pas besoin de parler. Quelquefois, tout est fluide et il est alors possible de partager une même pièce ou un même moment sans avoir besoin d'occuper l'espace avec des mots. Des moments où tout est parfaitement en ordre. Celui-ci n'en fait pas partie.

L'ambiance est à couper au couteau.

Kael doit le sentir aussi.

– J'ai dépensé beaucoup d'argent en massages récemment, dit-il en essayant de relancer la conversation.

– Disons que tu prends soin de toi, je réponds.

Nous rigolons tous les deux, et je me sens soulagée. La manière dont nos deux rires se confondent sonne comme une douce mélodie. C'est exactement le genre de moment que j'aimerais conserver dans une fiole pendue autour de mon cou, comme Angelina Jolie garde le sang de ses amants.

Ok, c'est une idée très bizarre. Pourquoi mes pensées passent-elles du coq à l'âne comme ça ?

– Si ça peut t'aider, dit Kael, sache que je regrette.

– D'être parti hier soir ? je demande pour préciser.

Il acquiesce de la tête et bascule ses longues jambes musclées sur le côté de la table. Je suis surprise qu'elles ne touchent pas le sol.

– J'avais envie de rester avec toi, dans cette chambre, à t'écouter me raconter tes histoires. J'adore quand tu me racontes des histoires... Je pourrais t'écouter pendant des heures, dit-il.

Je monte le volume de la musique d'un cran pour couvrir nos voix. « The Hills[29] » est clairement en train de nous narguer tous les deux. Voix éraillée et mélodie pleine de suspense, la chanson est parfaitement adaptée à la situation et comble notre silence.

I love it when...

– Alors, pourquoi tu ne l'as pas fait ? je finis par lui demander.

– C'est à cause d'un truc avec une relation.

L'expression du visage de Kael change.

– Une relation ? je lui demande avec un déclic. Oh, tu as une...

– Pas ce genre de relation, dit-il.

Il veut me rassurer et c'est plutôt agréable. Un courant électrique me traverse.

– Un de mes potes vit une sale période en ce moment. C'est, euh... sa femme m'a appelé et j'ai dû me rendre là-bas.

Le visage de Kael est complètement figé.

Je suis troublée. Il est en train de se livrer à moi, mais j'ai besoin d'en savoir davantage.

– Donc, je te repose la question, si tu avais besoin d'aider un ami, pourquoi ne pas m'en avoir parlé ? J'aurais compris si tu me l'avais dit...

Il me coupe la parole.

– Ce n'est pas à moi de raconter les histoires de Mendoza.

– Mendoza ?

Je traverse la pièce et m'arrête pile devant Kael. Il lâche un soupir et se mordille les lèvres.

29. Chanson du groupe The Weeknd.

STARS

– Ce n'est pas mon rôle, Karina. Je n'en parlerai pas.

J'apprécie sa loyauté envers son ami. Vraiment. Mais ne suis-je pas son amie moi aussi ? Ne suis-je donc personne à ses yeux ? Apparemment non.

– Comme si ça changeait de tes habitudes. Toi qui refuses de parler.

J'ai envie que mes mots provoquent un électrochoc ou lui donnent ne serait-ce que quelques sueurs. Ils ne font ni l'un ni l'autre.

Il me regarde comme s'il était en train de passer au détecteur de mensonges et que je venais de lui demander comment il s'appelle ou si le ciel est bleu. Content de lui. Sûr de lui. Sacrément calme.

CINQUANTE-TROIS

Il n'est pas encore midi et pourtant j'ai déjà hâte que la journée se termine. Comment ose-t-il se pointer ici et compliquer ainsi ma vie ? Tout ce que je demande, c'est une vie normale. Un boulot sympa. Une belle maison. Un mec bien. Les gens autour de moi ont tous droit à ça. Pourquoi pas moi ?

Je prends une grande inspiration et tente de me calmer un peu. Mais je fais attention à ne pas me morfondre. Pas devant lui. Pas une fois de plus.

– C'est bon, tout est dit ? je lui demande.

Il hausse les épaules.

– Il me reste encore dix minutes, dit-il en me montrant son portable pour preuve.

– Très bien. Mais dans ce cas, tu dois te comporter comme un client normal. C'est mon travail et, contrairement à toi, je peux me faire virer.

Kael détourne le regard et le pose sur le mur derrière moi. Il observe l'étagère où sont disposées mon enceinte et les serviettes propres. Près des serviettes, dans un petit cadre en bois, se trouve une photo d'Austin, Sammy et moi. Elle a été prise lors du bal de fin d'année de notre première année universitaire. Sammy et Austin étaient venus ensemble, leur seconde tentative d'être en couple. Quant à moi, je m'y étais rendue seule.

Sammy et moi étions toutes les deux très apprêtées pour la soirée. Sa robe était rouge scintillant avec un grand décolleté dans le dos. La mienne était violette, si je me souviens bien. Un dégradé de violet. Le décolleté était d'une couleur pâle, presque mauve, mais la couleur évoluait le long de la robe qui drapait mon corps, passant d'un violet clair à un violet foncé jusqu'à l'ourlet qui semblait avoir été trempé dans l'encre. Nous avions acheté nos robes chez *JC Penny*, mais avions gardé les étiquettes pour pouvoir les rapporter le lendemain.

– Très bien. Client normal. J'ai compris, dit-il.

Il est en train d'essayer de briser ma carapace, mais ça ne marche pas. Il hausse les épaules et se rallonge sur le dos. Cette fois, je fais ce que j'ai l'habitude de faire avec les nouveaux clients ou ceux qui arrivent à l'improviste, je dépose une serviette éponge sur ses yeux.

Je baisse le volume de la musique et attrape son bras droit. Je le secoue doucement au niveau du coude, puis tire dessus délicatement, ce qui a pour conséquence de faire bouger les muscles épais de son dos. Puis je m'attaque à ses biceps. Ils ne sont pas volumineux de manière artificielle, gonflés aux protéines et aux séances de muscu quotidiennes. Je les sens solides et je sais que c'est le fruit du travail physique intense des entraînements de l'armée.

Je me sers de mon avant-bras pour exercer de petites pressions sur le nœud juste en dessous de son biceps, là où il a une cicatrice qui ressemble à un *M* inachevé. La peau rosée est boursouflée et douce. Il me faut un effort surhumain pour ne pas la caresser encore. J'essaie de ne pas penser à la douleur qu'il a dû ressentir quand c'est arrivé, quelle que soit l'arme qui a lacéré son corps.

La cicatrice est profonde, comme provoquée par la pointe d'un couteau dentelé. J'ai mal pour lui. Je fais glisser mes doigts le long de ses avant-bras, la partie de son corps qui est la plus pigmentée. Il a le teint buriné d'un soldat, semblable à celui d'un fermier, mais en pire, parce qu'eux, ils sont dans le désert à rôtir au soleil. Je prends sa main pour la mettre dans la mienne et presse mon pouce contre la chair de sa paume, je maintiens la pression. Je sens ses doigts se relâcher et applique cette même pression sur toute la surface de sa paume.

Était-ce seulement la nuit dernière que nous étions assis ensemble, l'un à côté de l'autre, sur mon lit de petite fille ?

Je repense à Mendoza et me demande s'il va bien. Il n'était pas parti depuis bien longtemps lorsque Kael a reçu ce coup de téléphone. Il n'a dû se passer que vingt minutes avant que Kael parte et, si son ami vit dans une base proche de celle mon père, il n'a pas pu être chez lui avant quinze minutes. J'espère qu'il n'a pas conduit.

– Ça, ça fait tellement de bien, me dit Kael quand je plie ses poignets, pressant la peau sur les côtés tout en tirant légèrement dessus.

– Je viens juste de l'apprendre, je lui réponds.

– Vraiment ?

– Ouais, j'ai regardé une vidéo sur YouTube et je me suis d'abord entraînée sur moi. C'est tellement agréable. Surtout pour les gens qui se servent quotidiennement de leurs mains.

– Attends une seconde, tu as appris ça sur YouTube ? me demande-t-il en décollant légèrement la tête de la table.

Je remets la serviette sur ses yeux et appuie doucement sur son front avec mes mains pour qu'il se rallonge.

– Oui. C'est très utile.

– Tu es une vraie *millenial*.

– Comme toi.

Je repose son bras le long de son corps et me déplace de l'autre côté.

– Techniquement, oui. Rassure-moi, tu as un vrai diplôme, tu n'as pas tout appris sur YouTube ?

– Ah ah ! (Je lève les yeux au ciel.) Bien sûr que j'ai mon diplôme.

Je me rappelle tout à coup que c'est son anniversaire aujourd'hui.

– Bon anniversaire, au fait.

– Merci.

Je poursuis son soin en silence et lui offre même dix minutes supplémentaires. Une fois la séance terminée, il me remercie, me paie, me laisse un bon pourboire et marmonne un adieu timide, comme un bon client.

Le fait qu'il m'ait donné ce que j'ai bien cherché, et que je m'en veuille, me laisse un goût amer dans la bouche.

CINQUANTE-QUATRE

Je n'ai jamais été aussi soulagée d'en avoir terminé pour la journée avec mes clients. Mali me demande d'en prendre un autre, sans rendez-vous, juste après cette horrible séance avec Kael. Je ne sais pas si c'est l'état d'esprit dans lequel je me trouve ou la cliente, mais rien de ce que je fais n'est assez bien pour elle. La pression est trop légère, puis trop forte. Elle me demande s'il est possible d'avoir deux couvertures, car il fait trop froid dans la cabine, mais ensuite elle a trop chaud aux pieds sous les couvertures, alors elle me demande d'en enlever une. Et pour finir, elle me demande d'éteindre la bougie, car l'odeur lui donne mal au crâne.

J'accède à chacune de ses nombreuses requêtes et essaie même de prendre sur moi, malgré son attitude. On dirait une sorte de test envoyé par le destin pour voir si le comportement de Kael est capable d'entacher ma journée ou non. Tout semble toujours me ramener à lui, d'une manière ou d'une autre, alors mon imagination commence à s'emparer d'elle, à lui inventer une vie où elle serait surmenée de travail ou coincée dans un mariage merdique. Peut-être que je suis la seule personne de sa vie sur qui elle puisse se défouler. Mieux vaut passer ses nerfs sur moi que sur ses enfants, ou sa famille, ou encore sur elle-même. Je commence à ressentir de l'empathie pour elle. Ça arrive à tout le monde de passer une mauvaise journée. Même quand elle me dit que mes ongles auraient besoin d'être limés... et qu'ensuite elle part sans me laisser de pourboire. Bon, je l'ai peut-être un peu maudite quand elle est sortie du salon.

Mon client de treize heures est plus cool, Dieu merci. Celle d'après, sans rendez-vous non plus, n'est pas trop mal – une très jolie jeune femme d'un studio de yoga situé à un bloc d'ici. À peine allongée sur la table, elle s'endort, et sa peau est douce, sans tensions musculaires particulières sur lesquelles travailler.

Mais bon, je suis contente que ça s'arrête là pour aujourd'hui et de pouvoir rentrer à la maison. Alléluia. Mali m'a donné une sorte d'Ibuprofène qui a permis d'apaiser le tambour lancinant dans ma tête. Mais quand même, je me sens toujours aussi vaseuse. Je suis anxieuse et frustrée, et rien n'y fait.

Je ne pense qu'à une chose: m'affaler sur mon lit, les volets fermés et la tête sous la couette. J'ai besoin d'obscurité et de calme. Mais quand je tourne au coin de la rue de ma petite maison, je l'aperçois qui m'attend sur le perron.

Mon plus gros problème et mon plus grand réconfort, empaquetés et livrés ensemble directement sur le pas de ma porte.

Kael.

Il semble nerveux, assis là, ses écouteurs vissés sur les oreilles et le regard absent. Il est tellement absorbé dans ses pensées qu'il ne me voit pas approcher.

– Tu es venu te faire rembourser? je lui demande en essayant d'adopter un ton léger.

Ça ne me dérange pas du tout qu'il soit là. Ça ne me rend pas nerveuse. Non, pas le moins du monde. Nan. Pas du tout. Je suis très détendue. Je ne l'ai pas laissé me troubler, pas de la manière dont il l'envisageait.

– Non, pas de remboursement, dit-il en secouant la tête. Je pense que nous devrions terminer notre conversation.

– Ah oui ? Et de quelle conversation tu parles ?

Je m'amuse à faire celle qui ne voit pas du tout de quoi il parle, et il le sait très bien. À jouer au chat et à la souris. Vous savez, comme le font les adultes.

– Celle sur le fait d'avoir rencontré quelqu'un. Tu sais, si on sort ensemble ou pas.

– On ne sort clairement pas ensemble, je m'empresse de lui répondre avec un rire forcé qui sonne faux.

– Ok, alors qu'est-ce qu'on fait dans ce cas ?

– Tu ne le savais pas tout à l'heure, je lui rappelle.

– Toi non plus, réplique-t-il.

Kael tient une orange dans sa main. C'est une grosse orange, avec encore la petite étiquette SUNKIST collée dessus, mais elle paraît minuscule dans sa main. Il est en train de la caresser délicatement avec son pouce, mais il ne l'a pas encore pelée.

– J'ai envie d'en savoir plus sur toi. C'est tout ce que je demande, ok ?

Avec un visage comme le sien, je doute qu'il ait jamais eu à poser cette question. Qui voudrait ne pas lui répondre oui sans même y réfléchir ? Je suis la seule idiote à compliquer les choses. Comment puis-je éprouver une telle attirance pour ce mec et n'être toujours pas sûre de ce que je ressens ? Ou de ce qu'il ressent, lui.

Je le regarde. Impossible de m'en empêcher. Mes yeux observent son corps solide de haut en bas. Il porte un T-shirt Army gris et un sweat noir. C'est injuste d'être aussi sexy dans n'importe quel vêtement.

– Et comment as-tu l'intention de faire ça ? je lui demande.

Il semblerait que je lui ai donné la réponse qu'il attendait. Il paraît satisfait, comme si c'était son plan depuis le début. J'aime savoir qu'il en a un. À l'idée de faire partie d'un de ses plans, je me sens intéressante. Il me donne un sentiment d'importance.

– En te posant des questions personnelles. De quelle autre manière ?

Il est si enjoué soudain, complètement à l'opposé de l'homme sérieux que j'ai connu ces derniers jours.

– Ok. (Je suis quand même sceptique.) Vas-y.

Il m'indique l'espace libre à côté de lui.

– Assieds-toi à côté de moi, au moins. Quel genre de rencard ce serait, sinon ?

– Ce n'est pas un rencard. Nous passons juste du temps ensemble et apprenons à mieux nous connaître. C'est tout.

Cette phrase est plus destinée à moi qu'à lui, mais Kael n'a pas besoin de le savoir. Je m'assieds tout en haut du perron, sur la dernière marche, et laisse mes jambes retomber dans le vide.

– Tu n'arrêtes pas de dire qu'on ne se connaît pas, je vais donc apprendre à te connaître, je te le garantis, m'assure-t-il.

Il est si confiant. Dans ses paroles, avec ce sourire. Et même sa manière de se pencher en arrière sur les marches traduit son assurance. Je reconnais la sensation familière qui m'envahit au fond de mon bas-ventre et jusque dans mes jambes.

– Ok, ok. Assez de bla-bla, pose-moi une question.

La bouche de Kael, lorsqu'il passe sa langue sur ses lèvres en épluchant son orange, est un supplice. Il faut que je détourne mon attention.

– Je n'en ai apporté qu'une, mais on peut la partager si tu veux, dit-il.

J'adore cette version espiègle du bonhomme.

– Quel rencard ! je lui dis sur le ton de l'humour, et il secoue la tête.

– Nan, tu as dit que ce n'était pas un rencard.

– Touchée ! Maintenant pose-moi tes questions ou je mets un terme à ce non-rencard prématurément, je le préviens.

Nous savons tous les deux que c'est une menace en l'air.

– De toute façon, c'est toi qui ne racontes jamais rien sur ta vie.

– Commence, dans ce cas, me propose-t-il.

Je pense à toutes les choses que j'ai envie de savoir sur lui. Il y en a beaucoup trop. La musique ! C'est ce qui surgit dans ma tête en premier. Je vais lui poser des questions sur la musique.

– Quel est ton groupe préféré, que personne ne connaît ?

Il se tourne vers moi, les yeux écarquillés, ravi.

– Il y en a tellement. J'adore les groupes peu connus. C'est principalement ce que j'écoute. Genre Muna. Je viens tout juste de les découvrir. Ils sont géniaux.

– Muna n'est pas un groupe inconnu. Ils ont fait une tournée avec Harry Styles.

Je lui raconte alors à quel point j'adore leur musique, qu'Élodie et moi avons tout fait pour essayer d'obtenir des places pour leur concert, mais qu'elles ont été vendues si vite que j'ai dû prendre quelques clients supplémentaires pour pouvoir m'offrir des billets à la revente.

– Harry Styles, ah oui ? Si tu devais choisir d'aller à un seul concert, quel qu'il soit, ça serait lequel ? me demande-t-il.

Bien vu ! Quel concert je choisirais si je ne devais n'en voir qu'un seul. Alanis Morissette a toujours été ma réponse classique à cette question, pourtant avec Kael je choisis de répondre la première chose qui me vient à l'esprit. C'est tellement libérateur de pouvoir être aussi honnête. J'aime ce qu'il fait ressortir en moi. Je ne lui donne pas la réponse que je sais qu'il attend, je lui dis simplement la vérité.

– Shawn Mendes.

– Shawn Mendes ?

Je sens déjà la vanne arriver, alors j'enchaîne vite avec une autre question :

– Et toi ?

– Moi, eh bien, je serais certainement allé voir soit Amy Winehouse, avant qu'elle...

Il s'interrompt. C'est une belle marque de respect de sa part je trouve. Je souris, en le pressant de continuer.

– ... ou Kings of Leon pendant leur première tournée. À l'époque où ils n'étaient pas encore connus sur les réseaux.

– Je vais te faire une liste de groupes inconnus avant notre prochain... notre prochaine sortie peu importe ce que c'est, je lui dis.

– Notre prochain non-rencard !

Je pense que le mot « prochain » nous rassure tous les deux.

– C'est cà, je lui réponds, à la fois soulagée et excitée.

– Donc, me dit Kael, j'ai une autre question pour toi. Si tu devais décrire Austin en un seul mot, lequel utiliserais-tu ?

– Hum.

Je tapote le bout de mon nez tout en réfléchissant à un seul et unique mot pour décrire mon jumeau.

– Bien intentionné, je finis par répondre. Mais je n'en suis pas certaine. Ce n'est pas le mot que je cherchais. Pas exactement.

Ma réponse lui plaît. Je le vois bien.

– Il a de bonnes intentions, je poursuis. C'est juste qu'il prend toujours les mauvaises décisions.

– Je comprends, dit-il.

Je le sens vraiment sincère.

– À mon tour. Et toi, que dirais-tu de ta petite sœur ?

Son visage se durcit un bref instant, presque comme s'il se l'était représentée. Puis, tout aussi rapidement, il retrouve une expression normale.

Il réfléchit un peu, envisage même de ne pas répondre, je le vois à son visage, mais il finit par répondre.

– Puissante.

– Puissante ? je répète. Quelle jolie manière d'être perçue par quelqu'un, surtout lorsqu'il s'agit de quelqu'un de ta propre famille.

Il hoche la tête.

– Ouais, elle est brillante. Et ne laisse rien se mettre en travers de son chemin. Son lycée est un de ces établissements privés très chics où ils n'enseignent que des matières dans lesquels les étudiants excellent. Son truc à elle, c'est les sciences. Son niveau était assez élevé pour entrer dans ce lycée dès ses neuf ans, mais ma mère ne savait pas conduire et ne l'a pas autorisée à prendre le bus toute seule avant ses quatorze ans. Maintenant, elle le prend seule comme une grande et traverse la ville chaque matin et chaque après-midi.

– Waouh !

C'est tout ce que j'arrive à dire.

Bien sûr, la sœur de Kael est un petit génie des sciences. C'est assez impressionnant et amusant de comparer cette ado prodige qui traverse la ville en bus pour se rendre dans son école pour surdoués avec mon frère qui ne s'attire que des ennuis, même quand il reste à la maison.

– Question suivante ?

C'est au tour de Kael de changer de sujet.

Je lui pose une question simple :

– Qu'est-ce que tu aimes faire de ton temps libre ?

– Me faire masser, me répond-il en souriant. Et bricoler dans ma maison. J'ai acheté un duplex pendant que j'étais en mission. Tu te souviens quand tu m'as conduit au parking pour récupérer mes clés ? Elles étaient censées être là. Bref, j'ai acheté ce duplex entièrement à rénover et, en ce moment, je suis en train d'aménager l'étage vide pour pouvoir le louer, en prenant mon temps pour retaper celui où j'habite. Après, je pourrai emménager dans un autre, et ainsi de suite. Et peut-être finir à Atlanta quand je le pourrai.

– J'ai acheté ma maison pour la même raison, je lui réponds.

Il prend un quartier d'orange. De là où je suis assise, je sens son goût sucré. L'eau me monte à la bouche.

– Enfin, pour la partie restauration. Je ne pouvais plus supporter de vivre avec mon père et sa femme, j'ai donc trouvé cette petite maison sur le Net et je la rénove doucement, je veux dire douuuuucement.

Je fais traîner le mot afin de bien insister dessus.

Il rigole, et se rapproche un peu plus de moi.

– J'ai remarqué.

– Tu penses que je ne fais pas du bon travail ? Tu n'as pas remarqué les petits carreaux dans la douche ?

Je parie qu'il grince des dents, rien qu'en pensant au nombre de travaux inachevés un peu partout dans toute la maison.

Il est près de moi. Si près que j'arrive à sentir le parfum du fruit dans son haleine. Je ne sais pas si c'est moi ou Kael, mais l'un de nous s'est rapproché de l'autre. Et le temps que Kael et moi nous posions des questions au hasard, comme combien de temps nous pouvons retenir notre respiration ou quel bruit il pourrait écouter toute la journée sans que cela le dérange, nous ne sommes plus qu'à quelques centimètres l'un de l'autre.

C'est une attirance magnétique. Une attraction irrésistible.

– Je pourrais t'écouter parler toute la journée, dit-il tout à coup. C'est devenu une de mes activités préférées.

Ses yeux fixent ma bouche.

Mon cœur s'emballe dans ma poitrine.

– J'aimerais pouvoir t'écouter parler toute la journée, je lui confie.

STARS

Nous nous sentons si proches à cet instant, collés l'un contre l'autre sur le perron, ne prêtant aucune attention aux voitures ou aux gens qui passent devant nous.

– Un jour, tu regretteras d'avoir dit ça.

Le souffle de Kael caresse mes joues et mes lèvres humides, gonflées de désir.

Ses lèvres sont si proches des miennes. Va-t-il m'embrasser, ici, maintenant, soudainement, avec le goût de l'orange sur les lèvres ?

Ma bouche le supplie de se rapprocher encore un peu plus, pour la toucher. Jamais je n'ai désiré quelque chose autant que je désire qu'il m'embrasse là, maintenant, ici sur mon perron.

Va-t-il m'embrasser ?

Sa bouche ne tarde pas à répondre à ma question. Il se penche et pose ses douces lèvres contre les miennes. Je n'entends plus rien à partir de cet instant. Ni le trafic. Ni les chants des oiseaux. Ni même le grésillement du petit émetteur dans ma tête. Je n'ai plus de mots. Plus de pensées. Juste lui.

C'est un baiser timide au début, tendre... jusqu'à ce que j'insère ma langue entre ses lèvres pour le goûter. À partir de là, mon addiction s'embrase et je sais que plus jamais je ne serai rassasiée de lui. Je saisirai chaque occasion, chaque opportunité pour recommencer.

Ce premier baiser se transforme en d'innombrables autres, et nous franchissons la frontière entre légèreté et intensité. Je connais le danger. Si ma propre histoire ne m'a rien enseigné, au moins j'ai pu tirer les leçons de presque chacun des articles de *Cosmopolitan* et de toutes les comédies romantiques que j'ai regardées au cours de ces vingt dernières années. Ça ne pourra jamais marcher. Jamais.

Mais je dois prendre ce risque.

Quel qu'en soit le prix, je dois le prendre.

CINQUANTE-CINQ

Le lendemain, lorsque je sors du travail, la voiture de Kael est garée derrière le spa. De l'eau ruisselle le long de l'imposante carrosserie de son énorme Bronco. Il porte un T-shirt à manches longues avec le nom de son unité imprimé dessus et un jean bleu à l'ourlet effiloché, comme s'il l'avait porté pendant des années. J'ai envie de caresser le jean doux et usé et d'en sentir la trame sous mes doigts.

– Qu'est-ce que tu fais ici ? Comment as-tu su à quelle heure je terminais ?

C'est surprenant de le voir sur mon lieu de travail, m'attendant dans une voiture fraîchement lavée, avec de nouvelles chaussures aux pieds. Je suis très heureuse, mais surprise.

– C'est une petite voix qui me l'a dit, plaisante-t-il en ôtant les lunettes de soleil qu'il porte, puis en m'ouvrant la porte côté passager pour m'inviter à monter.

– Et cette petite voix n'aurait pas un adorable accent français, par le plus grand des hasards ? je lui demande.

Il hausse les épaules.

– C'est un secret, dit-il avec un visage impassible.

Mais j'aperçois une petite lueur briller dans son œil.

Comment est-il possible qu'il m'ait autant manqué cette nuit alors qu'il est resté sur le perron avec moi jusqu'à presque minuit, et qu'il est là de nouveau?

– Qu'est-ce que tu fais ici?

Je lui repose la question. Je ne vais tout de même pas monter aussi facilement dans sa voiture sans le faire galérer un peu.

– Je suis venu en espérant que tu acceptes un rencard.

– Un rencard? Je pensais qu'on s'était dit qu'on ne sortait pas ensemble. Qu'on passait juste du temps tous les deux, pour voir où ça nous mène?

Il enfonce les mains dans ses poches et reste immobile, près de la portière grande ouverte.

– On n'est pas obligés de le voir comme un rencard. Mais accepterais-tu de passer un peu de temps avec moi ce soir, sachant tu ne reprends pas le travail avant demain midi?

Je réponds oui sans même feindre une hésitation. Ça ne sert à rien, nous savons tous les deux que j'irai partout où il me demandera d'aller. Il m'aide à monter à l'intérieur du véhicule en me tenant par le coude et claque la portière derrière moi. Le fait de m'ouvrir la portière est si prévenant. C'est un gentleman sans même s'en rendre compte. J'ai hâte de faire la connaissance de la femme qui l'a élevé, et de sa sœur prodige en sciences.

– J'ai quelque chose pour toi. J'ai préparé une petite playlist (d'un air penaud, il s'interrompt) et j'ai envie de t'emmener dans le resto que je préfère dans cette ville.

Je suis de plus en plus excitée.

– J'ai trouvé environ cinq groupes dont tu n'as probablement jamais entendu parler. L'un d'eux s'appelle Chevelle. Un jour, pendant ma formation initiale, j'ai rencontré un mec qui n'arrêtait pas d'en chanter les paroles à tue-tête, encore et encore. Chevelle venait de sa ville natale et, le temps que nous passions notre diplôme, je connaissais presque toutes leurs chansons par cœur. Je ne sais pas si tu vas aimer, mais si tu les avais écoutés avant de succomber à Shawn Mendes, ça aurait changé toute l'histoire.

J'adore la manière dont Kael enrobe chaque mot qu'il prononce pour leur donner plus de force et les rendre plus agréables à l'oreille.

Il a l'air enjoué et grave, à la fois ici et ailleurs. Du whisky sec et du vin doux. J'adore le fait qu'il contredise chaque facette de lui-même. Kael est un homme fascinant et j'ai hâte d'en savoir plus sur lui.

– Laisse Shawn en dehors de tout ça, je lui réponds avec un sourire.

– J'ai vu le poster dans ta chambre, chez ton père. Il ne m'avait pas marqué ce jour-là, mais maintenant je m'en souviens.

Il s'engage sur l'autoroute tandis que la lumière du jour s'efface progressivement du ciel.

– Il est le John Mayor de notre génération, je rétorque.

Kael me corrige :

– Shawn Mendes est le John Mayer de notre génération.

Quelques minutes plus tard, il devient silencieux et moi je suis heureuse que nous écoutions de la musique. Puis nous nous engageons sur une longue route sinueuse que je n'ai jamais empruntée auparavant. Je me souviendrai toujours de ce soir, du soleil et de la lune en train de danser dans le ciel et de cette sensation de sérénité que m'apporte son silence.

Puis, j'écoute sa voix me poser mille questions au hasard, comme lors de notre premier « rencard » sur les marches du perron. Ce non-rencard restera gravé en moi à jamais comme le meilleur de toute ma vie.

– Combien de frères et sœurs aurais-tu aimé avoir ?

– Quel est ton personnage préféré dans *Friends* ?

– Combien de fois as-tu regardé *Le roi Lion* ?

Je commence à me sentir vraiment à l'aise avec lui, assise là sur le siège avant de sa Bronco. Et pourtant, j'ai déjà un pressentiment, comme si une catastrophe se profilait tout près. Tout se passe trop bien. Je commence à éprouver quelque chose de trop fort pour ce mec.

Le nom de mon frère apparaît sur l'écran de mon portable, j'envisage un instant d'ignorer l'appel, mais je me ravise au dernier moment. J'entends de la musique tambouriner au bout du fil et les mots, qu'il essaie tant bien que mal d'articuler dans le combiné, se confondent au point de devenir presque inaudibles.

– Kareeee, viens me chercher. Steuplé, Katie. Putain de Katie. Putain de Katie et son ex-copain et son putain de téléphone... (Austin articule difficilement.) Kare, s'il te plaît, viens me chercher.

La voilà, la catastrophe. Plus du tout en train de se profiler, mais déjà présente.

Je ne peux pas dire non. Je demande à Kael de me conduire à l'adresse qu'Austin m'a donnée et nous nous rendons directement là-bas. Au moment où nous arrivons, deux types sont en train de rouler par terre, en plein milieu de la rue. De ces deux corps entremêlés, je ne distingue qu'un T-shirt rouge et un T-shirt noir.

– Lâche-le !

Je reconnais la voix de Katie avant même de la voir.

– Allez, Nielson, pète-lui la gueule ! vocifère une voix à l'arrière-plan.

Quelques autres invectives malsaines fusent avant que je me rende compte que le mec en T-shirt rouge n'est autre qu'Austin. On dirait qu'il est en train d'étrangler l'autre type et qu'il n'a pas du tout l'intention de lâcher sa prise.

– Arrêtez ! hurle de nouveau Katie.

Je me précipite à l'endroit où elle se trouve. Son visage est strié de traînées noires de mascara.

STARS

– Que s'est-il passé ? je lui demande en l'attrapant par les épaules.

Kael hurle le nom d'Austin et tente d'arrêter le combat.

– Mon ex, et Austin...

Elle commence à pleurer, en pleine crise d'hystérie, sans m'en apprendre davantage sur ce qui se déroule sous mes yeux.

Soudain, des bruits de sirènes s'élèvent dans l'obscurité. Austin libère alors le cou du type au T-shirt noir pour mieux lui asséner un coup de poing dans les côtes. On dirait deux petits garçons en train de se bagarrer dans leur chambre en se prenant pour des catcheurs de WWE[30], sauf que ce sont des adultes et que la police s'arrête pile à leur niveau.

Je hurle le prénom de mon frère et Kael tente de le tirer par le T-shirt pour le dégager du mec. S'il se fait encore arrêter, il est foutu. Les sirènes s'interrompent et les voix se font plus fortes. Il n'y a pas plus de cinq personnes dehors, mais lorsqu'elles se mettent toutes à crier en même temps, c'est le chaos total.

Soudain, tout s'enchaîne à une vitesse folle.

Les officiers de la PM s'empressent de sortir de leur voiture et se ruent droit sur Kael. Je crie de toutes mes forces et me précipite vers lui au moment où le corps d'Austin tombe par terre et me propulse en direction du mec qu'il était en train de tabasser, dont le coude et le poignet sont projetés vers mon visage. Je lève les mains pour me protéger quand j'entends Kael pousser un cri. Pas juste un cri normal, non, un hurlement déchirant de douleur. On dirait celui d'un animal, et ça me touche en plein cœur. Je me retourne vers lui, sans me préoccuper de ma propre protection. La seule chose à laquelle je pense en voyant la PM brandir sa matraque, c'est que

---

30. La World Wrestling Entertainment est la plus grande organisation de catch au monde.

Kael est au sol, sa jambe droite juste dans la ligne de mire de l'assaut de l'officier de police.

Un autre cri transperce l'air. Peut-être celui de Katie. Peut-être le mien. Je ne le saurai jamais. Ce que je sais en revanche, c'est que, pendant ce temps, Austin réussit à ramper hors de cette pagaille, trouve la Bronco et arrive d'une manière ou d'une autre à poser son cul d'ivrogne à l'intérieur du véhicule et à s'y allonger, alors que Kael et moi subissons les questions de la PM.

– Où vous rendiez-vous ?

– Êtes-vous sûrs qu'il n'y avait pas d'alcool à cette fête ?

– Montrez-moi votre ID, soldat.

Je continue de lancer un regard furieux aux officiers bien après que Kael s'est calmé sur le parking. L'autre mec impliqué dans l'altercation a lui aussi déserté les lieux depuis longtemps, et pourtant, c'est l'identité de Kael qu'ils cherchent à vérifier.

Quand je lui dis que c'est injuste d'être traité de la sorte alors qu'il ne s'est battu avec personne, il me réplique de ne pas remettre en question l'autorité des forces de l'ordre, que ce n'est pas sans risque. Donnez du pouvoir à un homme et il détruira le monde, m'a toujours dit ma mère.

Elle semble avoir un peu plus raison chaque jour.

Une heure plus tard, nous pouvons enfin retourner à la voiture. Nous sommes presque arrivés chez mon père lorsqu'Austin se réveille. On dirait que mon frère est complètement déconnecté. Il réclame Katie, notre mère et un sandwich au beurre de cacahuètes.

– Je crois qu'il n'est pas que bourré, me confie Kael après que nous avons réussi à transporter Austin à l'intérieur de la maison puis à le monter à l'étage.

C'est limite si Kael ne l'a pas bordé dans son lit, et malgré ça, mon père a le culot de m'envoyer un texto quelques minutes après notre départ pour me demander si Kael a conduit en ayant bu. Je me demande pourquoi mon père est debout si tard un jour de semaine, mais je ne lui réponds pas. C'en est trop pour moi.

– Qu'est-ce que tu veux dire par là ?

Je lance un regard agressif à Kael. Ce n'est vraiment pas le moment de lancer de fausses accusations. Comme si mon frère avait pris de la drogue ! C'est à peine s'il peut se payer le coiffeur, alors s'acheter de la drogue ! Restons-en à sa passion pour l'alcool et *Chipotle*[31].

– Rien, je pense juste à voix haute, me répond Kael.

– Eh bien, ne le fais pas.

Je suis sur la défensive, Austin est mon jumeau. Je sais qu'il n'a pas pris de drogue. Il a seulement bu bien plus qu'il aurait dû.

– Il est préférable qu'aucun de nous ne parle, je lui réponds.

C'est juste pour le faire réagir, ce qui est complètement injuste compte tenu de son altercation avec la police quelques instants plus tôt. Je n'arrive toujours pas à comprendre qu'ils se soient comportés ainsi envers Kael. Comme s'ils avaient quelque chose contre lui en particulier. La PM a bien failli se servir d'une matraque sur sa jambe déjà blessée. La scène était atroce, mais me la rappeler, c'est cent fois pire.

– Je suis désolée, vraiment.

Je m'excuse auprès de Kael tout en cherchant sa main pour m'apaiser. Ses doigts, chauds et familiers, sont entrelacés aux miens et je culpabilise de nouveau.

– Je suis désolée pour tout ça. Que tu te sois interposé pour défendre Austin et que tu te sois fait attaquer par ces connards de PM, que tu aies dû t'occuper de mon frère, argh, je suis désolée de compliquer à ce point ta vie ces derniers temps.

---

31. Chaîne de restaurants mexicains.

Dans le silence de la voiture, Kael soupire et porte mes doigts à ses lèvres.

– Tu vaux amplement chacune de toutes les complications que tu ramènes avec toi. (Il se penche en avant pour m'embrasser.) J'espère que tes sentiments seront toujours les mêmes pour moi, me dit-il en entourant mon visage de ses grandes mains.

– Toujours, hein ?

– Peut-être pas toujours, je ne voudrais pas t'effrayer ! dit-il.

– Presque toujours ?

Kael hoche la tête, esquisse un sourire et m'attire plus près de lui. Même en pleine tourmente, il arrive à ce que je me sente en sécurité. Tout n'est qu'une question de perception et la mienne aurait bien besoin d'une dose ou deux de réalité. Mais plutôt que de chercher la terre ferme, je me laisse flotter dans le ciel en compagnie de l'étoile la plus brillante de toutes. Tandis que j'embrasse Kael, la voix de ma mère résonne dans ma tête : *Les étoiles les plus brillantes sont celles qui se consument le plus vite, nous devons donc les aimer tant que nous le pouvons.* Elle ne me l'a dit qu'une seule fois, mais même après toutes ces années, je m'en souviens encore. Maintenant qu'elle est partie, je ne peux pas me permettre d'oublier sa sagesse ni toutes les légendes qu'elle a accumulées au fil des années.

– On rentre à la maison ? je demande à Kael, et je sais qu'il comprendra qu'il s'agit de chez moi.

Il hoche la tête et nous y conduit dans le silence le plus paisible qui soit. Quand nous rejoignons l'autoroute, les paroles de ma mère s'évanouissent peu à peu de ma tête.

CINQUANTE-SIX

Je ne sais pas ce que je deviendrais sans mon travail. Il ne s'agit pas seulement de payer mes factures, et pourtant Dieu sait qu'il y en a. Mais plutôt de tourner la clé de la porte d'entrée, d'allumer toutes les lumières, de m'assurer qu'il ne manque pas de serviettes propres et qu'il y a assez d'huiles en stock. Chacune de ces petites tâches me permet de m'évader et m'aide à me reconnecter au monde environnant. Je suis certaine de mes compétences de massothérapeute et fière de ma capacité à aider les gens à démêler les nœuds de leur vie. Aujourd'hui plus que jamais, j'en ai besoin pour essayer de dénouer la pagaille de ma propre vie.

Mali comprend pourquoi je suis en retard. Elle a même insisté pour que je prenne ma journée lorsque je l'ai appelée pour lui raconter ce qui s'était passé, mais je n'ai pas pu me résoudre à le faire. Kael avait des rendez-vous dans sa base toute la journée et j'avais besoin de me changer les idées. Un instant, j'ai songé à l'accompagner, mais j'ai eu peur qu'on me prenne pour sa jeune épouse. Et j'ai eu plus peur encore que ça puisse me plaire. Je déteste être loin de lui, je l'ai même appelé sur le chemin du travail.

Je suis vraiment contente d'avoir ce travail, mais j'y ai consacré presque une pleine journée et suis fin prête à rentrer à la maison, surtout que Kael m'a dit qu'il passerait me voir lorsque je serais rentrée. Je suis censée travailler jusqu'à seize heures, mais j'espère pouvoir m'éclipser une heure plus tôt, si aucun client sans rendez-vous ne se présente à quinze heures.

Je suis fatiguée, cassée par ce foutu rencard de la nuit dernière. Et la manière dont Kael a essayé de venir en aide à Austin face à la PM, et la façon dont il m'a embrassée sur le front lorsque j'ai pleuré dans ses bras sur le chemin du retour. Austin ne se souvient de rien. Bien entendu. C'est même carrément le trou noir. Je sais que ce n'est pas juste l'alcool, bien que ce soit déjà assez problématique en soi. (Notre mère aurait dû servir d'avertissement pour chacun de nous.) Mais il s'agissait d'autre chose que la boisson, c'était évident, rien qu'à regarder ses grandes pupilles noires dilatées. Il était complètement à l'ouest et débraillé, comme quelqu'un à qui on aurait bandé les yeux dans une forêt et qui essaierait de trouver son chemin pour en sortir. C'est à peine s'il a réussi à sortir les premières lettres de mon prénom quand il m'a appelée. Tout ce que j'ai entendu, c'était un « K » étranglé. Kael avait-il raison ? Était-ce vraiment autre chose que l'alcool qui contrôlait son corps et obscurcissait son esprit ?

Tout ce que je veux, c'est me vider la tête de tous les événements de la veille et, clairement, ne plus jamais avoir à revivre une chose aussi effrayante. Tout le monde m'a fait remarquer que je n'avais pas l'air si bouleversée que ça. Je ne suis pas sûre de bien comprendre ce qu'ils entendent par là. Est-ce censé être un compliment ? Élodie a préparé du thé, s'est assise face à Kael et moi, et, en larmes, je lui ai raconté l'histoire, essayant de trouver du sens à tout ça. Essayant de trouver une solution pour sortir de ces ténèbres. Quand je n'ai plus trouvé la force de parler, il m'a soulevée par les genoux et le dos et m'a portée jusqu'à mon lit. Être tenue comme ça... je n'ai jamais eu autant l'impression d'être secourue.

J'étais épuisée. Mon corps s'est fondu dans le matelas jusqu'à midi.

Outre le fait d'être en colère, Kael n'a pas été trop impacté par l'incident. Je suppose qu'il lui en faut bien plus qu'un connard de PM, lequel a sûrement dû être la tête de Turc de son lycée et, depuis, s'en prend à chaque personne de couleur qu'il croise. Je l'ai vu aux infos : c'est un véritable fléau qui s'abat à travers tout le pays. Kael ne veut pas *sortir la carte du racisme* comme il l'appelle, mais moi j'aimerais bien. J'ai envie de donner un grand coup de pied dans cette foutue fourmilière. Le moins que je puisse faire, c'est d'essayer de me servir de mes privilèges pour faire quelque chose qui a du sens. Mais on ne se rend compte de son degrès d'impuissance que lorsqu'on essaie de faire quelque chose d'utile.

Je le constate à chaque instant. À chaque épisode sordide de préjugés et de racisme. J'aime mon frère et, bien sûr que je n'aimerais pas qu'il lui arrive du mal, mais bordel... même défoncé, Austin a été traité comme un honnête citoyen. La manière dont le flic a protégé sa tête en l'aidant à monter dans le véhicule de police pendant les deux petites minutes où il a dû y rester ! Même si Austin narguait le flic, ou essayait du moins. C'est à peine s'il arrivait à sortir quelques bribes de sa bouche toute déformée. Ça aurait presque pu être drôle si ça n'avait pas été si tragique.

C'est terrible de le voir ressembler autant à notre mère.

Je n'ai pas encore complètement intégré l'étendue de ce qui s'est passé. C'est allé tellement vite. Je me revois en train de hurler le nom d'Austin, puis celui de Kael, ensuite ces matraques extirpées de leurs ceintures, et moi en train de protéger la jambe de Kael... Je frissonne rien que d'y repenser. Ok, peut-être que ça me dérange encore un peu. J'ai juste l'impression que tout ça n'a pas de sens : la vitesse à laquelle ils sont arrivés, la rapidité entre le moment où ils ont pratiquement attaqué Kael et celui où ils m'ont dit de ramener mon frère dans la Bronco, dont ils venaient juste de l'extirper. Même en nous questionnant, ils étaient durs et agressifs, mais ils ont battu en retraite si rapidement. Voilà les fragments qui me restent de l'incident.

C'est déjà la mi-journée quand Kael m'envoie un texto. Il quitte la base et passera chez moi après avoir fait un saut à son duplex pour déposer des pots de peinture. Je lui réponds d'utiliser la clé laissée sous mon paillasson Hello. Il est usé et les lettres ne sont plus aussi visibles qu'avant, mais ça fait amplement l'affaire pour cacher une clé.

Je réchaufferai le lit, me renvoie-t-il par texto.

Je soupire et presse le portable contre ma poitrine. Je ressens un soulagement comme lorsqu'on se glisse dans un bon bain chaud ou dans un lit douillet. Mon lit. Quand je pense à Kael en train de m'attendre dans mon lit... Il donne l'impression que tout est toujours possible.

Je lui envoie un émoji qui envoie un bisou, il m'en renvoie un en retour. Il me manque tellement que je ressens physiquement le vide de son absence. À quinze heures pile, aucun client potentiel ne se présente à l'accueil. Pas un seul. Nous sommes mardi. J'ai besoin de profiter de chaque minute de mon temps avec Kael avant de me rendre au dîner chez mon père ce soir. Je pense un instant à y aller avec Kael, mais je ne veux pas que quoi que ce soit vienne perturber notre petite bulle de bonheur, surtout pas mon père. il est très possible qu'il ne soit pas au courant de l'incident, mais je n'imagine pas une seconde Austin lui raconter. Je compte là-dessus.

J'aimerais que ce dîner se déroule sans aucune complication ni drame. En fait, je n'ai pas envie d'y aller. Je veux rester au lit avec Kael. Je suis complètement accro à lui et ça me terrorise autant que ça m'excite.

CINQUANTE-SEPT

Il y a tant de choses que j'aimerais réaliser, et chacune d'elles implique Kael. Mais il n'y en a qu'une seule que je sois contrainte de faire : aller dîner chez mon père.

Je peux encore sentir mon goût sur les lèvres de Kael quand je l'embrasse de nouveau. Je suis enroulée autour de son corps, collée tout contre lui. Il est si chaud, sa peau et son corps sont sublimes, comme s'il avait été sculpté directement dans la terre qui nourrit et alimente la planète elle-même.

Je lèche sa peau, juste pour le goûter. Je ne m'inquiète plus de rien, sauf de lui et de sa façon de gémir quand j'aspire sa peau. Je n'ai jamais vraiment songé à ce genre de rencard avant de le connaître. Brien et moi avions commencé à sortir ensemble sans jamais vraiment l'avoir formulé. Je ne savais pas que nous étions en couple jusqu'à ce qu'il me fasse remarquer que je ne devais pas porter un short aussi court devant ses amis. Il n'a jamais été protecteur envers moi de quelque manière que ce soit, sauf lorsqu'il voulait jouer au macho devant ses potes. La virilité toxique à son paroxysme.

Je ne savais même pas que sortir avec quelqu'un pouvait se passer de cette manière. Brien et moi couchions beaucoup ensemble au tout début de notre relation. Et puis, sans vraiment savoir pourquoi, notre attirance physique s'est transformée en quelque chose d'autre. Quelque chose de confortable... et de destructeur aussi. Ce n'était bon ni pour lui ni pour moi. Enfin, surtout pas pour moi. J'aurais seulement voulu en avoir conscience à ce moment-là. De toute façon, nous avions démarré cette relation complètement accros l'un à l'autre et pleins de désir, mais nous nous sommes assez vite lassés de la maladresse et de l'angoisse liées à notre manque d'expérience. Puis les moments passés ensemble n'ont plus été utilisés qu'à aller au cinéma ou au centre commercial. Par la suite, nous avons rompu plusieurs fois avant de nous rabibocher. Sans doute parce que nous nous sentions seuls, ou par ennui, ou n'importe quelle excuse que je me trouvais en conduisant vers sa maison les dernières fois.

Je ne ressentais pas alors ce que je ressens maintenant avec Kael. Je n'essayais pas de compter le nombre de ses respirations par minute. Je ne cherchais pas à écouter les battements de son cœur dans sa poitrine.

J'embrasse Kael de nouveau et ses mains descendent le long de mon dos pour venir empoigner mes fesses.

– Mon Dieu. (Il gémit dans le creux de mon cou en m'embrassant.) C'est comme si tu avais été taillée juste pour moi.

Il laisse glisser ses mains vers l'avant de ma culotte et la frotte en m'effleurant délicatement la peau. J'essaie de me tenir tranquille, mais c'est tellement bon. Je n'ai pas envie qu'il arrête et, en même temps, je ne veux pas en faire toute une histoire. Tandis que mes hanches se mettent à onduler et se soulèvent légèrement, ma respiration se bloque dans ma gorge et, les yeux fermés, je laisse échapper son prénom. Mon corps se raidit puis se relâche et je me cramponne à son corps quand je jouis.

STARS

Je garde les yeux fermés pendant que je quitte mon petit nuage, seulement pour en rejoindre un autre. J'espère de tout mon cœur qu'il n'est pas comme Brien et qu'il ne me demandera pas comment c'était. Ce qui avait instantanément tout ramené à lui. Je ne pense pas que Kael soit comme ça et il me prouve que j'ai raison lorsque je pose ma tête sur sa poitrine et que le silence s'installe confortablement entre nous.

– J'ai envie de te montrer les nouvelles fenêtres que j'ai reçues pour chez moi, me dit-il tout à coup, en dessinant des petits cercles sur ma hanche nue.

– C'est à ça que tu penses après avoir fait jouir une femme?

– Juste avec toi. Mes deux choses préférées, mes projets de rénovation et toi.

Il a l'air timide en le disant et ça me fait pouffer de rire.

– J'ai juste hâte que tu termines ce duplex pour que tu puisses te consacrer à ma maison, je lui réponds en plaisantant.

J'adore l'image de Kael torse nu en train de démonter les placards de ma cuisine. N'est-ce pas le fantasme absolu de toutes les filles? Un homme dévoué se tuant à la tâche, pour elle.

J'enfouis ma tête au creux de son épaule comme s'il pouvait entendre mes pensées.

– Hum, j'ai hâte de m'occuper de ta maison pour pouvoir dormir toutes les nuits ici, dans ce lit.

Il me serre plus fort contre lui.

– J'aime bien quand tu ne travailles pas. Il faut que tu prennes plus de jours de congé. Imagine si nous avions une journée entière rien que pour nous, murmure-t-il dans mes cheveux.

J'adore la manière dont ses doigts épais enroulent et entortillent délicatement mes mèches brunes. Ça me fait penser à sa façon de caresser ma peau jusqu'à me donner un orgasme, sans même retirer ma culotte.

Je hoche la tête contre lui, je suis tellement heureuse et sereine. Je sens soudain une grande fatigue, et je reconnais que je pourrais vraiment m'endormir si je le voulais. C'est une première pour moi de me sentir à ce point détendue que je pourrais m'assoupir en pleine journée. Je me doute que cela a quelque chose à voir avec sa présence.

Kael fredonne une chanson et me parle de ce petit groupe de musiciens sur lequel il est tombé dans un bar du Kentucky après avoir effectué sa formation initiale, et de la première fois qu'il a entendu leur chanson passer à la radio. J'adore quand il est fatigué et que sa voix devient encore plus grave que d'habitude.

– Je suis tellement détendu, c'est comme si j'avais eu un orgasme moi aussi, dit-il.

Je me redresse et lève mon visage vers lui de manière à ce qu'il puisse me voir.

– Tu en as envie ? je lui demande en embrassant son menton.

Il sourit.

– C'est une question rhétorique ?

Je secoue la tête.

Je commence à déposer des baisers en descendant le long de son menton, de ses clavicules et sur ses épaules. Sous mes lèvres, sa peau est tellement douce. J'embrasse la cicatrice sur son épaule, à deux reprises.

Il commence à me parler, à m'encourager, à me dire à quel point je le fais bander, quand son portable se met à sonner sur la table de nuit. Il l'attrape et regarde l'écran.

– C'est Mendoza, dit-il, en me montrant le téléphone.

J'acquiesce et lui dis de répondre.

– Salut, toi... commence à dire Kael, mais il est interrompu par des cris. Hé, hé, mec, doucement. Tout va bien.

STARS

La voix de Kael sonne différemment. Il est de nouveau dans la peau du Sergent Martin.

Ça me sidère et m'impressionne à la fois. Il a une telle empathie, son âme rayonne de l'intérieur. Je me dis qu'un jour peut être notre empathie causera notre perte, car nous avons trop de mal à la maîtriser. Mais, pour l'instant, nous sommes tous les deux bien vivants et il me montre simplement à quoi ressemble un homme prévenant. Une belle peau brune, un regard amical et un cœur attentionné. Voilà à quoi il ressemble.

– Non, non. Tout va bien, mon pote. Dis-moi plutôt où tu te trouves ? Je vais venir te rejoindre. On ira prendre une bière, tirer quelques fléchettes, ce que tu veux.

Kael est maintenant sorti du lit et il enfile son pantalon avant même que son ami lui réponde.

Je ne sais pas quoi faire, alors, je reste assise là, sur le lit, pendant que Kael s'agite autour de moi, en mode mission. Ses yeux se posent sur moi à chaque instant pour me rappeler qu'il sait que je suis toujours là. Mais il est tellement absorbé par Mendoza à l'autre bout du fil que c'en est impressionnant et limite effrayant.

– Juste moi. Je ne dirai pas à Gloria où tu te trouves. Je ne veux pas que Karina le sache non plus.

Kael me regarde. *Je ne pense pas ce que je suis en train de lui dire,* me signifie son regard. Je le sais bien.

Il finit d'enfiler ses chaussures et dit à Mendoza qu'il est en route.

– Écoute, écoute, retourne à l'intérieur et commande-nous des bières. Rien à foutre, je boirai de la tequila avec toi, mais ne bouge pas jusqu'à ce que j'arrive.

Serait-il capable de se faire du mal ? Je sors du lit et me dirige vers Kael. Il lève son doigt pour me faire signe de rester silencieuse.

– J'arrive bientôt, tout va bien. Ne parle à personne jusqu'à ce que je sois là, lui ordonne Kael.

– Tout va bien ? je lui demande.

Il hoche la tête.

– Mendoza. Il est bourré et commence à délirer sur des types qui seraient en train de l'espionner. À force de devoir tout le temps surveiller ses arrières, de voir ses camarades se faire exploser, il est devenu parano. Je le comprends, dit-il.

Ses mots me choquent.

– Je suis désolé de devoir partir une fois de plus. (Il dépose un baiser sur mon front, puis sur mes joues, puis sur ma bouche.) Je reviens dès que j'aurai fini ce que j'ai à faire.

– Ne conduis pas après avoir bu de la tequila. À propos, tu ne veux pas me laisser te conduire là-bas ?

Il secoue la tête.

– Je suis désolé, Kare, mais s'il te voit après que je lui ai dit que tu ne venais pas, il n'aura plus confiance en moi. Je ne boirai pas de tequila là-bas, et lui non plus. Je vais surtout le convaincre d'aller au *Steak and Shake* avec moi. Il n'y a que des milk-shakes.

– Je dois aller chez mon père, mais je garde mon portable avec moi. Je n'ai vraiment pas envie d'y aller. Je suis tellement fatiguée.

Je me laisse aller contre sa poitrine pour le sentir une dernière fois avant qu'il parte.

– N'y va pas dans ce cas ? Juste pour une fois. Tu as bossé comme une folle ces derniers temps et tu passes tout ton temps libre à t'occuper de moi. (Il me serre dans ses bras.) En plus, tu détestes aller là-bas. Pourquoi tu ne manquerais pas juste cette semaine ?

Je n'arrive pas à voir le visage de Kael, mais sa voix est assez convaincante. Il a raison. Pourquoi est-ce que je m'impose d'aller à ces dîners programmés chaque semaine juste pour ne pas contrarier mon père et sa femme de *Stepford*[32]. Au moins, dans *Gilmore Girls*[33], quand Rory et Lorelai doivent se rendre dans la maison de la grand-mère de Rory, elles n'y vont pas quand quelque chose arrive.

Je pourrais le faire moi aussi. Je suis une adulte. Je pourrais ne pas y aller.

– Je t'... commence à dire Kael quand il s'écarte de moi.

Je fais genre que je n'ai pas entendu. Je ne veux pas que quelque chose vienne ruiner notre petite bulle de bonheur et s'il commence à me dire qu'il m'aime alors que nous ne nous connaissons que depuis une semaine, je ne lui pardonnerai jamais.

– Fais attention à toi et, s'il te plaît, envoie-moi un message quand tu arrives là-bas pour me faire savoir que tout va bien, je lui demande.

Il acquiesce, m'embrasse de nouveau et se dirige vers la porte de la chambre.

– Tu vas faire quoi, alors, ce soir ? me demande-t-il.

J'ai pris une décision.

– Ce soir, je vais dormir jusqu'à ce que tu reviennes.

Un sourire s'étire sur son visage, mais sans vraiment atteindre ses yeux.

– Il va s'en sortir, non ? je lui demande.

– Ouais, Kare. Il va s'en sortir, me rassure-t-il en hochant la tête.

Je me laisse retomber sur le lit en pensant au nombre de soldats à travers le monde, habités par des démons qui les hantent longtemps encore après avoir quitté le champ de bataille. Leur maison n'est pas un lieu si sûr que ça pour eux. Je m'assoupis tout en me demandant à quel point les démons qui hantent mon soldat sont puissants.

---

32. Référence au film *Les femmes de Stepford*. Dans cette petite ville, les femmes sont entièrement soumises à leurs paresseux maris.

33. Série TV qui raconte la relation complice et même privilégiée de Lorelai avec sa fille Rory.

ANNA TODD

* * *

Kael est endormi dans mon lit quand je rentre à la maison après le supermarché. J'ai envoyé un texto à mon père, simplement pour lui dire que j'étais désolée de ne pas pouvoir venir, et puis j'ai fait une sieste de trois heures avant d'aller faire les courses. Je l'ai rappelé du rayon des surgelés et lui ai dit que je n'avais pas envie de venir. Voilà tout. Il n'a pas aimé ma réponse, mais m'a laissée raccrocher quand il a reçu un double appel d'Austin. Élodie est à un nouveau rassemblement de FRG[34], un barbecue cette fois. Elle semble heureuse de pouvoir développer sa vie sociale, surtout depuis qu'elle a trouvé quelques femmes qui sont très gentilles avec elle. Elles sont nouvelles dans la base et n'ont que faire de toutes les sales pétasses qui pensent que prendre Élodie pour cible est amusant. Étant elles-mêmes étrangères, elles arrivent à identifier la situation telle qu'elle est, à savoir une petite bande de pestes qui n'ont jamais vraiment évolué et qui semblent penser qu'il est tout à fait normal de laisser la jalousie guider la moindre de leurs actions. Les nouvelles amies d'Élodie veulent simplement boire du bon vin et regarder Netflix. Donc, le vin mis à part, c'est vraiment parfait pour Élodie.

Kael est torse nu et son boxer fait ressortir ses cuisses musclées. Je repense au premier jour où je l'ai vu dans le lobby, quand il a refusé de retirer son sweat ou de me laisser toucher sa jambe droite. Ça ne fait pas si longtemps que cet étranger au prénom bizarre s'est allongé sur ma table de massage, et pourtant il est là, sur mon lit, un bras pendant dans le vide.

Je soulève sa main pour la prendre dans la mienne, puis la presse contre mes lèvres et l'embrasse doucement. Il ne bouge pas d'un pouce. Tenir sa main comme ça...

---

34. Family Readiness Group : association des familles de militaires.

toucher chacun de ses doigts, dessiner chaque petite strie de ses phalanges... tenir simplement sa main dans la mienne est le meilleur des remèdes. J'adore ses mains, j'aime qu'elles soient grandes et puissantes. Je repense à leur manière de me porter, de me caresser, de me conduire au nirvana et au-delà. Je repose doucement son bras, retire mes chaussures et mon pantalon, et grimpe le rejoindre dans le lit. Il se réveille dès que je l'enveloppe de mon corps qui se cramponne à lui comme s'il était ma bouée de sauvetage.

Ma bouée de sauvetage. C'est ce qu'il commence à représenter à mes yeux. Ça devrait vraiment m'inquiéter, mais non. Je n'ai jamais été du genre à avoir besoin de qui que ce soit, ou à jouer les demoiselles en détresse. Ce n'est vraiment pas mon truc. Et pourtant... le voilà, mon chevalier étalé de tout son long et confortablement installé dans mon lit.

J'aurais dû me souvenir que les contes de fées ne se terminent pas toujours par *ils-vécurent-heureux*.

Quand Kael ouvre les yeux, son regard semble hagard pendant quelques secondes. J'assiste au moment où il revient à la réalité.

– Hé !

Il emboîte son corps contre le mien. Nous tentons de nous fondre l'un dans l'autre, rien que ça... En fait, nous ne pourrions pas être plus proches que ça, même si nous le voulions.

– Ça s'est bien passé au supermarché ? Tu as besoin d'aide pour porter les sacs à l'intérieur ? me demande-t-il.

– Ça s'est bien passé, je...

Il m'interrompt avant que j'aie le temps de finir.

– Pourquoi es-tu toujours habillée ? se plaint-il alors que j'ai retiré mon pantalon.

Savoir que cet homme me désire me fait planer comme jamais je n'aurais pu imaginer. Je ne me suis jamais sentie comme ça. Pas une seule fois. Je sais que ça peut sembler cliché, mais je m'en fous. Tout ce qui m'importe est là devant mes yeux, en train de se rapprocher de moi.

Kael prend appui sur son coude, se penche vers moi et se positionne de manière à pouvoir me contempler. Les angles de son visage continuent de me surprendre, comme si chaque fois qu'il me regarde, je découvrais moi aussi de nouvelles facettes de lui, selon un point de vue différent. Cette façon qu'il a de me dévisager... Il déglutit difficilement, à trop vouloir me dévorer. C'est un petit mouvement, presque imperceptible, et pourtant, c'est si intense que je dois fermer les yeux pour m'empêcher de défaillir.

Je peux sentir la chaleur de son visage envahir le mien et ses lèvres se rapprocher des miennes. De ses doigts brûlants, il remonte mon T-shirt au-dessus de mon nombril, puis de ma poitrine, jusqu'à ce que je bascule suffisamment pour qu'il puisse le faire passer au-dessus de ma tête. Je sens l'air frais sur ma peau, mais la chair de poule et les frissons qui parcourent mon corps sont dus à Kael.

– Ta bouche m'a manqué.

Il parle lentement, chaque mot trahit ses envies les plus profondes, chaque respiration révèle son désir. Il caresse mes lèvres, les dessine du bout des doigts. Je les lèche, enroule ma langue autour de sa peau douce, de ses ongles durs. Je m'amuse à les mordiller et il réagit d'abord en passant sa langue sur ses lèvres, puis en la coinçant entre ses dents. Il essaie de faire descendre la tension. Je l'entends à sa respiration, je le vois à son visage. Il me veut.

– Kael, je lui dis en prenant une grande inspiration, c'est le moment. Maintenant.

– Ces mots, tes mots... (Sa voix est rauque, ses yeux foncés sont dans le vague.) J'aime le goût qu'ils ont.

(Il se penche pour m'embrasser.) C'est encore meilleur de les goûter que de les écouter.

Il s'écarte légèrement, puis s'approche de nouveau pour m'embrasser. C'est plus qu'un simple baiser. C'est un baiser mêlé d'une tendre caresse, et d'autre chose que je suis incapable d'identifier et qui parcourt mon corps comme un shoot de pure adrénaline. Il insère sa langue entre mes lèvres, les entrouvre pour mieux me goûter encore.

Mon corps semble être revenu à la vie. Je ne me suis jamais sentie aussi libre que lorsque je suis sous son emprise. Quand il me touche, je peux sentir mon esprit s'ouvrir. Comme si de grands espaces se dégageaient et que chaque geste qu'il faisait éloignait un peu plus le chaos de ma tête et m'apaisait.

– Chaque partie de ton corps (il embrasse l'arrondi de mon menton et mes yeux se ferment) est un délice.

Il bande si fort. Je le sens se presser contre moi, et mon corps réagit bien avant que mon esprit ne puisse le faire. Je tends la main pour le toucher, mais il m'agrippe le poignet et le bloque au-dessus de ma tête.

– Pressée ?

Kael plonge de nouveau sa tête vers moi, et cette fois il aspire la peau qui dépasse de mon soutien-gorge. Je frémis de plaisir.

– J'ai pensé à tes seins toute la journée. À la sensation de les tenir entre mes mains.

Il les saisit et les recouvre entièrement de ses larges mains. Mes yeux se brouillent et je jure que je me sens perdre conscience par intermittence. Il m'aspire jusqu'à ce que je ressente la douce piqûre du sang déferlant sous ma peau. Il est en train de me marquer. De me marquer au fer. De me faire sienne.

Une tension lancinante monte entre mes cuisses.

– Au goût qu'ils auraient dans ma bouche.

Il me mordille gentiment, puis enfonce sa langue sous l'armature de mon soutien-gorge.

– Tu m'as manqué.

C'est à peine si j'arrive à prononcer ces mots, qui s'échappent de mes lèvres plutôt, entre deux gémissements. Il est en train de sucer mes tétons, de les mordiller délicatement. La douleur mêlée au plaisir est comme une décharge d'excitation qui se propage dans tout mon corps.

– Oh, tu m'as tellement manqué.

– J'ai envie...

Je halète. Je ne suis plus en mesure de respirer correctement.

– Quoi, Karina ? Tu as envie de quoi ? me demande-t-il.

Il est en train de me chauffer. De me torturer.

On dirait que j'ai avalé du sable tant ma gorge est sèche. Comme si toute l'humidité de mon corps s'était concentrée à un endroit précis. Jamais de ma vie je n'ai compris pourquoi les gens aimaient autant le sexe, pourquoi ça leur faisait faire des choses absurdes. Pourtant, si Kael me demandait de braquer une banque avec lui à cet instant précis, alors qu'il suce et aspire délicatement mes tétons, je dirais oui sans réfléchir. Ne pas être avec lui. Ne pas sentir ses mains sur les miennes, sa bouche sur moi... ça, ce serait le véritable crime.

– Encore, Kael. J'en veux encore...

J'ai à peine le temps de prononcer le dernier mot que sa main se glisse sous mon corps et me soulève, faisant adroitement basculer nos deux corps pour que je me retrouve sur lui. Il se frotte à moi et se presse contre mon sexe palpitant, et je peux sentir ma petite culotte se tremper d'excitation.

J'ai envie de lui dire de me baiser. Je me fous d'avoir mal. J'ai envie qu'il rentre en moi. Qu'il me prenne jusqu'à ce qu'il me remplisse complètement. J'ai envie de retirer ma culotte et de m'empaler sur lui.

STARS

Comme s'il lisait dans mes pensées, ses doigts cessent d'agripper mes hanches pour se faufiler dans ma petite culotte. Je gémis de plaisir. De soulagement, je laisse tomber ma tête en avant, puis la rejette en arrière d'excitation. Du plus profond de mon corps, je vibre pour lui.

Les doigts épais de Kael me chauffent, me caressent de haut en bas, tout autour de mon humidité moite, mais pas là où j'ai le plus besoin qu'ils soient. Il sait exactement où me toucher, je le sens à sa manière de manipuler mon corps, à l'assurance avec laquelle il m'explique comment faire. Je commence à bouger mes hanches, puis je me soulève légèrement pour qu'il puisse glisser son doigt contre mon clitoris. Je gémis et, soudain, il insère deux doigts à l'intérieur de ma culotte, m'écartant complètement. Je ressens une petite décharge suivie d'une vague de plaisir extrême.

– J'ai envie de te lécher, de te sucer, de te goûter, de te bouffer.

Chaque mot est lâché dans un souffle, plutôt qu'articulé. Son regard est brûlant maintenant. Une autre décharge.

– Putain.

Je fais de nouveau bouger mes hanches, de manière à frotter sa queue contre ma chatte endolorie. Kael est comme un chef d'orchestre en train de tester toutes les cordes sensibles de mon corps. Je baisse les yeux vers lui et me sens comme une déesse en train de nourrir un homme affamé. Il se lèche les doigts avec délectation et ferme les yeux.

– Viens par ici, dit-il en m'agrippant par la taille.

Il me soulève et m'attire vers sa bouche.

– Je... Tu es...

Je commence à lui poser des questions, mais sa langue m'apporte la réponse en dessinant des petits cercles sur mon corps. J'ai envie de me retirer, de lui dire de m'excuser de ne pas m'être rasée partout. Toutes mes incertitudes refont surface et luttent contre la douleur du plaisir qui monte en moi.

Je ne sais pas comment, mais pour une fois, le plaisir gagne la bataille à l'intérieur de ma tête, et je ne pense plus qu'aux mains de Kael sur le haut de mes cuisses, juste en dessous de ma taille. À sa manière de me maintenir en place contre sa langue. Au moment où mon corps commence à trembler sur lui et que des sons inaudibles s'échappent de mes lèvres, il insère un doigt pour accompagner sa langue magique et je jouis si fort que je m'écroule sur son corps brûlant et musclé.

Il me maintient contre lui, ses bras fermement enroulés autour de mon dos, et presse mon corps contre le sien. Pendant que mon corps tressaille et rougit encore de ces instants d'extase orgasmique, je me demande si d'autres garçons connaissent le corps d'une femme aussi bien que Kael. Je commence à penser aux filles qu'il a touchées avant, à celles qu'il a embrassées et auxquelles il a fait gémir son prénom en les faisant jouir.

– Tu es tellement belle quand tu jouis, chuchote-t-il dans le creux de mon oreille, et ses doigts courent dans le bas de mon dos.

J'ai envie de me rappeler à l'ordre, de me convaincre que tout ceci est sûrement bien trop beau pour être vrai, mais la façon qu'il a de lever mon visage, les deux mains posées sur mes joues, et de m'embrasser, me fait oublier tous les doutes qui se bousculent dans ma tête. Il a ce pouvoir-là. Ça me terrifie et m'électrise à la fois.

CINQUANTE-HUIT

Le lendemain, la matinée de travail est si longue que je peine à garder les yeux ouverts. Le traitement de Stewart est sur le point de se terminer et elle ne parle plus que de son déménagement imminent pour Hawaii. C'est un gros challenge pour elle, la promotion qu'elle convoite depuis des lustres se présente enfin. Stewart parle à cent à l'heure de sa partenaire et de son optimisme concernant le transfert de son petit business à Hawaii. Cette femme dessine d'adorables petites robes à imprimés fleuris et les vend en ligne ainsi que dans quelques boutiques locales, ce qui fait que son affaire est facilement exportable. En fait, elle a bien plus de chance de réussir dans une ville balnéaire qu'ici, à proximité des frontières de la Géorgie et de l'Alabama, à presque cinq heures de route de la côte.

Je suis un peu distraite quand Stewart me parle. Chaque fois que je me déplace, je sens la présence de Kael sur mon corps. Douze heures après ce moment explosif, j'arrive encore à me rappeler chaque instant et chaque caresse. C'est à peine si j'ai touché terre depuis.

– Elle compte ouvrir un de ces petits commerces de bord de mer, pile sur la plage. Elle est convaincue d'être faite pour la vie balnéaire.

Au moment où j'exerce la pression la plus forte, Stewart grimace. Elle a toujours été particulièrement tendue, mais elle supporte la douleur mieux quiconque.

J'étouffe un petit rire tandis qu'elle continue de parler. Son visage est enfoncé dans la têtière et sa voix est un peu moins audible, mais c'est une chose à laquelle on s'habitue.

– Je lui ai rappelé que nous allions devoir vivre *près* de la base, puisque nous ne pourrons pas habiter *à l'intérieur*, dit-elle.

Les militaires ont vraiment besoin d'apprendre à vivre avec leur temps. Ça me sidère de savoir qu'elle peut servir son pays avec la même ferveur qu'une femme hétéro, mais qu'elle ne bénéficiera pas des mêmes avantages pour sa famille que ceux d'une femme soldat hétéro. On dirait bien que l'expression « *Ne demandez pas, ne parlez pas* »[35] » a été remplacée par « *On s'en fout, ignorez-les.* »

Un jour, Kael m'a raconté qu'il avait rencontré une lesbienne qui était sur son lit de mort en Allemagne, suite à des blessures causées par la guerre, et que l'armée n'avait jamais appelé sa partenaire pour la prévenir. Juste ses parents homophobes qui l'avaient laissée mourir toute seule. Ils se sont cachés derrière le règlement pour s'en tirer à bon compte et justifier leur abominable négligence.

– J'ai entendu dire que les logements au sein de la base sont vraiment chouettes, mais on a trouvé une jolie petite maison à quelques kilomètres de là. Il y a un petit jardin pour ses chiens. D'ailleurs, en parlant de chiens, c'est quasiment mission impossible de les emmener à Hawaii

---

35. Jusqu'à 2010, il était impossible d'assumer son homosexualité dans l'armée américaine. Le principe du «*don't ask, don't tell*» («ne demandez pas, n'en parlez pas»), aujourd'hui aboli par le Sénat, prédominait.

avec nous. Les gens m'ont raconté que leurs animaux de compagnie avaient été mis en quarantaine pendant des mois avant d'être relâchés. On essaie encore de trouver une solution à ce sac de nœuds.

J'écoute Stewart parler pendant le reste de la séance, mais entre chacun de ses mots, il y a Kael. Ses mains robustes fermement ancrées sur mes cuisses pour les écarter complètement, et faire place à sa bouche. Être ainsi exposée ne m'a pas effrayée. Sa manière de me toucher, sa manière de me regarder comme s'il avait découvert quelque chose en moi, quelque chose à faire éclore. Je l'ai imploré de lécher ma peau, supplié d'insérer ses doigts en moi.

Mon bas-ventre m'élance, mon corps est en manque de lui. Après cette nuit, je n'ai plus peur de ce qui pourra se passer entre nous. Sans tirer de plans sur la comète, nous n'en ressentons pas le besoin. Nous prenons le temps d'aller à notre rythme et de nous adapter à cette relation, afin d'en faire exactement ce que nous voulons. Et là dans l'immédiat, cela se traduit par l'envie de se réveiller ensemble absolument chaque matin, pour refaire le monde ensemble.

Je compte les minutes jusqu'à la fin du soin de Stewart pour, au moins, pouvoir consulter mon téléphone. Je veux être connectée à lui par tous les moyens. J'ai besoin de me sentir proche de lui. Ne serait-ce que de voir son prénom s'afficher sur mon écran. Relire tous les messages qu'il m'a envoyés dans la matinée. J'ai envie de revoir les photos qu'il a prises de nous, allongés dans mon lit, son bras posé lascivement sur mes genoux. Ses yeux sont fermés, mais un grand sourire illumine son visage. Plus que trois minutes. Ça me paraît affreusement long. Je ne pense pas que Stewart puisse remarquer quoi que ce soit puisque je suis maintenant dans la phase de relaxation finale de la séance, et que je caresse délicatement sa peau avec mes mains pour la détendre après le massage des tissus profonds.

J'attends une minute de plus et mets un terme à la séance avec deux minutes d'avance. Je me sens un peu coupable, mais aussi très impatiente. Je chope mon téléphone sur l'étagère à la seconde où mes mains quittent son corps.

Aucun nouveau message, mais un appel manqué de mon père. Eh bien, ça peut attendre. Je n'ai pas très envie de lui parler. Les seules choses que j'ai en tête : la bouche de Kael, dont le goût me rappelle les baumes à la cerise, et ce fou rire qu'il a pris lorsque j'ai trébuché sur un des petits carreaux de la salle de bains. Nous avions migré de ma chambre à la salle de bains, incapables de nous lâcher, de ne plus nous toucher, de ne plus s'explorer l'un l'autre.

– Karina ?

La voix de Stewart me fait sursauter. Je lâche mon portable qui tombe, et la photo de Kael et moi apparaît sur l'écran.

– Oh mon Dieu, désolée !

Je dissimule mon visage sous mes cheveux en me penchant pour le ramasser.

– Je te laisse te rhabiller. On se retrouve dans le lobby, je lui dis en quittant la pièce pour lui laisser un peu d'intimité.

Une fois dans le couloir, je dois me mordre les lèvres pour m'empêcher de rire. C'est typiquement le genre de truc pour lequel je me serais pris la tête avant. Même pour quelque chose d'aussi futile que ça. Stewart s'est-elle sentie mal à l'aise ou a-t-elle pensé que je perdais la boule ? Cette fois, mon cerveau ne m'entraîne pas là où il le fait d'habitude jusqu'à ce que je l'oblige à s'arrêter. Non. Tout naturellement, mon esprit se dit que je commence à être obsédée par Kael et j'imagine son grand sourire quand je lui raconterai ma petite mésaventure avec mon téléphone devant Stewart.

Ce que je ressens pour Kael oscille entre un doux béguin et une dévastation totale. C'est à la fois brut et puissant. Il est féroce à la façon d'un animal et peut pourtant se montrer si tendre et si doux. Il est un nid de contradictions à lui tout seul. Tout et son contraire à la fois. Il est d'une nature animale.

C'est plus sécurisant et calme que la confusion engendrée par une nouvelle relation. Je suis terrifiée car, malgré l'excitation de m'engager avec Kael et la sérénité qu'il apporte à ma vie, jusqu'à la nuit dernière mes peurs me poussaient toujours à me battre contre tout, même contre mes propres désirs. Pendant qu'il dormait contre ma poitrine, après s'être réveillé une énième fois au beau milieu de la nuit en appelant un certain Nielson puis en hurlant le prénom de Philip, je me suis fait une promesse à moi-même, et à Kael. Je lui ai promis que j'affronterai mes peurs, que j'arrêterai de laisser cette terrible peur de l'inconnu contrôler toute ma vie. Je mérite de lâcher prise et de vivre, de vivre vraiment. Et il mérite une version de moi qui n'a pas besoin de toujours vouloir tout contrôler.

Et là, je suis vivante, maintenant que mes doutes et mes inquiétudes ont été levés, suffisamment pour que je ressente une envie profonde de passer de la frayeur à l'excitation.

Est-ce à ça que ressemble le bonheur ?

CINQUANTE-NEUF

– Ça me fait tellement plaisir de te voir comme ça, dit Stewart en me pressant la main lorsque je lui tends le stylo et le reçu.

Je souris, puis secoue la tête.

– Quoi ? Je suis toujours comme ça.

Nous rigolons toutes les deux et j'ai l'impression de partager un moment de complicité avec elle. Oui, c'est à ça que doit ressembler le bonheur.

– À la semaine prochaine, dit-elle.

Je suis heureuse pour Stewart et son déménagement à venir, mais je ne peux m'empêcher de penser qu'elle va beaucoup me manquer.

Je nettoie ma cabine le plus vite possible, mais en restant méticuleuse. Je balance les serviettes dans la machine et jette un rapide coup d'œil aux toilettes pour m'assurer qu'elles sont bien propres et que le brûleur de cire parfumée à l'intérieur n'a pas besoin d'une nouvelle recharge.

Je n'attends pas qu'Élodie termine sa séance avec son client, j'adresse un au revoir général en direction de Mali et quitte le salon. Plus les jours passent, plus j'aime ma maison et je lui suis reconnaissante de n'être qu'à cinq minutes de marche. J'envoie un texto à Kael pour m'assurer qu'il est toujours chez moi.

JE SUIS EN ROUTE. TU M'AS MANQUÉ. J'ESPÈRE QUE TU ES ENCORE AU LIT ☺

Je marche d'un bon pas et tourne au coin de la ruelle sans lâcher mon téléphone des yeux. Il fait bon, le soleil est légèrement voilé par quelques nuages. Même si je me sens un peu ridicule, je me dis que lorsque je verrai Kael, le ciel sera encore plus resplendissant. Plus que quelques minutes. Une petite bulle de message, avec trois petits points gris, apparaît sur mon écran, puis disparaît.

Je décolle les yeux de mon portable pour inspecter le bas de la ruelle. J'aperçois la Bronco de Kael garée dans la rue en face de chez moi. Je me dis que *tout n'est pas comme d'habitude*. Mais lorsque j'arrive au bout de la rue et commence à traverser, mon regard est attiré par une Buick noire stationnée dans l'allée. Je ne l'avais pas remarquée jusque-là. Pas besoin de voir la vignette US ARMY sur le pare-chocs pour savoir qu'il s'agit de la voiture de mon père.

C'est comme si quelqu'un venait de me renverser un seau d'eau glacée sur la tête. Je me sens très nerveuse à présent. Désorientée. J'ai presque envie de faire marche arrière et de courir me cacher derrière la rangée de poubelles dans l'allée, en envoyant un texto à Kael pour lui dire de se débarrasser de mon père.

Franchement, je l'aurais fait. Et j'aurais dû le faire. Mais la voix de mon père retentit dans le jardin et dans la rue et arrive jusqu'à mes oreilles.

La moustiquaire est ouverte et en accélérant le pas, j'arrive à distinguer l'ombre de mon père de dos. Il se tient juste à l'intérieur de ma petite maison, et ses mains s'agitent dans tous les sens comme s'il était en train de s'emporter contre quelqu'un. La voix qui lui répond est celle de Kael.

STARS

– Tu n'en as pas la moindre putain d'idée ! hurle-t-il.

Des frissons courent de mes orteils jusqu'à la racine de mes cheveux et quelque chose dans mon cerveau, un minuscule détail d'un souvenir bien enfoui, me somme de m'arrêter juste avant d'atteindre les marches du perron.

Je reste planquée dans l'allée, alors que le ton monte entre eux. Et ils n'y vont pas de main morte. Chaque mot me fait l'effet d'une gifle. *Afghanistan. Opération de camouflage. Comment oses-tu venir ici ? Criminel. Ma famille. Ma fille. Ma fille.*

Je prends appui contre le mur et me recroqueville légèrement, vaine tentative pour me protéger de ce que je suis en train d'entendre. Mais, bien évidemment, je ne sais pas du tout de quoi il s'agit. Cela n'a aucun sens, si ce n'est que je comprends que mon rêve de *et-ils-vécurent-heureux* vient à l'instant de s'effondrer. Et que le cauchemar ne fait que commencer.

SOIXANTE

– Si tu crois que je ne t'ai pas reconnu à l'instant même où tu as posé un pied chez moi, lui assène mon père.

Il est en colère. La dernière fois que je l'ai vu aussi furieux, c'est lorsqu'il a découvert les mots-clés « AVOCATS SPÉCIALISÉS DIVORCE » dans l'historique de recherche de ma mère sur l'ordinateur familial. Ouais, mon père est le genre de personne à fouiner dans l'historique de recherche de sa femme.

– Pourquoi n'avoir rien dit alors ? Si mes intentions envers ta fille t'inquiétaient tant que ça ?

Les paroles de Kael me prennent à la gorge. De quoi s'agit-il ? Qu'est-ce qui en train de se passer ?

C'est comme si j'étais prise au piège dans une baraque foraine, avec son labyrinthe de miroirs aux formes bizarres et incurvées pour vous embrouiller l'esprit avec une vision déformée de la réalité. Enfin, de ce que vous *imaginez* être la réalité. C'est exactement ça. Tout semble déformé autour de moi. C'est à peine si j'arrive à sentir l'herbe sous mes pieds.

– J'ai eu un doute au début. Et puis j'ai demandé à Mendoza si c'était toi. Tu as beaucoup grandi depuis.

– Parce que je n'étais qu'un gamin. Cela ne faisait que quelques mois que j'avais quitté le lycée.

– Tu n'es encore qu'un gamin. Qui pose des questions tout autour de lui et fourre son nez dans ce qui ne le regarde pas.

– Ce sont eux qui sont venus me trouver. Je me suis fait embarquer pour un interrogatoire, parce qu'il a essayé de se faire exploser sa putain de cervelle, ok ?

Kael essaie de se contrôler. Je l'entends au souffle qu'il retient entre chacun de ses mots.

– C'est regrettable, je te l'accorde. Mais ça ne doit pas s'ébruiter.

Mon père baisse la voix au point de chuchoter. Il est menaçant. Légèrement effrayé, aussi, mais ça ne l'arrête pas :

– On va tous se faire baiser, sinon ! Tu n'arrives donc pas à comprendre ça, mon garçon ?

– Ne m'appelez pas mon garçon ! Je ne suis pas votre putain de garçon !

Je me redresse, je me fiche complètement qu'ils me voient désormais.

Je sais qu'il faut que j'aille à l'intérieur, dans l'intérêt de mon père. Je ne peux pas laisser la situation s'envenimer, mais je sais déjà que je ne pourrai faire confiance ni à l'un ni à l'autre pour me dire toute la vérité quand je serai devant eux. Et ça, je déteste.

– On sera tous foutus. Moi, je prends ma retraite, mais toi, tu es proche d'obtenir ce renvoi pour raisons médicales que tu attends, dit-il à Kael. Mendoza... il recevra les soins nécessaires pour l'aider à aller mieux et pourra rester engagé. On ne peut pas laisser les gens fourrer leur nez partout.

– Fourrer leur nez partout ? Putain, des innocents sont morts ! Vous le savez et vous avez tout fait pour le dissimuler !

Kael hurle au moment où j'ouvre la porte. Quand il me voit, son visage passe de la colère à la panique.

STARS

Les réflexes de mon père sont plus lents. Il se tourne dans ma direction pour voir ce qui a capté l'attention de Kael.

– Karina, je t'ai mise en garde contre lui. (Mon père désigne Kael du doigt. Il a toujours été très rapide pour camoufler les problèmes avec un pansement.) Je t'ai dit qu'il ne t'attirerait que des ennuis et tu ne m'as pas pris au sérieux.

– C'est quoi ce bordel ?

Mon cœur bat à mille à l'heure. Kael a l'air différent, comme s'il était redevenu un étranger. Ça me glace le sang.

– Dis-moi de quoi tu parles !

Je commence à monter le ton, et comme aucun des deux ne me répond, je hurle carrément :

– Maintenant !

Kael essaie de se rapprocher de moi, mais je m'écarte.

– Je vais te dire ce qui se passe. Ton père est un putain d'enfoiré véreux, et il a...

Mon père essaie de l'interrompre :

– Conneries !

– Laisse-le parler ! j'ordonne à mon père.

Mes mains tremblent. Mon corps tout entier tremble.

– C'est lui, Karina. C'est un vieux narcissique sénile qui s'est convaincu que si je suis avec toi, c'est parce que cela fait partie d'une machination pour l'atteindre, lui. C'est faux. C'est lui, l'unique fautif !

Tout le sang-froid apparent de Kael s'effondre comme un château de cartes. J'ai envie de le réconforter. J'ai envie de me barrer d'ici.

Je reste là, entre eux, pendant que leurs deux versions de la vérité, tourbillonnant autour de moi, s'affrontent.

– Mendoza... cette putain de PM qui s'est pointée chez nous ! C'est lui qui est derrière tout ça. (Mon père serre ses deux poings.) Et en parlant de carrière militaire, il t'a

301

dit qu'il était sur le point de se faire renvoyer de l'armée pour manquement à l'honneur ?

Je sens mon visage changer de couleur. Le sang me monte à la tête et ma poitrine cogne atrocement sous ma blouse de travail.

J'essaie de déchiffrer le visage de Kael, mais je n'y arrive pas. Je n'arrive pas à ôter son masque pour reconnaître le Kael dont j'étais en train de tomber amoureuse.

– Mais à ce stade, tu t'en fiches pas mal, hein, Martin ? Tes valises sont déjà prêtes pour partir à Atlanta. Les nouvelles vont vite. Tu as acheté une maison là-bas, pas vrai ? Un autre projet que tu vas pouvoir réduire à néant.

Le polo de mon père est à moitié défait et sort de son jean, sa peau est écarlate et couverte de plaques rouges. Comme un homme qui ment, ou un innocent sur le banc des accusés. Je n'arrive pas à savoir.

– Tu as acheté une maison à Atlanta ?

Je me retourne vers Kael, la gorge serrée. Il reste muet. Je ne vais pas le laisser s'en tirer comme ça.

– Alors ?

Je pousse violemment sur sa poitrine, mais il ne bouge pas. Il porte son uniforme, et le kaki et le marron ont toujours été symboles de mauvais augure dans ma vie. Il semblerait que ça n'ait pas changé. Je le pousse de nouveau, mais il m'attrape par les poignets.

– Ce n'est pas ce que tu crois. Il est en train de tout déformer, Karina. C'est lui. C'est moi que tu dois croire.

Il se frappe la poitrine du doigt en disant ça.

– Il a falsifié un rapport, ne le laisse pas te berner. Il a signé ce putain de papier, sachant parfaitement ce qui allait se passer. Tu vas le nier, Martin ?

Mon père essaie de le pousser dans ses retranchements. Je connais ce ton. Je le méprise depuis que j'ai appris à le déchiffrer.

STARS

– Tu nies être venu dans mon bureau, tout tremblant, la jambe complètement bandée, et avoir apposé ton nom au bas de cette page ? Tu l'as signée. Mendoza l'a signée. Lawson l'a signée. Chacun de vous ! Et maintenant tu décides, presque deux ans plus tard, de revenir déterrer le passé ?

Mon père incarne parfaitement l'officier type. Je l'écoute docilement. Kael aussi. Ça me rend malade de voir que mon père sait exactement quel ton adopter pour soumettre ses soldats... ou qui que ce soit, d'ailleurs.

– Son ami est mort, Kare...

– Ne m'appelle pas comme ça, j'arrive à articuler.

Mon estomac se retourne. La peau cireuse de mon père retombe en rides molles autour de sa mâchoire. Combiné à sa tignasse de cheveux blancs, cela lui donne l'aspect d'un méchant. Kael lui, semble blessé et meurtri et ressemble plus à un héros qu'à un antihéros. Mais les apparences peuvent être trompeuses. Je le sais bien. J'aimerais qu'ils disparaissent tous les deux. L'illusion d'une vie normale... la stabilité que je me suis convaincue d'avoir avec Kael est complètement anéantie. Brisée en de minuscules petits éclats bien trop dangereux pour ne serait-ce que tenter de les ramasser.

– Son ami a été abattu dans la fusillade où Mendoza a assassiné ces innocents. Sais-tu à quel point les enquêtes sont approfondies dans ce type de procédure ? Vous n'êtes que des enfants. (Il s'adresse à chacun de nous désormais.) Je les ai aidés ! J'ai vu leur visage quand ils sont revenus. Toi. (Il pointe un doigt accusateur vers Kael.) Je t'ai observé traîner son corps dans le camp, à peine capable de marcher toi-même.

– Tu n'as fait que sauver ta putain de peau ! rugit Kael au visage de mon père. Tu n'en avais rien à foutre de nous ou de nos vies !

Mon père parle en même temps que lui. J'ai la tête qui tourne.

– Raconte à ta fille comment tu t'es servi de la vie de jeunes hommes et de jeunes femmes pour obtenir des promotions et des médailles. Raconte-lui qu'à force de nous menacer, la culpabilité est en train de faire perdre la tête à mon putain d'ami, et qu'il ne peut même pas en parler à personne, parce qu'il...

Kael s'avance d'un pas vers mon père. J'abandonne l'idée de m'interposer entre eux.

– Dis-lui que Mendoza t'a supplié de le laisser se dénoncer. Ces victimes le hantent et tu l'empêches de guérir parce que ta retraite est en jeu !

– Ces victimes le hantent ? Est-ce que tu t'écoutes parler, Martin ? Tu es un soldat. Je suis un soldat. Nous avons vu et fait des choses que la plupart des gens ne peuvent imaginer.

Mon père s'adresse à Kael dans son propre langage. Bien sûr, j'entends les mots, mais contrairement à eux, je ne peux pas me représenter les images de mort et de destructions, comme ils les voient.

– Tu sais ce qui va le hanter ? Ne plus nourrir sa famille et laisser sa femme seule avec les enfants, mais sans argent. Voilà ce qui va le hanter. Conduisez-vous en hommes. Toi et lui. Nous ne sommes pas dans un putain de jeu vidéo. Ce sont des affaires d'homme et si vous n'êtes pas capables de les gérer, vous ne valez rien en tant que soldat. Soit tu veux protéger ton ami et sa famille, soit tu veux qu'il obtienne sa rédemption. On ne peut pas tout avoir dans la vraie vie.

Mon père invoque toujours « la vraie vie » quand il veut prouver quelque chose, ce quelque chose étant que lui est un adulte et que tous les autres – moi ou Austin ou, dans le cas présent, Kael – ne le sont pas.

– Et tenter de t'en sortir en couchant avec ma fille n'est pas le meilleur moyen de résoudre ça, à moins que tu ne tiennes à t'attirer d'autres problèmes.

Mon père est en train de menacer Kael, ouvertement. Puis il se tourne vers moi.

– Il essaie de me priver de mon grade avant mon départ à la retraite et je ne le permettrai pas. Je suis désolée, ma chérie.

Mon père s'efforce de se recomposer une apparence, reprenant maintenant son masque de père qu'il sait si bien enlever puis remettre quand il le faut. C'est assez étrange de voir comment il peut changer de voix et de stature, pour endosser le rôle qu'il est en train d'interpréter. À ce moment précis, il joue celui du parent concerné.

– Tout ceci te dépasse amplement et peu importent les sentiments que tu as. Il met des gens en danger, à commencer par lui-même, en essayant de remettre en lumière une affaire classée qu'aucun de nous n'a besoin de déterrer. Cela attirera l'attention sur toi aussi. Tu y as pensé à ça ?

Je suis incapable de dire s'il s'adresse à moi ou à Kael.

– Tout ce que j'ai fait, c'est demander à Lawson si c'était toi. (Kael se tourne vers moi.) Je ne savais pas, Karina. Je ne t'aurais jamais menti à ce sujet. Je ne t'ai pas parlé du reste parce que...

– Parce qu'il savait que c'était mieux pour tout le monde, l'interrompt mon père.

Je fixe Kael qui essaie de s'expliquer. J'essaie de reprendre mes esprits, de retrouver mon centre de gravité. J'ai besoin d'intégrer tout ce qui vient de se passer, mais ça me dépasse complètement. Je regarde Kael. Je le cherche du regard, mais je n'arrive pas à trouver ce que je cherche. Il est livide, le visage fermé, prenant mon silence pour un doute.

– Au début, je n'ai même pas reconnu ton père, je te le jure.

Kael prend mes mains dans les siennes. La minuterie du four se déclenche sans raison particulière et je trouve que c'est assez ironique, cette manière de biper et biper encore, presque comme si ma maison essayait de me sortir de cette situation chaotique.

Mon père enchaîne en s'adressant à moi.

– Il t'utilise pour m'atteindre, Karina. Il essaie de t'éloigner de moi. J'ai ta photo sur mon bureau, tout le monde l'a vue. Réfléchis un peu. Tu te rends compte à quel point tu as été distante ces derniers temps. Le dîner que tu as manqué. Mes appels auxquels tu n'as pas répondu. C'est lui qui est derrière tout ça, pas vrai ?

J'y réfléchis un instant. J'y réfléchis vraiment. Je réfléchis à la facilité qu'a mon père de déformer la vérité. Il est tellement doué pour ça. Il aurait dû être politicien.

Et, en même temps, Kael m'a dit que mon père était un homme compliqué, mais ça ne m'a pas fait broncher. Et il m'a dit que je devrais faire un break, en n'allant pas dîner chez mon père. J'ai laissé couler aussi. Qu'en est-il de Kael et de sa décharge, et de sa maison à Atlanta ? Que penser de son changement soudain de comportement, passant d'insaisissable et imprévisible à assidu à mes côtés ? Que penser de la façon dont il m'a dit que je pouvais lui faire confiance ? En couvrant mon visage de baisers tendres après avoir couché avec moi. Je pourrais vomir, rien que d'y penser.

– Karina, tu es ma fille. Je n'ai aucune raison de te mentir.

Alors là, je rigole.

– Cette phrase, elle-même, est un mensonge.

– Tu le connais à peine. Penses-y.

Mon père me parle comme si j'étais une gamine. Comme s'il était sur le point de me dire que je réagis de manière excessive, *les jeunes de votre âge, vous êtes tellement sensibles.*

– Tu es tellement influençable que ça me terrifie et lui, il est complètement irresponsable, Karina. Risquer sa carrière en posant des questions sur quelque chose de passé, d'enterré!

– Je n'ai posé de questions à personne, hormis à Lawson, dit Kael au moment même où je réponds :

– Je suis tellement influençable?

– Tu as poussé Mendoza à la folie. Ose dire le contraire! J'ai des yeux et des oreilles partout dans cette base. Tu as oublié ça?

Mon père a complètement abandonné la posture du parent concerné. Il n'est plus qu'un véritable loup à présent.

– Il était dans son jardin, en train d'agiter une arme en l'air. Il m'a dit qu'il ne méritait pas de vivre.

Les paroles de Kael me transpercent. Je les ressens. Je ressens toutes ses émotions plus que les miennes. Mon dos n'est pas loin de ployer sous leur poids.

– Il m'a dit qu'il se sentait comme un monstre. Un monstre! Gabriel Mendoza pense qu'il est un monstre? S'il l'est, eh bien putain, nous sommes tous des Satan en personne.

La voix de Kael déchire l'obscurité et me brise en deux. Une partie de moi est terrifiée à l'idée que cela puisse l'anéantir complètement. Il a besoin de moi pour le sauver de ces sables mouvants, mais comment le pourrais-je quand je ne sais même pas qui ou que croire. Je sais que tous les deux sont en train de se foutre de moi, de m'utiliser comme un pion pour atteindre l'autre. Même si c'était prémédité du côté de Kael – et franchement je ne peux pas imaginer que ce soit vrai –, je ne peux pas complètement l'exclure non plus. Il y a encore des mensonges. Beaucoup de mensonges.

– Karina, chérie. Tu sais distinguer le bien du mal. Tu penses probablement que je ne suis pas le meilleur des pères pour toi et ton frère, mais tu sais aussi que je ferais n'importe quoi pour toi et pour les soldats sous mes ordres. Je ne pensais pas à mal quand j'ai essayé de les aider. Dis-lui ça, Karina, s'il ne veut pas être renvoyé pour indignité de l'armée.

Mon père joint ses deux mains devant lui comme s'il était en train de prier. Je ne l'ai vu qu'une seule fois comme ça, c'était avant que ma mère ne fasse ses valises, la première fois. Il la suivait partout dans le salon, lui donnait toutes les raisons qui montraient que leur vie était *bien*. Pas fantastique, mais bien.

Ça va aller, lui disait-il.

Tout ira bien.

Entre ses mains suppliantes et la dévastation presque crédible du regard qu'il me jette maintenant, je peux avoir un aperçu de ce que ma mère a vu en lui pendant toutes ces années.

– Allez, Karina. Ce n'est pas ce que tu veux pour lui. Ça va ruiner son avenir.

Kael commence à s'éloigner du petit salon. Il s'appuie contre le mur en placo qu'il a rafistolé après que j'ai essayé d'y accrocher une horloge en démolissant presque la moitié du mur. Ma maison, comme ma vie personnelle, sont en train de devenir trop dures à réparer pour moi.

– Il ne peut pas regarder le visage de ses enfants sans voir les visages des autres. Tu comprends ça? Ça le ronge de l'intérieur. Il n'a plus toute sa tête. Nous non plus, ajoute Kael.

Lui, il m'a découverte, il a dévoré mon corps et mon esprit en si peu de temps. Depuis notre rencontre, j'aurais fait n'importe quoi pour soigner sa douleur en toutes circonstances, mais pas à cet instant, alors que tout est si flou.

– Nous sommes comme ça. Nous avons des démons qui nous empêchent de dormir la nuit. Il peut se faire interner pour PTSD[36] s'il en a besoin, mais tu dois cesser

---

36. *Posttraumatic stress disorder*: troubles de stress post-traumatique.

de titiller le dragon qui sommeille. C'est le dernier avertissement. Tu nous mets tous en danger, même elle.

Mon père me montre du doigt, m'utilisant pour fragiliser Kael.

S'il pense que Kael m'a trompée, pourquoi s'inquiète-t-il que celui-ci me mette en danger ? Mon père est un menteur. Genre le roi des menteurs. Nuisible pour tout son entourage sauf pour lui, mais il faut quand même reconnaître qu'il est très, très fort dans ce domaine. Ma mère racontait des histoires sur l'homme qu'elle avait rencontré pendant son année de terminale au lycée et à quel point il la chérissait quand elle lui servait une pile de pancakes tous les mardis. C'est d'ailleurs de là qu'est née cette tradition de la famille Fischer.

L'homme dont elle est tombée amoureuse avait les yeux doux et bon cœur. Soi-disant, il l'appelait même son rayon de soleil, tout comme elle avait pris l'habitude de m'appeler. Lentement, cet homme a disparu, se métamorphosant en ce monstre de manipulation auquel je dois me confronter.

– Réfléchis-y, Martin. Ne compromets pas ton avenir. Je m'assurerai que cette démobilisation pour raisons médicales se déroule bien, si tu me promets de faire de même pour ma retraite.

Le voilà en pleine magouille devant mes yeux. Demandant à Kael d'ignorer la douleur de son ami et de faire un choix égoïste pour rassurer mon père.

– Tu me dégoûtes, je lance à mon père avant que Kael ait le temps d'accepter ou de désapprouver le marché.

– Reste en dehors de ça.

Et il m'envoie balader. Je le retrouve bien là, à minimiser mon intelligence et ma capacité à faire mes propres choix. À alimenter mes angoisses. Est-ce que Kael fait la même chose ?

Je regarde Kael, puis mon père.

– Sortez ! Sortez de chez moi, tous les deux !

En prononçant ces mots, ma voix tremble, mais mes paroles sont parvenues à leurs oreilles.

– Martin, ne fais pas l'idiot en t'investissant dans quelque chose que tu ne peux pas gérer. Il n'y aura plus de retour en arrière possible après ça, continue mon père en dépit de ma requête très claire.

– Sortez de ma maison ! je répète, plus fort cette fois.

Kael me supplie du regard et mon père tente de me parler encore.

– Dégagez ! Maintenant !

Au moment où je hurle ça, Élodie entre dans la maison. Instantanément, elle comprend la scène qui se déroule devant elle.

– Je devrais... commence-t-elle.

– Non. Tu restes. Ils allaient partir.

Mon père est le premier à céder. Pour ne pas casser sa belle image devant Élodie, je suis sûre. Je me fiche de la raison. Je le vois juste disparaître de mon salon, puis la porte claque derrière lui.

Kael cède moins facilement. Il tremble. Je peux voir ses épaules frémir sous son uniforme et je dois puiser dans mes dernières ressources d'énergie pour le lui répéter.

– Sors de ma maison, je lui dis avec autant de conviction qu'une voix et un cœur brisés peuvent le faire.

– Karina, je t'en prie, écoute-moi.

Je lève la main.

– Si tu veux qu'un jour je puisse te parler de nouveau, sors de chez moi et laisse-moi tranquille.

Je refuse de lever les yeux vers lui. Je crois que c'est préférable.

Il ne me reste qu'un tout petit peu de courage pour ne pas céder, m'effondrer dans ses bras et nous réconforter tous les deux. Je peux lire une vive douleur dans ses yeux avant qu'il se retourne et finisse par franchir la porte.

SOIXANTE ET UN

Lorsque je me réveille le lendemain matin, ma tête est sur le point d'exploser. Mon corps me fait souffrir et mon cœur est brisé. Tous les événements de la veille refont surface et me submergent.

Kael.

Mon père.

Leur histoire.

Les accusations de mon père contre Kael, qu'il soupçonne de m'avoir utilisée comme un pion pour se venger de ce qui s'est passé en Afghanistan. De ce qu'ils ont fait là-bas. Ce que Kael a dû endurer. Ce que Kael a dû garder secret.

Une partie de moi pense que mon père nage en plein délire, qu'il s'est créé de toutes pièces, et de façon obsessionnelle, cette histoire dans sa tête. Que ce n'est que pure coïncidence si Kael et mon père se connaissent d'avant. Rien qu'une coïncidence. Comme tomber sur une vieille connaissance au cinéma, ou penser à quelqu'un dont on a plus eu de nouvelles depuis longtemps et voir son prénom et un message de lui s'afficher sur votre écran. Le fait que mon père et Kael fassent partie de la même unité en est une. Une circonstance tout à fait extraordinaire.

Mais le fait qu'ils se soient retrouvés à l'étranger en même temps. Et que le mari d'Élodie se trouve être justement l'ami proche de Kael. Ça commence à faire beaucoup, même pour quelqu'un qui serait tenté d'y croire. L'horreur de cette situation me donne envie de me torturer l'esprit, rien que pour tenter d'oublier la souffrance qui me submerge déjà.

C'est exactement pour cette raison que j'ai tenté d'éviter Kael.

Je le sais, tôt ou tard, il finira par révéler sa vraie nature, ce que nous sommes tous, à savoir les créatures les plus viles qui soient. Je ne devrais pas ignorer la petite voix dans ma tête qui me dit que nous sommes en train de nous lancer dans le vide à toute vitesse et sans filet. Je le sens, à la manière qu'il a de se mettre en retrait dès que nous sommes trop proches. C'est assez hallucinant de voir comment il a réussi à fissurer ma carapace, à me transformer en une espèce de pauvre meringue digne de la famille Blossom[37] qui dégouline ses pensées les plus secrètes sur lui. Il boit mes paroles, mais s'assure de bien garder le robinet fermé dès qu'il s'agit des siennes.

J'ai quelques flash-back qui reviennent, une image ancienne où nous sommes allongés dans mon lit en pleine nuit, emboîtés l'un dans l'autre. Tout est différent à présent, même si je continue de croire que notre relation n'était pas préméditée. Il m'a promis, encore et encore, qu'il voulait tenter cette relation, peu importe sa nature, ce qu'elle était.

Était, était, était, c'est ce que je dois m'enfoncer dans le crâne.

Je m'habille en essayant de penser à autre chose, autre que Kael, je veux dire. Autre que sa brillante personnalité cachée sur laquelle je pourrais passer des jours à essayer de faire la lumière. Il est tout ce qu'un homme est censé

---

37. Référence à une des familles de la série TV Riverdale.

être, le premier que j'aie jamais vraiment aimé, et il s'avère qu'il n'est qu'un homme lambda.

Malgré ça, mon corps se cramponne à la bouffée de chaleur qu'il apporte à ma vie. Alors, je repense aux conseils que j'ai donnés à Sammy après qu'Austin et elle avaient encore rompu. Je lui ai dit : « Il n'est qu'une infime partie de ta vie, dans un an tu n'en auras plus rien à faire. Dans cinq ans, c'est à peine si tu t'en souviendras. » Elle m'a répondu : « Je ne pourrai jamais l'oublier, parce que je vais continuer de te fréquenter et que là où tu seras, Austin ne sera jamais loin. » Mais les choses changent. Manifestement.

Je tourne en rond dans ma chambre et, à chacun de mes pas, mon corps meurtri par la nuit précédente se rappelle à moi. La moindre parcelle de mon corps est douloureuse.

Malgré cela, mon corps n'a toujours pas reçu l'information que nous détestons Kael désormais.

Je veux ses caresses. J'ai besoin de le sentir, de sentir sa peau nue contre la mienne. Je n'arrive pas à me le sortir de la tête, il y était si confortablement installé. Je décide de prendre ma journée et fais semblant d'ignorer les questions dans la voix de Mali. Je raccroche juste avant de fondre en larmes. Alors, je me concentre sur comment m'habiller. Bien entendu, aujourd'hui était censé être une courte journée de travail, et bien sûr, Kael et moi avions prévu de partir en voiture le plus loin possible de cette ville. Nous avions préparé nos listes de questions et prévu de la bonne musique. La nuit précédente encore, Kael faisait des plans pour organiser notre vie ensemble.

Ou du moins, c'est ce que je pensais.

Peut-être que le seul plan qu'il manigançait était sa vengeance sur le merdier qui s'est passé, quel qu'il soit, lors de cette foutue mission.

Comment tout cela a-t-il pu s'effondrer si rapidement ?

Je me dis que si je me lave, si je prends une douche et me brosse les dents, je pourrai peut-être me ressaisir un peu. Que j'aurai moins l'impression de ressembler à un zombie, en fait. Mais lorsque j'arrive dans la salle de bains et que j'aperçois son tube de dentifrice à la cannelle enroulé à l'extrémité, je manque m'étrangler. Je hais cette sensation. C'est vraiment horrible. Au point que je me demande si les instants de bonheur avaient cette même intensité. Je ne sais même plus si tout cela vaut vraiment la peine. Je ne veux plus jamais ressentir ça. C'est à ce moment précis que je décide de ne plus jamais m'autoriser à m'aventurer dans cette zone dangereuse.

J'attrape son dentifrice dégueu pour le jeter à la poubelle, mais vise à côté. Il atterrit contre le mur en placo et le fissure d'une rainure noire d'au moins dix centimètres. Je commence à haïr cette maison, et elle le sent. Voilà pourquoi elle commence à s'effondrer en lambeaux, tout comme moi.

SOIXANTE-DEUX

La douche m'a un peu aidée, mais j'ai toujours une tête aussi épouvantable. J'enfile un legging noir et un T-shirt, sèche mes cheveux avec la serviette et diffuse un peu de spray au sel marin sur quelques mèches. Je ne sais pas ce que mes cheveux épais feraient sans ce produit. Puis je me pince les joues pour apporter un peu de couleur à mon visage. Tout ce que je veux, c'est que cette journée se termine enfin.

J'avance dans le couloir quand j'entends la voix d'Élodie. On dirait qu'elle essaie de faire taire quelqu'un, sauf qu'elle est seule face à son ordinateur. Puis la voix de Phillip s'élève dans le haut-parleur.

– Ne me mens pas, dit-il.

Je pense avoir mal entendu, mais il le répète une nouvelle fois.

– Ne me mens pas, Élodie. La femme de Cooper m'a dit que tu étais là-bas. Sa femme lui a tout raconté, contrairement à la mienne.

Élodie est en larmes. Je dois m'agripper au chambranle de la porte du couloir pour me retenir d'écouter et m'empêcher de me mêler de ses affaires. Je n'ai pas la moindre idée de ce dont Phillip est en train de parler, mais ce que je sais, c'est que je n'aime pas du tout l'intonation de sa voix. Je n'avais jamais remarqué cet aspect-là de lui, ni même entendu. Je ne saurais dire si sa femme y est habituée ou pas.

– Je ne mens pas. Nous sommes restées là-bas une heure tout au plus. On est allées à la réunion, avant d'aller dans cette maison. Et il n'y avait pas d'hommes, lui dit-elle.

Je tape des petits coups sur le mur pour prévenir Élodie de ma présence. Elle se redresse brusquement et s'empresse d'essuyer ses larmes ; j'étais sûre qu'elle ferait ça.

– Phillip, Karina est là, dit-elle, pour le prévenir, je suppose.

Je ne sais pas ce qui se passe entre eux, mais je n'aime pas du tout sa manière de parler à mon amie, enceinte de leur enfant.

– Eh, Karina, me dit Phillip sur un ton tout doux et sympathique, à l'opposé de ce qu'il était à l'instant.

Je lui jette un « eh » neutre et me dirige vers la cuisine. Un tas de vaisselle est empilée dans l'évier. Du linge sale déborde du panier dans un angle de la pièce. Je ne peux même pas mettre ce foutoir sur le compte de mon désespoir sentimental puisque notre rupture date d'il y a environ douze heures, pas plus. J'envisage de prendre un quartier d'orange, mais de nouveau sa présence me submerge au souvenir du goût de ses lèvres à notre premier baiser. Je ressens sa chaleur et goûte l'agrume sucré dont il était imprégné la toute première fois qu'il m'a embrassée, alors je balance le reste de l'orange à la poubelle.

Ça commence à devenir une manie chez moi de jeter des choses à la poubelle.

Élodie se déconnecte de Skype et me retrouve dans la cuisine. Ses yeux sont injectés de sang, le bout de son nez est rouge comme une tomate.

STARS

– Tout va bien ? je lui demande, en léchant le reste de jus d'orange sur mes lèvres.

Elle hoche la tête et s'installe à table en face de moi.

Je ne veux pas lui mettre la pression, mais elle ne va clairement pas bien.

– Élodie, tu sais que tu peux me parler ?

– Tu as assez d'ennuis comme ça.

Elle tente de feindre un sourire, de se montrer forte.

– Élodie, on peut parler de tout. J'ai du temps pour toi.

Elle secoue la tête.

– Non, non. Je vais bien. Vraiment. Ce sont juste d'autres soldats qui font des histoires pour rien. Pourquoi est-ce qu'ils font toujours autant d'histoires ici ? Ils n'ont rien de mieux à faire ? me demande-t-elle, en reniflant et en essuyant son nez. Comment *toi*, tu vas ? ajoute-t-elle en essayant de prendre ma main.

Mais je fais semblant de ne pas le voir et la pose sur mes genoux.

– Ça va. Je suis juste fatiguée.

Si elle arrive à me mentir en face à face, eh bien, moi aussi.

SOIXANTE-TROIS

Je passe le reste de la journée à lire. Élodie travaille et a prévu de passer chez l'une des autres épouses, directement après le boulot. Plutôt que de m'inquiéter pour elle, j'essaie de faire les choses que j'aimais faire avant de rencontrer Kael. C'était il n'y a pas si longtemps. Peut-être lire un livre entier de poésie, le genre de livres un peu nouveaux et *hipster*, avec des couvertures noires et des titres accrocheurs. Je suis la bonne cliente pour ce genre de marketing racoleur, j'en ai donc commandé trois de plus sur Amazon. Chaque fois que je commande quelque chose en ligne, j'ai l'impression de recevoir des sortes de bons points pour adultes, pour me féliciter d'avoir assez d'argent sur mon compte et d'être en mesure de me l'offrir. Après avoir parcouru Amazon pendant beaucoup trop longtemps et m'être convaincue d'acheter un Karcher, dont je ne me servirai clairement jamais –celui qui me fait de l'œil s'appelle La Machine à Nettoyer –, je me connecte sur Facebook. Un petit tour rapide me videra la tête. En fait, c'est tellement plus facile de se concentrer sur les problèmes des autres que sur les siens.

Je me sens tout de suite, et honteusement, mieux quand je découvre que Mélanie Pierson est en plein divorce.

Mélanie était dans une classe supérieure à la mienne et a couché avec Austin pendant son année de terminale. Elle faisait comme si elle m'aimait bien pour se rapprocher davantage de mon frère, sans aucun doute. Jusqu'au jour où, alors que nous étions en train de nager, elle a vu les fines petites lignes blanches en haut de mes cuisses. Je ne les avais encore jamais remarquées, je ne savais même pas qu'il s'agissait de vergetures jusqu'à ce qu'elle se serve de sa main comme d'une griffe et me surnomme le « tigre ». Encore une personne qui tente de booster son peu d'estime de soi en se moquant de quelqu'un d'autre.

De toute évidence, Mélanie pensait qu'elle finirait par échapper à cette ville en épousant un soldat, et voilà où elle en est aujourd'hui. À devoir rentrer à la maison la tête basse. Comme elle informe toujours tout le monde du moindre de ses faits et gestes, j'ai appris qu'elle va revenir s'installer ici d'un jour à l'autre. Précisément.

Je quitte sa page pour aller sur celle de mon oncle qui a posté des photos de rochers qui ressemblent à des êtres humains. C'est fou ce que l'ennui et le manque de motivation sont capables de faire faire à un homme. Je me demande comment les gens réagiraient si je postais un émoji en forme de cœur brisé. Ou un paragraphe interminable sur mon chagrin d'amour, expliquant combien ça me ronge de l'intérieur et à quel point je mérite amplement d'éprouver toute cette souffrance pour me punir d'avoir désespérément cherché à attirer l'attention, au point d'en avoir perdu le contrôle de moi-même, de ma vie.

Je me demande si Mélanie réagirait à mon malheur de la même manière que je réagis au sien. Me voit-elle comme la sœur reloue d'Austin toujours en train de se taper l'incruste, la fille avec un maillot de bain qui montre trop de choses, des choses qu'elle trouve d'ailleurs tellement dégueu qu'elle s'est permis de les dévoiler à tout mon entourage? Je me pose la même question sur Sammy: Si elle voit mon post, se sentira-t-elle mal pour sa meilleure amie? Enfin, peu importe ce que nous sommes devenues, nous ne nous parlons pratiquement plus, mais je la considère toujours comme ma meilleure amie. Du moins, quand on me le demande. Non pas que les gens le fassent, plutôt par habitude, je suppose.

Je me déconnecte de Facebook avant d'aller jusqu'au bout de cette expérience sociale et vais m'installer sur le perron. La température est parfaite dehors. Il fait assez chaud pour sortir sans veste, mais pas trop quand même pour ne pas transpirer et être moite. Je prends mon recueil de poésie ainsi qu'une bière que Kael a laissée dans le frigo et passe toute l'heure suivante dehors au frais. Je ne bois qu'une seule gorgée de la bière ambrée, car le seul goût qui me vient en bouche est celui de Kael.

Il est partout. Il est dans toute chose. Je tourne les pages de mon livre avec cette impression étrange que chaque poème est lu par la voix de Kael. Je continue de feuilleter les pages.

Ta peau est sombre
Comme la nuit veloutée
Tes yeux comme deux étoiles
Habillent les constellations

Je referme violemment le livre, l'envoie valser et l'observe glisser le long du perron. *The Chaos of Longing* illustre exactement ce que je ressens, il faut que je tienne ce recueil à distance, le plus loin possible de moi. J'envoie un coup de pied dans le petit livre rose et l'observe s'enfoncer dans les mauvaises herbes qui envahissent la cour.

Et puis je me sens coupable. Ce n'est tout de même pas la faute du poète si mon premier amour n'a duré qu'une semaine. Je rampe alors pour le récupérer et plonge la main dans les mauvaises herbes coriaces. Elles sont trop longues, trop résistantes, elles poussent de manière totalement désordonnée et encombrent tout le jardin. Cette petite maison est la seule chose qui n'était pas censée dégénérer. Je savais ce que j'acquérais en signant sur la ligne en pointillé : Une maison presque à l'abandon au bout d'une petite rue commerçante. La maison est exactement comme je l'attendais. Évidemment, elle tombe en ruine et son aspect est négligé, mais c'est ce pour quoi j'ai signé. Je travaille dur pour lui redonner bonne figure. Ma maison. À moi. Et pourtant, voilà encore une autre chose qui me fait constamment penser à Kael. Je commence à arracher toutes les mauvaises herbes dans le jardin. J'ai besoin de m'occuper et il me reste toute la fin de la journée pour faire ce qui me plaît, à condition que Mali ne vienne pas en voiture jusqu'ici et me voie dehors en train de désherber le jardin. Les minutes passent et après en avoir fini avec les mauvaises herbes, je passe un coup de balai sur les graviers pour les ramener dans l'allée. Ils commençaient à se répandre dans le jardin.

Je pense à Kael et à ses plans de rénovation pour son duplex. Il a du talent pour la décoration intérieure et je lui en veux de m'avoir suggéré de paver mon allée parce que maintenant, chaque fois que je vois le gravier gris, je pense à lui.

Ne pense même pas à ça, je me dis en moi-même. Ou peut-être est-ce à voix haute, mais à ce stade je ne suis plus sûre de rien. *Ne le laisse pas te détourner de cette maison. C'est tout ce qui te reste.*

SOIXANTE-QUATRE

Au début, j'ai l'impression que la Bronco blanche en train de se garer devant chez moi est un mirage. Le soleil commence à décliner, cela doit faire au moins deux bonnes heures que je suis dehors, mon esprit est forcément en train de me jouer des tours. Je me lève pour regarder et ne le lâche plus du regard pendant qu'il range son véhicule.

Quand il sort de son camion, je reste pétrifiée. Il est chez moi et je suis en train de le laisser se diriger vers moi.

– Karina.

Le son de sa voix ondule autour de moi, m'hypnotise.

J'ouvre la bouche pour lui parler, mais j'entends la voix de mon père résonner dans ma tête, suivie de celle de Kael, puis de nouveau celle de mon père. Je n'ai pas eu assez de temps pour analyser ce que je ressentais ni pour décider de ce que j'allais faire.

– Il ne faut pas que tu viennes ici. J'ai besoin de temps, Kael.

Il s'avance dans l'herbe. J'ai mal au dos de rester plantée là, une main posée sur une hanche, l'autre protégeant mes yeux du soleil brûlant.

—Le jardin est beau.

Il regarde le jardin qu'il pointe tout autour de lui en ignorant ce que je viens de dire.

—Kael. Tu ne peux pas être ici.

—Karina, s'il te plaît, me supplie-t-il.

Je n'entrevois qu'un petit bout de son visage, dont son regard d'une tristesse calculée pour me rallier à sa cause. Lâchement, je baisse la main devant mes yeux pour éviter de le regarder.

—J'ai besoin de temps. Je ne suis pas le genre de fille qui aime qu'on lui coure après, Kael. Je ne te le dirai pas deux fois.

J'ai dit la même chose à Estelle lorsqu'elle m'a appelée pour tenter de m'amadouer. À ce jour, les deux seules personnes en qui je peux avoir confiance sont Austin et Élodie. Et vu la chance que j'ai dans mes relations aux autres, ils finiront probablement par me trahir, eux aussi.

Kael me fixe, je le sens. Il est en train d'enregistrer tout ce que je ressens, de s'en imprégner, comme tous les deux nous le faisons naturellement avec les gens autour de nous.

—Laisse-moi tomber amoureux de toi, Karina.

Sa voix est si frêle que je doute un instant de l'avoir entendue correctement.

—Pardon ?

Il s'approche de moi, mais je recule d'un pas, imposant le maximum de distance possible entre nous.

—C'est ce qui est en train d'arriver, Karina. Laisse-moi tomber amoureux de toi. Tu me connais.

Il se touche la poitrine et je secoue la tête frénétiquement.

Comment ose-t-il me balancer ce mot comme si de rien n'était ? Comme si j'allais lui pardonner en un claquement de doigts, juste parce qu'il a utilisé ce mot.

—Je t'interdis de te servir de ça contre moi.

STARS

Mes mots fendent l'air de la nuit. Plus ma colère grandit et plus les feuilles s'agitent dans les arbres. Je crois que c'est Mère Nature qui est en train de m'apporter son aide, de me donner la force de surmonter tout ça.

– Ce n'est pas ce que je suis en train de faire, Kare, dit-il en s'approchant plus près.

J'enfonce mes ongles dans la paume de mes mains, à me faire presque saigner.

– Ne m'appelle pas comme ça. Cette maison à Atlanta ? Tu comptais déménager sans même m'en parler !

Je me fiche d'être en train de hurler et de qui peut m'entendre.

– Je ne te connais pas du tout.

Je l'imite en utilisant son ton neutre habituel. J'ai envie qu'il l'entende et qu'il comprenne ce que ça fait. Nos yeux se croisent enfin et quelque chose dans mon regard lui fait sûrement comprendre de reculer puisqu'il balaie l'air d'un revers de main, se retourne et s'éloigne.

Après son départ, je m'effondre dans l'herbe et reste là jusqu'à ce que les étoiles sèchent mes larmes et que la lune me regarde fixement comme pour me dire qu'il est temps de la laisser et d'aller rejoindre mon lit.

SOIXANTE-CINQ

Mali est plutôt cool avec moi le lendemain. Je pensais qu'elle m'en ferait peut-être un peu baver, mais elle sait qu'il se passe quelque chose et me laisse la liberté dont j'ai besoin. Je concentre toute mon attention sur mes clients, pour qu'ils se sentent mieux, ils n'ont pas besoin de savoir que je suis brisée. Les heures passent sans incident particulier. Lentement, mais sans incident particulier. Le court trajet de retour jusqu'à la maison est difficile. Je ne cesse de repenser à la dernière fois que j'ai emprunté ce même chemin, folle de bonheur au début pour finir misérable.

La vie poursuit ainsi son cours pendant quelques jours. Je travaille. Je dors. Je regarde peut-être quelques films de temps en temps avec Élodie. Je n'en suis pas vraiment sûre. En fait, tout est complètement flou. Je ne suis plus très sûre de la date ni du nombre de jours qui se sont écoulés depuis la rupture, mais un jour en rentrant du travail, je trouve Austin qui m'attend devant la maison.

Son visage est tout rouge et ses cheveux en désordre. Ses mains sont comme ankylosées, ses phalanges livides tremblent. Aucune voiture n'est stationnée dans l'allée ou dans la rue, je ne sais donc pas du tout comment il est venu jusqu'ici.

– Il y a un problème ? Tu vas bien ?

Je panique un peu, il n'est venu me rendre visite qu'une seule fois depuis qu'il est rentré. Il secoue la tête.

– On s'est rentrés dedans avec papa.

Je m'assieds près de lui sur le ciment froid.

– Tu veux dire, genre hurlé dessus ? Ou genre battus ?

– Les deux. Je l'ai frappé.

– Austin !

– En même temps il m'a cherché. Il m'a fait péter les plombs, Kare. Tu sais comment il est. Il reste imperturbable comme s'il se sentait supérieur et tout-puissant. *Fais ci. Ne fais pas ça. Quand j'avais ton âge...*

– Je sais, je sais. J'ai eu mon lot de leçons de morale moi aussi, crois-moi.

Austin poursuit sa tirade comme s'il ne m'avait même pas entendue.

– Tu sais, il s'en fout d'elle. Il n'en a même carrément rien à foutre. Quand je lui ai demandé s'ils étaient toujours en contact, ou quoi que ce soit, il s'est juste mis à rigoler. Je te jure, Kare, il a rigolé, putain. Juste devant Estelle. Tu penses que c'est possible qu'il ait de ses nouvelles ? Et toi, tu n'en as toujours pas ?

Je secoue la tête. J'ai pris l'habitude de secouer la tête lorsqu'il s'agit de ma mère. *Elle. Sa mère. La mienne.* Je sais parfaitement de qui il parle.

– Non.

J'en ai l'estomac retourné.

– Pourtant, elle n'est pas loin. J'en suis sûr. Je le sens.

– Austin.

Je prends sa main dans la mienne. Nous n'avons jamais été très tactiles dans la famille, sauf avec notre mère. Quand nous étions petits, elle me faisait des câlins pour le moindre truc, pour un smiley autocollant sur un de mes exposés, ou parce que j'avais rangé ma chambre sans qu'on me l'ait demandé. Même en grandissant, elle me faisait des gratouillis dans le dos presque tous les soirs avant d'aller au lit. Parfois, elle dessinait des mots sur mon haut de mon pyjama avec ses ongles longs.

Bonne nuit.

Je t'aime.

Kare, mon ange.

– Tu ne devrais pas te faire de soucis pour elle, Austin. C'est une adulte. Elle a fait ses propres choix. Tu vas devenir fou si ça devient une obsession.

La belle hypocrite que je suis ! Quoi que je fasse, je ne peux m'empêcher de penser à ma mère. Je crois la voir dans la queue du supermarché. J'entends sa voix résonner dans ma tête pendant que je fais la vaisselle. Le soir dans mon lit, je pleure jusqu'à ce que je tombe de fatigue. Elle est partout. Et nulle part à la fois. Et je suis tellement énervée contre elle et contre le monde entier, putain. Comment a-t-elle pu se barrer comme ça ? Comment a-t-elle pu partir en coupant tous les ponts avec nous ? Comment peut-elle avoir une emprise si tenace sur nous ?

– J'en peux plus de cet endroit, Karina. J'ai envie de me casser ailleurs. Pas de retourner chez Rudy, juste... ailleurs. Ça ne te démange plus ce truc, toi ?

Waouh. Ce truc. Je suis soudain projetée des années en arrière.

* * *

J'ai l'impression que cela remonte à si longtemps, ces journées où nous préparions notre évasion. Nous avions tout prévu dans les moindres détails. Je serais devenue serveuse et il aurait changé des roues et fait les pleins d'essence, cela dépendait de là où nous aurions atterri. J'aurais trouvé un joli restaurant avec des nappes en vichy, et une vieille serveuse effrontée du nom de Phyllis, qui m'aurait appelée « la gosse » et m'aurait prise sous son aile. Austin aurait travaillé dur et se serait éloigné de ses problèmes. Il serait arrivé chaque matin en avance au travail. Le propriétaire de la station-service aurait remarqué qu'il était un bon employé et après un certain temps, il lui aurait montré comment réparer les voitures. Austin serait devenu très doué pour ça, pour réparer les voitures. Si seulement il se servait de sa tête pour régler ses problèmes au lieu d'en créer.

Nous avions imaginé tellement d'aventures à cette époque, affalés sur le futon de la chambre d'Austin, après l'heure de se coucher. On savait qu'ils ne s'en apercevraient pas, ils ne venaient plus jamais vérifier si nous dormions. Nous n'étions que des enfants et déjà nous pensions à nos parents en termes de *ils*. En termes de *eux* et *nous*.

J'ai dit à Austin qu'ils ne venaient plus nous voir parce que nous avions grandi, presque douze ans, puis treize et quatorze. Ce n'est qu'à quinze ans qu'il a arrêté de me demander pourquoi. Nous parlions pendant des heures, rêvions de nos futurs voyages, de la petite ville où nous aurions notre maison. Nous nous serions adaptés et serions devenus qui nous avions envie d'être. Il aurait été ce mécanicien. J'aurais été cette serveuse. Ou peut-être qu'il aurait été musicien et moi artiste peintre. Ou souffleuse de verre.

Je voulais qu'Austin y croie plus que je me l'autorisais moi-même. J'ai baigné son univers de ces mots, en le surveillant étroitement jusqu'à ce que je sois sûre qu'il ait envisagé la possibilité d'un avenir meilleur. Et quand je le sentais s'accrocher à notre rêve, ma respiration s'apaisait et, parfois, j'arrivais moi aussi à croire à cet avenir glorieux. Ces nuits-là, pour le distraire des vagues de détresse déferlant de la chambre de mes parents au bout du couloir, mon murmure se faisait plus fort et je plaquais mes mains sur les oreilles d'Austin.

STARS

* * *

– Où est-ce que tu as envie d'aller ? je lui demande.

– Arizona. Barcelone. N'importe où. Putain, je serais même capable d'aller vivre chez notre grand...

– Est-ce que tu sais au moins où se trouve ton passeport ? je lui demande.

– Oui. Et le tien aussi. Ils sont tous les deux chez papa, dans le tiroir.

Avant d'être envoyés en Géorgie, mon père nous avait dit que nous allions être mutés en Allemagne. Cela faisait longtemps que je n'avais pas vu ma mère aussi heureuse. Elle avait toujours rêvé de visiter Munich ; apparemment, une de ses amis avait emménagé là-bas après le lycée.

Nous nous étions rués sur nos passeports. Maman passait son temps à planifier les horaires de trains à travers l'Europe et à apprendre des mots basiques en allemand : *Guten Morgen* lorsqu'elle nous réveillait chaque matin, et *Guten Tag* quand nous revenions de l'école l'après-midi.

– Kare, m'a-t-elle dit un jour, écoute ça : « *Schönes Wetter heute, nicht wahr ?* »

Elle avait un sourire jusqu'aux oreilles en le disant.

– Je viens juste de te dire : « Quel temps merveilleux aujourd'hui, n'est-ce pas ? »

– Maman, je l'ai charriée, il pleut.

– Oh ! Ne sois pas si terre à terre, avait-elle répondu. Et écoute celle-ci : « *Das sind meine Kinder, Karina und Austin. Ja, sie sind sehr gut erzogen. Vielen Dank.* »

Austin s'était précipité dans la chambre en entendant son nom. Maman s'était approchée de lui, rayonnante.

– Je viens de dire : « Ce sont mes enfants, Karina et Austin. Oui, ils sont très bien élevés. Merci. »

– Tu viens de dire qu'Austin est bien élevé ? Maman ! Tu es trop drôle. Tu ne peux tout de même pas décevoir ces pauvres Allemands. Je ne donne pas trois jours à Austin pour qu'il enfreigne une loi internationale ou un truc dans le genre.

– Ah. Ah. Ah. Karina, avait rétorqué Austin.

Nous avions rigolé et notre mère nous avait préparé des spaghettis maison ce soir-là.

* * *

C'est facile de se souvenir des moments heureux. Il y en a si peu.

SOIXANTE-SIX

Maman était de retour. Elle était pleine de vie sans être surexcitée non plus. Précise et responsable sans pour autant être obsessionnelle. Compréhensive et indulgente. Elle ressemblait à ces mères à la télé qui semblent toujours savoir dire la bonne chose au bon moment. Elle passait son temps à nettoyer, trier et ranger toutes nos affaires dans des boîtes. Ses assiettes de collection et ses bijoux *vintage*. Nos jouets et nos vêtements. La télé n'avait jamais été éteinte aussi longtemps, sauf avant sa dépression.

– Ils auront beaucoup de valeur un jour, disait-elle en feuilletant ses vieux magazines, quand le monde de la presse aura complètement disparu.

Elle aimait nous prévenir de ce qui se passerait dans le futur presque autant qu'elle aimait nous faire savoir à quel point elle s'y était bien préparée.

J'étais assise à la table de la cuisine cet après-midi-là ; maman était derrière moi, en train de tirer des mèches de mes cheveux pour les faire sortir d'une sorte de bonnet sadique en plastique. J'endurais volontiers cette souffrance pour avoir les mêmes cheveux que ces filles du nom d'Ashley ou Tiffany. Toutes les affaires de la maison étaient déjà dans des cartons, bien avant que les déménageurs ne soient censés arriver pour s'en charger. En revanche, maman avait conservé ses disques vinyle et commençait même à chanter sur Alanis Morissette, alors dans sa période la plus engagée.

– Londres n'est qu'à deux heures de Paris. Tu te rends compte ? m'avait-elle demandé.

Elle s'était mise à danser autour de moi avec ses étranges gants en plastique. Quand « You Oughta Know » avait retenti, elle avait envoyé de grands coups de poing en l'air comme si c'était sa chanson de guerre. Je me souviens parfaitement à quoi elle ressemblait ce jour-là. Elle s'était dessiné un trait d'eye-liner et avait coiffé ses longs cheveux bruns en petites tresses réparties un peu partout au hasard. Elle était belle. Heureuse.

– Karina, on va tellement s'amuser. Imagine toutes les nouvelles personnes que nous allons rencontrer. Les gens là-bas sont différents, ils se mélangent tous et personne ne se préoccupe des histoires des autres, comme les gens d'ici. Ils ne nous jugeront pas. Ça va être incroyable, Kare, m'avait-elle promis.

Comment se fait-il que le bonheur soit toujours si éphémère alors que le désespoir, lui, semble s'incruster comme un invité indésirable ?

Ce n'est que le lendemain, lorsqu'Austin et moi rentrions de l'école, que mon père nous a appris la nouvelle. Nous n'allions plus en Europe. Un changement au niveau du commandement voulait que nous soyons mutés en Géorgie, à deux États de là. Mon père disait que c'était mieux pour avoir une chance d'obtenir sa promotion. Ma mère disait que c'était catastrophique pour ce qui restait de son âme.

Le lendemain matin, j'ai trouvé une bouteille de gin vide dans la salle de bains. Je l'ai emballée dans un sac et l'ai jetée dehors dans la grande poubelle pour l'aider à cacher les preuves. Complice, je pense qu'ils appellent ça. À ce stade, ce n'était pas la bouteille vide qui m'inquiétait pour ma mère, c'était surtout qu'une bouteille de gin signifiait qu'elle avait déjà descendu toute la vodka.

SOIXANTE-SEPT

– Tu veux rester chez moi pendant quelque temps ?

J'observe Austin et, un bref instant, j'arrive à la voir en lui. Quelque chose dans son regard, dans la forme de sa bouche. Nous avons toujours été un mix de nos deux parents, ce qui me terrifie complètement.

– Non, soupire-t-il. J'en sais rien. J'ai besoin de régler toutes ces merdes. Je ne peux pas faire ça depuis ton canapé.

– C'est plus économique que Barcelone, je plaisante.

– Je pensais loger chez Martin.

Ses mots me font l'effet d'une gifle. D'un coup de poing.

– Martin ?

Je veux lui faire dire son nom.

– Kael.

– Depuis quand vous êtes amis tous les deux ?

J'arrive à peine à contrôler la douleur dans ma voix.

– Je ne sais pas, environ une semaine. (Il rigole. Moi j'ai le souffle coupé.) Il traîne beaucoup chez Mendoza ces derniers temps.

– Sérieux ?

Je n'arrive pas à le croire.

– Écoute, je sais qu'il s'est passé quelque chose entre vous et que c'est fini. Je ne sais rien de plus. Tu m'as dit que ce n'était pas vraiment sérieux, que ces conneries avec papa étaient un malentendu, pas vrai ?

Il me regarde droit dans les yeux. Me défiant d'être honnête. Un défi que je ne relèverai pas.

– Donc à moins qu'il n'y ait autre chose, autre chose que tu voudrais partager avec moi, je ne vois pas où est le problème si je squatte chez lui. Il est le seul, hormis Mendoza, qui reste tranquille à la maison et ne ramène pas de meufs tous les soirs. Il ne cherche pas les embrouilles.

J'ai envie de vomir. Je me sens soulagée et dévastée à la fois. C'est un combo horrible.

– Je ne dis pas que tu ne peux pas être ami avec lui. (Je lâche un soupir de frustration.) C'est juste que...

Je n'arrive pas à trouver de raison valable pour dire à Austin de ne pas habiter chez Kael, à moins de vouloir tout lui raconter et ça, c'est juste impossible. Il les détesterait tous, peut-être même Mendoza.

Que moi-même je les déteste, ça suffit amplement.

– Si tu ne veux pas, dis-le moi simplement. Sache juste que je ne peux plus rester chez papa, Kare. Je ne peux vraiment pas.

Je hoche la tête. Je comprends ce besoin de s'éloigner le plus possible de notre père. Il doit rester chez Kael. Ou chez Martin. J'aime penser à lui comme Martin, comme le soldat qui a simplement fait ce qu'on lui a ordonné de faire et qui se propose d'aider mon frère quand il en a besoin. Pas comme l'homme dont je suis tombée amoureuse, l'homme dont je suis tombée si follement et si profondément amoureuse.

Il m'a tellement changée, en un si court laps de temps. Cela fait un bout de temps que je ne l'ai pas revu, sauf quand je vais sur Instagram et que je fais défiler les photos de nous. Les légendes semblaient tellement pertinentes à ce moment-là. « Atlanta ne veut plus de nous », j'avais écrit sous une photo de nous deux dans la voiture, une version de *Fifty Shades of Grey* sur le tableau de bord. Dans l'attente du prochain film, je le relisais, et une fois le livre refermé, c'était encore plus excitant de savoir que j'avais un homme qui aimait dominer au lit. Mon pneu avait éclaté juste au moment où nous partions faire cette excursion à Atlanta, qui n'a jamais eu lieu.

Je dois me reprendre. Je secoue la tête pour empêcher les souvenirs de Kael d'envahir mes pensées. Mes mains tremblent. Je croyais en avoir fini avec tout ça.

– Papa essaie encore de m'appeler, me dit Austin en changeant de sujet.

– Tu vas lui répondre ?

– Non.

Une voiture passe devant nous et un petit garçon sur le siège arrière nous fait un signe de la main. Austin lui répond d'un geste, lui adressant même un sourire.

– J'ai aussi trouvé un boulot, m'annonce Austin quelques instants plus tard.

Le soleil est en train de décliner et la couleur du ciel change tout autour de nous.

– Vraiment ? je lui réponds d'un ton enjoué. C'est une super-bonne nouvelle !

Je le pense sincèrement. Il n'a pas retrouvé de boulot depuis qu'il s'est fait virer du drive-in.

– Où ça ?

Il hésite un instant.

– Je bosse avec Martin.

– Évidemment.

J'enfonce ma tête entre mes genoux.

– Il est en train de retaper ce duplex, tu sais ? Celui dans lequel il vit. Il me paie, Lawson aussi, et toutes les personnes qui lui viennent en aide. Je vais faire plus d'heures que les autres puisqu'ils bossent tous en semaine. C'est des trucs du style retirer la moquette, ce genre de conneries.

Je devrais être heureuse pour mon frère, même s'il est en train de façonner sa nouvelle vie autour de la seule personne que j'essaie désespérément de sortir de la mienne.

– Vous vous ressemblez beaucoup tous les deux, tu sais ça ? dit-il en souriant.

C'est la première fois qu'il a l'air presque heureux depuis que je l'ai rejoint sur le perron.

Je secoue la tête.

– N'importe quoi.

– Comme tu veux, Karina.

– Comment va Katie ? je lui demande pour détourner de nouveau l'attention sur lui.

Je sais qu'ils se sont remis ensemble, je l'ai vu sur Facebook. Je suppose que son ex-copain est hors circuit maintenant.

– Bien. Elle est parfaite pour moi. Elle me garde dans le droit chemin. Et elle se lève tôt le matin pour aller à l'école, donc je sors moins, tu comprends ?

Il semble si fier de lui que je le laisse dire. Nous sommes deux personnes totalement différentes, même si nous avons partagé le même utérus.

– C'est bien. Je suis contente pour toi, je lui réponds.

Je m'allonge sur le perron, laisse ma tête reposer près de la sienne. On dirait presque que nous sommes redevenus des gamins.

– Merci. Je ne le ramènerai pas ici si tu n'en as pas envie, mais il m'aide vraiment à m'en sortir.

Je fixe le ciel, suppliant les étoiles de sortir et de venir jouer. J'ai besoin de savoir que je peux compter sur elles. J'ai besoin de m'assurer que certaines choses restent fiables.

– Pas de souci. Je vois quelqu'un en ce moment, de toute manière.

STARS

Les mots s'échappent de ma bouche de manière aussi fourbe que le mensonge lui-même.

– C'est vrai ? me demande-t-il.

– Ouais, mais je n'ai pas envie d'en parler, je précise, sachant qu'il se dérobe devant toute forme de complication quand il le peut.

– Ok, acquiesce-t-il. Donc tu ne seras pas en colère s'il vient me chercher ici, genre d'une minute à l'autre.

Il prononce ces mots rapidement, comme si cela pouvait en changer le sens.

– Austin, je gémis en traînant la voix. Très bien. Je rentre dans la maison. Il faut vraiment que tu t'achètes une voiture.

– C'est ce que j'ai l'intention de faire, maintenant que j'ai un travail.

Il arrive presque à me soulager un peu.

– Je suis fière de toi, vraiment. Et tu vois, tu n'as pas besoin de t'engager dans l'armée, après tout, je lui dis en plaisantant.

Je sais qu'il ne le fera jamais, malgré le nombre de fois où mon père a essayé de l'en convaincre.

J'entends le vrombissement du camion de Kael avant même de le voir arriver. Mon corps et mon esprit réagissent à la vitesse de l'éclair, je dois me forcer à rentrer dans la maison avant qu'il ne tourne au coin de la rue.

Allez, j'ordonne à mes pieds.

Maintenant, je leur dis.

Mais il sort de son camion et avance sur l'herbe avant même que j'aie bougé d'un centimètre. Ses yeux sont cachés. Il porte une casquette de base-ball. Je peux lire la confusion sur son visage quand il se rend compte que je ne m'enfuis pas.

J'aimerais qu'il sache que je n'y suis pour rien. Que j'ai voulu bouger. J'ai même désespérément voulu courir à l'intérieur et me cacher sous les draps en prétendant que ça n'est jamais arrivé.

– Karina.

La voix de Kael est douce comme une torture enveloppée dans de la soie.

Les mots restent coincés dans le fond de ma gorge. Ma langue me paraît tellement lourde.

Il n'a pas changé, et ça me surprend. Comment est-il possible qu'il ne se soit écoulé qu'une semaine depuis que je l'ai touché pour la dernière fois ? Ça me semble impossible. Mon corps, ce traître, me rappelle sa chaleur tandis qu'il se tient debout dans le jardin, trop loin de moi.

Mon frère se lève, me cachant Kael le temps d'une seconde. Pile ce dont j'avais besoin pour m'aider à me ressaisir.

– À plus tard, je lance à Austin de la manière la plus banale qui soit, sans jeter un regard à Kael.

Je mérite un Oscar. Je saisis la poignée de la porte moustiquaire et ne me retourne pas une seule fois. Une fois à l'intérieur, quand j'entends le clic de la serrure, je prends appui contre la porte d'entrée. Vaine tentative pour essayer de me stabiliser, de me maintenir droite. Ça ne fonctionne pas. Je pleure tellement que je glisse par terre. Je reste là jusqu'à ce qu'Élodie rentre du travail et me change les idées avec les clichés de son échographie. Son petit avocat a maintenant la taille d'une banane. Elle est tellement heureuse que je fonds en larmes de nouveau.

SOIXANTE-HUIT

Ça ne me dérange pas de faire la fermeture à la place d'Élodie parce qu'elle souffre du dos. Ça ne me dérange pas non plus que Mali parte plus tôt pour sortir ses chiens parce que les parties de poker de son mari s'éternisent et qu'il ne sera jamais rentré à temps. Mais rester toute seule au salon ? Ça, je déteste.

C'est mon imagination le vrai problème, le fait qu'elle adore naviguer aux extrêmes... si rapidement. Je commence à avoir un peu la trouille, comme lorsque je restais toute seule dans la maison de mes parents. D'ailleurs, ça me le fait parfois encore dans ma propre maison. Je pense à toutes ces légendes urbaines que tout le monde trouve si drôles. *L'appel provient de l'intérieur de la maison!* Moi, je ne plaisante jamais sur ce sujet. Et celle sur ce mec qui se cache sous le lit des filles et lèche leurs doigts pour qu'elle pense que c'est leur chien ? Bon... je suis en train de me faire flipper toute seule.

Ça ne va plus être très long. Aucun client n'est indiqué sur le planning et je doute que quiconque franchisse les portes du centre commercial dans les vingt prochaines minutes. Alors, je ferme ma cabine pour ce soir et prépare mes affaires pour le lendemain matin.

La société de nettoyage est venue la veille et tout semble en parfait état. Je dois simplement ranger quelques affaires ici et là, et m'assurer que toutes les bougies soient bien soufflées. Ce genre de choses. J'éteins les lumières une à une, avant de fermer la porte de derrière à clé – ainsi que le cadenas – et enfin, je ferme les lumières dans le bureau.

Je cours presque vers le lobby, là où c'est encore éclairé, et éteins le plafonnier. J'active ensuite le flash sur mon portable et me dirige vers la vitrine, à l'angle avant du salon, pour allumer la petite lampe d'appoint. Nous gardons toujours un faible éclairage pour éviter les cambriolages. Mali m'a dit qu'ils faisaient ça aussi dans les écoles, pour la même raison. Le simple fait de penser à un cambriolage me met sur les nerfs.

Alors, on flippe toute seule, Karina ?

Je me moque un peu de moi, en me disant que je suis une vraie chochotte. C'est comme tous les scénarios dignes des *Experts* que j'invente sur les gens. Et de *New York, police judiciaire* aussi ? Mon marathon d'épisodes de *New York, police judiciaire : Unité spéciale* a manifestement fait des dégâts sur mon cerveau.

Et là, je sursaute en voyant une ombre approcher de la porte. Je crois même que j'ai lâché un petit cri. Je reste immobile en essayant de retenir mon souffle et de ralentir mon rythme cardiaque. L'ombre entre dans mon champ de vision, j'aperçois un homme, jeune, mais pas non plus si jeune que ça. Sans doute un soldat, vu son crâne rasé. Il est un peu tard pour juste passer devant le salon. Sa tête ne me dit rien et ça m'inquiète plus qu'autre chose.

C'est la première fois que je me retrouve toute seule au salon le soir, et c'est clairement la dernière. J'aurais tellement dû écouter Kael quand il m'a conseillé de recharger la bombe lacrymogène que je porte toujours avec moi. Je jette un coup d'œil au bâtonnet rose, désormais vide, suspendu à mon sac. N'est-ce pas amusant qu'il soit rose ? Comme si le fait qu'il soit « mignon et girly » allait m'aider à me protéger des inconnus la nuit.

L'homme tente d'ouvrir la porte, alors je signale ma présence en rallumant l'autre lumière. J'éteins le flash de mon téléphone et laisse un peu de distance entre la porte et moi.

– Euh, pardon, vous êtes fermés ?

Il est calme. Sa voix plutôt sympathique.

– Ouais, en fait, dans dix minutes.

La mienne ressemble à celle d'une grenouille de bénitier terrifiée. C'est aussi comme ça que je me sens, et je déteste ça. Courage, Karina.

– Oh, désolé. J'ai l'impression que je me suis déplacé quelque chose dans le dos pendant la séance d'entraînement et j'espérais que vous seriez toujours ouverts.

Il semble plutôt sincère, mais je n'arrive pas à voir son visage.

– On peut vous recevoir demain matin si vous voulez ? Je peux venir plus tôt, je lui propose.

Je suppose qu'il devra sûrement être au travail, mais je me sens un peu coupable, car c'est un soldat et il souffre.

– Je pense pouvoir esquiver l'entraînement dans la matinée. Je peux entrer pour prendre rendez-vous ? demande-t-il.

Je lève les yeux vers la petite lumière rouge de la caméra accrochée au mur et déverrouille la porte. Mon esprit m'embarque de nouveau dans *New York, police judiciaire* et j'imagine la réaction de Mali si elle découvrait mon cadavre demain matin.

L'homme entre et me regarde droit dans les yeux. C'est un peu déconcertant, mais à la fois c'est honnête, étrangement. Il me suit jusqu'au bureau où j'attrape la version papier du planning, car j'ai déjà éteint l'ordinateur. Je regarde ma journée du lendemain.

– J'ai un créneau à dix heures et un autre à midi, mais je peux être là à neuf heures ou huit heures et demie pour vous, puisque vous vous êtes déplacé jusqu'ici ce soir, je lui propose.

Je ne sais pas d'où il vient, mais j'essaie de me rappeler quelques-unes des phrases types à sortir à la clientèle, que j'ai utilisées de job en job. Faire soi-même une concession pour satisfaire un client ou un consommateur mécontent fait en général très bien l'affaire, à moins que ce ne soit un vrai connard. Dans ce cas, tant pis pour lui.

– Disons neuf heures et demie, comme ça le salon sera hypercalme.

Il jette un œil derrière son épaule vers les horaires d'ouverture peints en lettres blanches sur la porte d'entrée.

– Ok, je déglutis. C'est noté pour neuf heures et demie. Puis-je vous demander votre nom, s'il vous plaît ?

– Nielson, me dit-il.

Je l'inscris sur le planning. Son nom me semble familier, mais je sais que je n'ai jamais vu son visage avant. Je retiens les visages pourtant.

– Êtes-vous celle qui... vous savez, propose des *massages spéciaux* ?

Sa voix dégouline sur moi comme autant de minuscules petites araignées. Mon cœur est sur le point d'exploser.

– Qu'est-ce que vous venez de dire ? je lui demande d'un ton plus qu'accusateur.

Je lance de nouveau un regard vers la caméra, cette fois d'une manière plus évidente. Pour qu'il le remarque.

– Hum, euh... ouais. Eh bien... J'ai entendu dire que l'une d'entre vous le fait ici, me glisse-t-il. Vous savez. *Les massages spéciaux*...

J'ai envie de gerber. Et de m'enfuir aussi. Mais je prends mon courage à deux mains et maintiens fermement ma position.

– Je vais devoir vous demander de sortir, je lui dis aussi sèchement que possible.

Puis je tends la main vers le téléphone fixe et commence à le porter à mon oreille.

Il lève les mains devant lui en signe d'abdication, avec un petit sourire narquois. Quand il rigole, je crois apercevoir un éclat de métal briller dans le fond de sa bouche.

– Pas de souci, ok, ok. Je plaisantais. Désolé, désolé. (Il garde les mains en l'air.) Je ne veux pas vous causer du tort. Inutile d'être sur la défensive.

Je le fixe en silence tout en conservant le téléphone près de mon oreille, espérant qu'il ne voie pas ma main trembler ni mes jointures devenir blanches à force d'agripper le combiné de toutes mes forces. Après quelques minutes, qui me semblent être les plus longues de toute ma vie, il bat en retraite et marche à reculons vers la porte d'entrée.

Pourtant, il continue de me fixer. Ses yeux bleu acier et sa peau très pâle me paraissent plus sinistres, maintenant qu'il me fout les jetons. Je ne veux pas qu'il le sache, alors je garde les lèvres pincées et le téléphone près de mon oreille, bien en vue.

Juste avant qu'il ne sorte par la porte, l'étranger me sourit de nouveau.

– Tu es la fille de Fisher, pas vrai ?

Une alarme se déclenche dans ma tête. Qui est ce type ?

La sonnette retentit lorsqu'il s'adosse contre la porte. Mon cœur bat à tout rompre dans ma poitrine. S'il te plaît, va-t'en, je le supplie en silence. Va-t'en, s'il te plaît. Il se retourne et reste hésitant sur le pas de la porte. C'est à ce moment, juste quand la porte se referme lentement, que Kael apparaît sur le trottoir. Je manque défaillir en le voyant.

Kael. En chair et en os. Je ne suis plus seule désormais.

SOIXANTE-NEUF

Kael ouvre la porte et je monte à l'intérieur de son camion. J'essaie de ne pas penser à tout ce qui est resté équivoque entre nous ni à mon irrépressible envie de me coller contre lui et de m'agripper à son corps tout chaud.

Un bon vieux Kings of Leon passe en sourdine dans les enceintes.

– Ceinture, me rappelle Kael, comme d'habitude.

– Tu n'es pas en position de te montrer autoritaire, je lui dis, ce qui le fait sourire. Je t'accorde vingt minutes. Je lance le chrono maintenant.

Et je m'exécute. Je lance le chrono de mon iPhone.

Un sourire éclaire de nouveau son visage. Je me déteste de baisser la garde et surtout de la baisser si rapidement. Mais je ressens un tel soulagement lorsqu'il me regarde, la tête inclinée et les lèvres entrouvertes... eh bien, ça, je ne déteste pas.

– Quoi ? je lui demande en enfonçant mon menton dans mon épaule pour dissimuler ma bouche.

– Ça fait du bien de respirer de nouveau, répond-il, ses yeux rivés aux miens.

Et voilà. L'addiction. Et la rechute. Je ne peux pas faire autrement, même si je le voulais.

– Hum, pose-moi des questions, je lui réponds en le taquinant pour détendre l'atmosphère trop lourde.

Ou c'est ça, ou je perds tout contrôle sur mon corps et je vais toucher ses épaules, son cou, ses lèvres.

Si c'est pour me retrouver assise ici à ses côtés, j'ai l'impression que toute la souffrance endurée la semaine dernière valait vraiment le coup. Comme je viens de le dire : L'addiction.

Il éteint la radio.

— Tu es sûre que ça va ? On aurait dit que tu venais de voir un fantôme. C'est ce type, celui qui sortait du salon ?

Il semble inquiet pour moi. J'ai envie qu'il le soit, même si je ne l'admettrai jamais devant lui.

Je hoche la tête.

— Je vais bien. Ne t'inquiète pas.

Ça m'affectera plus tard. Je le sais. Lorsque je me retrouverai seule, sans la protection du corps de Kael à mes côtés, sans sa présence sécurisante, ce qui vient de se passer m'atteindra. Cette espèce de mec glauque débarquant de nulle part au salon pour me sortir sa blague répugnante, et qui en plus connaît le nom de mon père. J'ouvre la vitre côté passager pour respirer un peu d'air frais, chargé d'une légère odeur de pluie fraîche et de terre humide. Ça m'aide à me calmer. Le vent qui souffle dehors, Kael au volant, le bruit ronflant du moteur de son monstrueux véhicule. Tous ces éléments m'aident à me calmer.

— Ok, tu en es sûre ?

Il attend ma réponse.

J'acquiesce d'un signe de la tête.

— Quel âge avais-tu quand tu as perdu ta première dent ? me demande-t-il.

J'y réfléchis pendant une seconde.

— Six ans ? Je crois. Ma mère me racontait que je les mangeais. Mais en vrai. Je les avalais avant qu'elle ne s'en rende compte, et donc la petite souris n'a pu venir qu'à deux reprises.

STARS

Il mordille ses lèvres en essayant de ne pas rigoler et me pose sa question suivante.

– Ok, combien d'amendes as-tu déjà eues ? Dans toute ta vie ?

Je penche la tête sur le côté.

– D'amandes à grignoter ou de contraventions ?

– De contraventions.

– Trois.

– Trois ? Tu conduis depuis combien de temps, quatre ans max ? (Il me charrie.) Eh bien, si tu n'en as qu'une par an, tu as de la marge. Mais tu le sais, n'est-ce pas ?

Je hoche la tête.

Il poursuit.

– Combien d'animaux de compagnie tu as eus dans toute ta vie ?

– Un seulement. Il s'appelait Moby.

Je lui raconte combien j'aimais cette petite boule de poils jusqu'à ce qu'elle se sauve pour la quatrième fois et ne revienne jamais.

– Moby ? Comme la baleine ou le chanteur ? me demande Kael.

J'essaie de retenir mon rire, sans y arriver vraiment.

– Aucun des deux. Le nom me plaisait, c'est tout.

Il porte un T-shirt gris avec une veste style bombers bleu marine par-dessus. Le bombers lui moule les bras et son jean noir est déchiré au niveau des genoux. Le genre de jean que je préfère. Vraiment le meilleur jean jamais créé.

– Qu'est-ce que le goût des macaronis au fromage t'évoque ? il me demande en empruntant l'autoroute.

– D'où tu sors ces questions ?

Je rigole franchement maintenant. Il hausse des épaules.

– Pourquoi, tu sèches ?

Je secoue la tête.

– Les macaronis au fromage me rappellent ma mère.

Je donne toujours cette réponse.

Je m'incline en avant en me cachant le visage. Puis je relève la tête, dégage les cheveux rebelles de mes joues et ajoute :

— Mais elle fait... elle *faisait*, les meilleurs macaronis au fromage du monde. Sans rigoler. Sauf les pâtes, bien sûr. Elle ne préparait pas les pâtes elle-même. Elle m'a toujours dit qu'elle m'apprendrait la recette lorsque je serais mariée. Ce qui est assez bizarre.

Je rigole à moitié.

— Et démodé, ajoute-t-il.

— Complètement démodé, je confirme.

— J'ai encore quelques questions, dit-il.

Le clignotant est en marche, nous attendons au feu rouge devant *Kroger*. Nous sommes en face d'une station de lavage, celle dans laquelle Brien et moi avons rompu pendant qu'il passait l'aspirateur dans sa voiture. Il était complètement obsédé par le fait de passer l'aspirateur dans sa voiture.

— Vas-y, je l'encourage à poursuivre, ce qui me permet de chasser Brien de mon esprit.

— Quand as-tu réalisé pour la première fois que tu étais différente des gens autour de toi ? demande-t-il.

Nos regards se croisent juste à ce moment-là. Il fait si sombre dans la voiture. Il a une main posée sur le volant, l'autre sur ses genoux. J'ai tellement envie de toucher ses doigts. Toute la volonté dont j'ai fait preuve cette dernière semaine vient de s'évaporer en un claquement de doigts. Je me rapproche un peu plus de Kael et déplace sa sacoche en cuir posée entre nous. Un petit tas de papiers tombe de la poche supérieure restée ouverte ; je les pose sur l'espace libre à côté de moi.

— Quel genre de voiture tu penses que tu conduiras dans cinq ans ?

— Hum, probablement la même ? Je ne sais pas, je me fiche des voitures, je lui réponds.

STARS

—Quelle est ta plus grande peur ?

Je réponds à cette question sans hésiter une seconde.

—Qu'il arrive quelque chose à Austin.

Kael me lance un regard et, sans un mot, me fait comprendre qu'il ressent mon inquiétude pour mon frère. Kael est la première personne à me comprendre aussi facilement, c'est tellement réconfortant d'être de nouveau près de lui. Tellement que ça neutralise tous les doutes qui obscurcissent mon esprit depuis la dernière fois que je l'ai vu.

Je ne réponds rien à ses dernières questions.

—À mon tour.

—Est-ce que tu penses me connaître à présent ? me demande-t-il.

Je secoue la tête.

—J'ai dit, à *mon* tour.

Maintenant, je suis presque collée à lui sur le siège avant et il baisse les yeux vers l'espace entre nous.

—Attache ta ceinture, ensuite ce sera ton tour.

À peine les mots sont-ils sortis de sa bouche qu'un flash lumineux éclaire le pare-brise.

Il braque pour se décaler sur l'autre voie. Un klaxon se met à beugler tandis que Kael redresse le volant pour stabiliser la voiture. Je retiens mon souffle.

Je reprends place sur mon siège, à l'autre bout du véhicule, et boucle ma ceinture. Kael regarde droit devant lui, les mains agrippées au volant.

—Ça va ? je lui demande.

Quelques secondes passent et il déglutit.

—Et toi, tu vas bien ? me demande-t-il sans me regarder.

—Ouais. Tu étais tellement inquiet au sujet de ma ceinture que tu as failli nous tuer.

Je pose ma main sur la sienne et réalise à quel point il se cramponne de toutes ses forces au volant.

—Kael.

Je prononce son nom tout doucement, comme je le faisais lorsqu'il se réveillait le matin et naviguait encore entre deux eaux, et là je reconnais ce regard désorienté sur son visage.

– Kael, tout va bien. Je vais bien. Nous allons bien. Tu veux t'arrêter ?

Il ne dit pas un mot. Je passe ma main au-dessus de la pile de papiers et de la sacoche, et la pose sur sa jambe. Je caresse doucement sa peau à travers son jean.

– Arrête-toi.

Ce n'est pas une question. Je sens qu'il n'est toujours pas redescendu.

– Kael.

Je lève la main devant moi.

– Je vais caresser ton visage, je le préviens, ne sachant pas comment il peut réagir.

Mon corps va finir par me lâcher si je continue d'avoir encore et encore de telles frayeurs. Il hoche lentement la tête et je pose délicatement ma main contre sa joue, caresse doucement sa peau chaude. Je la laisse posée là et effleure tendrement de mon pouce la barbe naissante sur son menton.

Il s'arrête sur le bas-côté avant que je n'aie besoin de redire son prénom une nouvelle fois. Sa respiration est saccadée, son souffle est court comme s'il était en panique. Je suis tellement heureuse d'être là avec lui, si proche, et d'oublier les phases de pourparlers que je me suis imposées chaque matin et chaque soir pour tenter de le garder à distance. J'aurais dû savoir qu'il serait impossible de rester loin de lui.

– Tout va bien, je lui répète en le prenant par la taille.

– Karina.

Sa respiration commence à s'accélérer et à se faire plus violente, comme s'il venait de dévaler des escaliers à toute vitesse. Je me penche et m'agenouille sur le siège, puis me tourne complètement vers lui.

– Tout va bien. Regarde.

Je frotte mon nez contre le sien et ses yeux semblent recouvrer leur concentration. On dirait un petit garçon, pas un vétéran de guerre. Pas un homme. Ça fait fondre mon cœur. Ça me donne envie de lui dire que je suis tombée amoureuse de lui, que tout ce qui lui reste à faire, c'est de m'expliquer ce qui s'est passé, sans mensonge et sans déformer la réalité. Nous avons tant de choses à nous dire.

À cet instant précis, j'ai juste envie de le réconforter. Il est en train de revenir... de *l'endroit* – quel qu'il soit – où il se trouvait. Il est en train de revenir à moi.

Je me rapproche encore de lui.

– Je vais juste déplacer ces papiers, je lui dis en les empilant soigneusement.

Il y a un dossier militaire au-dessus de la pile avec l'étoile typique de l'armée. Kael se fige à côté de moi. Je sens l'atmosphère changer entre nous et là, je me rends compte de ce qui est indiqué sur le paquet. Des voitures nous dépassent sur l'autoroute, mais je m'en fous complètement. J'ai envie qu'il se calme, qu'il soit capable de respirer.

– À qui est ce dossier de recrutement ?

Je lui pose la question par curiosité, comme toujours.

– Je croyais que tu voulais en partir ?

Je ne peux pas m'en empêcher. J'ouvre le dossier. Mais Kael essaie de le récupérer, de me l'ôter des mains.

– Je n'arrive pas à croire que tu vas te réengager après tout ce que tu...

Et puis, je lis le nom indiqué sur la première page.

– AUSTIN TYLER FISCHER.

SOIXANTE-DIX

Maintenant, c'est au tour de Kael de m'appeler par mon prénom. Au tour de Kael d'essayer de me ramener sur terre.

– Karina. Karina, dit-il. Écoute-moi, Karina. Il y a un explica...

Ses paroles sont confuses. J'arrive à distinguer mon prénom, mais c'est tout. Je peux à peine sentir mon corps.

– Kael, c'est quoi ça ? j'arrive enfin à prononcer.

Le pick-up est stationné sur le bas-côté, mais on dirait qu'il est en train de tanguer au bord d'un précipice.

Il ne répond pas et je me mets à hurler. Je n'ai pas de temps à perdre avec ses arnaques et ses excuses. La preuve est là, sous mes yeux.

– QU'EST-CE QUE... QU'EST-CE QUE CE TRUC FOUT DANS TA VOITURE ?

Je jette violemment le dossier sur le siège vide entre nous. Un camion nous klaxonne et Kael commence à vouloir redémarrer la voiture.

– Ne bouge pas cette putain de voiture tant que tu ne m'as pas dit ce que c'est que ce truc et ce qu'il fout dans ta voiture !

Toutes les émotions se bousculent en moi : la peur, la colère, le dégoût, le mépris. Lui reste immobile, telle une statue de marbre, belle, mais froide.

L'alarme de mon portable se met à sonner. Les vingt minutes sont passées. Vingt minutes seulement se sont écoulées ? Austin va-t-il vraiment rejoindre l'armée ?

Et Kael, était-il au courant ? Plus important encore...
quelle est sa part de responsabilité dans cette histoire ?

– Réponds-moi maintenant ou ne m'adresse plus
jamais la parole, je lui balance en fouillant dans mon sac
pour prendre mon téléphone.

J'ai un appel manqué d'un numéro local que je ne
connais pas, mais c'est tout. Je cherche le prénom d'Austin,
et mon cerveau fonctionne si vite que tout devient flou
autour de moi quand j'essaie de lui envoyer un texto.
Je l'appelle, il ne décroche pas.

– C'est à cause de toi, pas vrai ? je crache à Kael. Tu l'as
fait pour me faire du mal !

– Je l'ai fait parce qu'il a besoin d'un cadre. Parce qu'il
doit arrêter de foutre sa vie en l'air.

– Oh mon Dieu ! Tu es incroyable ! Voilà jusqu'où tu
es prêt à aller pour prendre ta revanche sur mon père ?
Envoyer son fils unique à la guerre ?

Je vais vomir. J'essaie de baisser la vitre mais n'arrive
pas à trouver le bouton. Je trouve la poignée de la portière,
mais Kael essaie de me retenir. Je m'écarte violemment.

– Ne t'avise même pas ! Ne t'avise même pas de me
toucher, putain ! (Je tombe presque de la Bronco.) Dégage
d'ici ! Dégage !

Des larmes inondent mon visage, des mèches de mes
cheveux viennent se coller sur mes joues trempées.

– Dégage !

Je hurle, me fichant qu'il fasse nuit dehors ou de me
retrouver seule au bord de la route. J'ai juste envie d'être
aussi loin de lui qu'il est humainement possible de l'être.

Bien évidemment, et parce que l'univers entier est
contre moi, au moment où mes chaussures touchent
le sol et que je lui hurle une nouvelle fois de se barrer,
le ciel commence à pleurer, me recouvrant de ses épaisses
larmes de pluie de la tête aux pieds.

À suivre

REMERCIEMENTS

Nous y voilà. C'est la partie gênante du livre où je fais genre avoir remporté un Oscar et où je tente de nommer la première personne qui me vient en tête. Alors, soyez indulgents avec moi pendant que j'essaie de donner à ces êtres fantastiques un petit peu de ce qu'ils méritent.

Flavia Viotti, mon extraordinaire agent. Je ne connais pas plus dure à cuire, plus bosseuse et meilleure maman que toi. C'est un tel honneur de te connaître et j'ai hâte de voir ce que nous réserve l'avenir. Tu as bossé comme une dingue sur ce livre, et ça me touche énormément.

Erin Gross. Tu me complètes. Au sens propre comme au figuré. Merci d'être ma main gauche et ma main droite, mon cerveau, mes bras, etc, etc. Tu es la meilleure et nous conquerrons le monde ensemble. Tu as tant d'imagination et travaille littéralement dans ton sommeil. Je te porte tellement dans mon cœur.

Jen Watson, alias Jenny from the block. Toi ! Tu es une fidèle alliée pour la vie et nous avons vécu tellement de belles aventures ensemble, au boulot et surtout en dehors du boulot. Je suis impatiente de connaître les prochaines.

Ruth Clampett. Tu es une vraie application de méditation à toi toute seule. Ta grâce et ta gentillesse sont deux choses dont je ne peux plus me passer dans la vie.

Erika. Tu es ma plus grande supportrice, et ma carrière n'existerait clairement pas sans ta grande influence sur ma vie et mes mots. Merci d'être cette femme et ce mentor si génial que j'admire.

Kristen Dwyer. C'est notre dixième livre ensemble ! Sérieuuuuux. Tu déchires et j'ai hâte d'être au onzième, au douzième, au quatre-vingt-dix-neuvième.

Brenda Copeland. Quelle incroyable petite guerrière tu es ! Je suis tellement heureuse que tu fasses partie de cette équipe. Tu as réussi à survivre à ce premier livre chaotique, prépare-toi au suivant ❤

À toutes mes maisons d'édition à travers le monde, les éditeurs, les équipes commerciales, les concepteurs de mes couvertures, toutes les personnes qui ont pris sur leur temps précieux pour faire en sorte que mes rêves se réalisent, merci ! Sachez que votre temps et votre dévouement ne passent pas inaperçus.